Michaël Ferrier

FUKUSHIMA

Récit d'un désastre

フクシマ・ノート

忘れない、災禍の物語

ミカエル・フェリエ

義江真木子 訳

新評論

日本の読者のみなさまへ

私がこれを書いているいま、高度の文明人どもが私を殺そうとして頭上を飛んでいる。＊

三年を経ずして「フクシマ」はすでに忘れられた、というのが現在の僕の印象です。「フクシマ」は今でもたしかに話題にはなります。テレビのニュースや善意に満ちた政治家の演説のなかに影のように現れ、その影響が新聞で取りざたされはします。しかし、ほんとうのところ、僕たちはすでに「フクシマ」を忘れたのです。

僕たちは地震と津波の被災者の苦悩を忘れました。東北復興へ向け数かずの素晴らしいイニシアティブが発揮されています。しかし、人道的見地や環境面での配慮がなおざりにされ、経済的論拠だけが優先される場合があまりに多いのです。義損金だけでなく、復興支援を名目に徴収された多額の資

＊　ジョージ・オーウェル「ライオンと一角獣——社会主義とイギリス精神」小野協一訳、『ライオンと一角獣　オーウェル評論集4』（川端康雄編、平凡社ライブラリー、一九九五）所収。ジョージ・オーウェルの原作は一九四〇年刊行。

金が、まったく違った目的のために充当された場合があることがすでにわかっています。こうした状況は、犠牲者と生き残った被災者への侮辱です。

逐われるように家を離れた何十万もの人びとの恐怖と怒りと絶望。日本でこれほどの規模の避難が発生したことは第二次大戦以来です。賠償もまだ受けられず、いつ終わるともわからない手続きと訴訟に明け暮れる被災者。それらの人びとのことを僕たちは忘れました。

何日間も続いた不安、情報操作とウソと言い逃れに振りまわされた日々、東京でも避難の必要性が検討されたこと、日本がふたつに分断されなかったのはたんなる偶然であり、風向きに助けられたにすぎないこと。水の汚染、海に流れこんだ毒物、魚とプランクトンの被害、人類の歴史上かつてなかった規模の海洋汚染が発生したこと、汚染は現在も続いていること。それも忘れました。水のなかで叫んでも、だれの耳にも聞こえないのです。

停電があったことも、節電の約束も忘れられ、いままた照明が灯り、ネオンがじりじり音を立てて輝き、街じゅうで以前と同じエネルギーの無駄づかいがおこなわれています。しかたがない、忘れるのですから。

悪性腫瘍がどこかに巣食いはじめていること、つねにどこかで公衆衛生上の問題が起きていること、水・牛乳・あらゆる食べ物、とくに離乳食の監視を続ける必要があることも忘れています。いままた、原子炉を再稼働させ、新設することが話題になりはじめています。三年も経たないうちに。

僕はフランス人であり、日本に住んでいます。フランスと日本は、国土の面積に対する原子力発電所の密度でいうと地球上でもっとも原発化された国であるという悲しい特権を共有しています。原子炉にわずかでも問題が生じれば、周囲の町まちが危険に曝されます。原子力発電はフランスでも日本でも、公開討論という名に値する討論もおこなわれないままに、進歩という名のもとに、ほかの電力よりコストが安いらしいという理由だけで発展を遂げました。僕はフランスと日本を見渡せるいわば国境線上に身を置く人間であり、そこからは、大災害に対する同じような無関心と諦めがふたつの国に広がっているのが見えます。

もし三年前に、ある地方に住んでいる子どもと大人が全員、線量計を付けて避難し、それが普通だと思うことになるといわれたとしたら、僕たちはどう思ったでしょう。あるいは、ラジオをつけるとその日の放射能の予報が聞こえ、だれもそれに驚かず、憤ることもないといわれたとしたら、僕たちはたぶん、趣味の悪いSFのシナリオだと思ったのではないでしょうか。ところがいま、僕たちは、そのシナリオを毎日生きているのです。僕たちに強制されようとしているのは、この本の第Ⅲ部で僕が「ハーフライフ」と呼んだ生活です。

現代人と原子力の関係を考えるとき、僕は、自分の住む洞窟の前に大きな石を据えた原始人を考えます。風を遮《さえぎ》り、身の安全を守ろうとして大きな石を置いてはみたものの、その結果、洞窟のなかは空気が乏しくなり、光が通らず真っ暗になったのを見て慌てる原始人です。カフカは、「本は、僕たちの内部の凍結した海を砕く斧でなければならない」*(四頁)と書きました。僕は、この本を、僕たちの内部に形成されつつある石と氷を斧で割るために、わずかでも光が射しこみ、記憶が動きだし、空気が循環することを願って書きました。
僕はフランス語でこの本を書きましたが、言葉、考え、そして言語が循環できるように、日本の読者のみなさまに日本語でこれを読んでいただけるようになったことをとてもうれしく思います。そして、この翻訳書の出版を可能にしてくださった新評論と訳者の義江真木子氏に感謝します。今度は、読者の方がたがこの本をどう使うかを決める番です。

二〇一三年七月五日

ミカエル・フェリエ

＊（三頁） フランツ・カフカ『夢・アフォリズム・詩』吉田仙太郎編・訳、平凡社ライブラリー、一九九六。一九〇四年一月二七日に友人オスカー・ポラックへ宛てた書簡のなかの一文。

フクシマ・ノート もくじ

凡例　＊印は訳者による注記である。

Cet ouvrage a bénéficié du soutien des Programmes d'aide à la publication de l'Institut français.
本書は、アンスティチュ・フランセ・パリ本部の出版助成プログラムの恩典を受けています。

Michaël Ferrier

FUKUSHIMA, Récit d'un désastre

フクシマ・ノート

忘れない、災禍の物語

かくてわれらは、亡霊と雨のうすぎたなくまじる中を、
ゆっくりとわけて進み、
来世について少し語り合った。

ダンテ「地獄篇*」

大洪水の観念が腰を据えるとすぐに、
一匹の野兎が、イワオウギと揺れる釣鐘草のなかで立ちどまり、
蜘蛛の巣ごしに虹に向かって祈りを捧げた。
おお！　身をひそめていた宝石たち、
――早くも眼を凝《こ》らしていた花々。

ランボー「大洪水のあと**」

---

*　ダンテ『神曲』寿岳文章訳、集英社、1980。

**　アルチュール・ランボー「大洪水のあと」宇佐美斉訳、『ランボー全詩集』宇佐美斉訳、ちくま文庫、1996（第11刷2012）所収。「大洪水のあと」は詩集『イリュミナシオン』の冒頭の詩。

序

最初の地震計（感震器）を発明したのは、中国の人、張衡である。紀元一三二年、張衡は漢の宮廷に、大きな酒つぼとも、あるいは、銀色に光る鯉のぼってりした胴部とも見える、驚くべき青銅製の瓶を献上した。巨大で、でっぷりした、威圧的な、銅と錫が混ざった金属の光に輝くその瓶は、直ちに驚きと感嘆を呼んだ。瓶の直径は二メートル、重さは六百キロ近くあった。漢の時代には、器にはたいてい建物（農園、城壁、皇宮）か動物（膚が黒く絹のような羽毛をした烏骨鶏《うこっけい》、真鴨《まがも》のオスとメス、青襟《あおえり》八色鳥《やいろちょう》）の装飾が施されていたが、この瓶は、八頭の龍の彫刻が側面に鋲で固定されているだけであった。龍は頭を下に向けて口を開け　台座の上の八匹の青銅の蟇蛙《ひきがえる》と向きあっている。方位盤の八方位上に並べられた蟇蛙は、同じく口を開け、頭を上げている。

張衡の感震器は、古代中国におけるもっとも素晴らしい成功のひとつとされる。滑らかで、装飾は慎ましく、水面《みなも》のきらめきのように弱く穏やかな光を反射し、空想の動物と両生類の花を挿したようなその瓶は、奇怪で荘厳であり、豊満でありながらも質素である。しかし、この瓶は、仕掛けの巧みさにおいても逸品であった。日本の地震学者、今村明恒《いまむらあきつね》が一九三九年に、また最近では中国科学院の七人の科学者が復元を試みたが、現在に至るまでその仕組みは完全には解明されていない。運動の向きを変えるクランクにあたるもの、錘《おも》りを吊《つ》って振り子としたもの、さらには直角のレバー、これらが装備されていたことはわかっており、おそらく慣性の法則により作動した。

八頭の龍はそれぞれ、真珠のように丸くて光沢のある青銅の珠《たま》を口に加えていた。地震が起こると瓶のなかの振り子が揺れはじめ、八本の可動アームと、中国古来の武器である弩《ど》の仕掛けに似た発射装置により、珠がふたつ龍の口から放出され、宮廷じゅうが目覚めたといわれるほどの乾いた大きな金属音を立てて蟇蛙の口のなかへ落ちる。珠のひとつは震源の方角を、もうひとつはその正反対の方角を指した。南と北、東と西…。皇帝は、どちらが正しい方角であるかわからぬまま、救援を送り秩序を維持するというふたつの意味をこめて、騎兵隊を両方の方角へ送った。

こうして、中国では欧州より十七世紀以上も前に（欧州で最初の地震計が発明されたのは一八七五年、イタリアの司祭、フィリッポ・チェッキによってであった）、広大な領土のなかの何キロも離れた地点から大災害の発生を感知できる道具が存在したのである。しかし、感嘆に値する成功作であったにせよ、張衡の感震器には弱点がひとつあった。後世の技術の進歩により、完全ではないにしてもほとんど解消された弱点である。すなわち、龍の顎から蟇蛙の口のなかへ弾きだされる青銅の珠がふたつ、方位盤上で正反対の方角を指すため、皇帝は、ふたつの相対《あいたい》する方角へ兵を送らなければならなかった。地が震えるとき、天子すらも動揺したのである。

高度な技術により地震の震度がほぼ即座に算定され、震源の深さと位置をきわめて正確に特定できるようになった今日においても、中国古代の教訓は意味を失っていない。こうした事象が発生すると、符号や基準が突然、混乱を来たす。地震を経験した人にはわかることだが、一瞬のうちに世界が土台の上でぐらつきはじめ、空間と時間の座標軸が完全にくつがえる。時間が延び、空間には亀裂が入る。東西南北の四方点も、あてにならぬ指標、不確かな目印になってしまう。津波と原子力発電所の爆発が加わりでもすれば、これはもう、自然災害、人災、産業災害、政治災害どころか、僕たちの生き方のすべてを問い直さざるをえない事態となる。

史家が伝えるところによれば、張衡の感震器は一度、ある折に完璧に作動したことがあった。

ある朝、青銅の珠がひとつ、銅鑼《どら》を打ち鳴らしたような音を立てて蟇蛙の口に落ちた。珠の指す方角は唯ひとつ、北西である。しかし、近くで揺れが感じられた気配はなく、張衡を敵と見なす人びとは、ここぞとばかり発明家を激しく攻撃した。張衡の感震器は機能しない、張衡の分析は誤りである、張衡の論理は認容しがたいなどと、一日じゅう激しい批判が続いた。ところが、その日の夕方、目を血走らせて服を埃まみれにし、疲労困憊した騎兵が一人たどり着き、北西の方角、五百キロ近く離れた甘粛《カンシュク》の省で、大地震が発生したことを告げ知らせたのである。

いうなれば、張衡の感震器は、張衡の敵がかたくなに否定し無視し続けたことを知っていたのである。すなわち宇宙は、宇宙について僕たちが知っていること、知っていると思っていること、僕たちの目に見えるもの、見ることが許されているものだけに還元できるわけではないということを、である。無限の広がりのなかでせめぎあう、僕たちには気づかぬ力が存在し、この力が、風のように速く、炎のごとく万物を嘗め尽くし、あらゆる方角から一挙に到来して、あらゆる方向に過ぎ去る。僕たちといえば、周囲に響く低い唸るような音に「耳を澄ます」のみである。不可視なるものが存在し、波動や流体、そして振動のかたちをとって顕現する。精妙な装置のみが、これを感知、記録し、別の記号に写しかえることができる。地下に、暗く捉えがたい、密かな、秘密裡の生が存在している。

しかしながら史書によると張衡は、政治的な屈辱を何度か被り、誉れある職をいくつか辞したすえに、隠棲の暮らしを選んだ。当時の文人がみなそうであったように、張衡もまた数学者で詩人、書道家で画家、作家で音楽家であった。漢の文明開化の時代には、高価な絹や重くてかさばる木版に代わって紙が徐じょに普及しつつあったが、張衡は、亜麻や麻、樹木の繊維の上に長い叙情詩や叙事詩を書き付けた。張衡の叙事詩には、街まちの形状や自然界の魅力の細部を余すところなく綴った素晴らしい描写が残っている。

張衡は、円周をなす城砦や見張りの塔、狩り場を描き、船遊びや噴水の有様を叙し、鵜飼いや蛸釣り、弓矢試合を活写する。女性を花に、男性を船に喩え、蕪《かぶ》や菜種《なたね》を見て陶然とし、赤紫蘇《あかじそ》の、紫の地色にピンクや緑のまだら模様を散らした微妙極まる色合いに、あるいは呉茱萸《ごしゅゆ》の枝えだの繊細さに感嘆する。呉茱萸は「十万の花をつける木」と呼ばれ、嚢状《のうじょう》の漿果《しょうか》を鳥が好んでついばむという。そして年を重ねるにつれてますます、川辺で星辰《せいしん》を数え、巌《いわお》を眺め、雲を観察して日々を過ごすようになる。

天才的な発明家にして、天文学者、製図家、「峻厳かつ蜜より甘き数学」のありとあらゆる精妙さを知り尽くした幾何学者、初めて球形の天体儀を作り、驚くべき精度でπの値を推定した人物——一部の科学史家によればプトレマイオスやレオナルド・ダ・ヴィンチにさえ比肩しうる人物——の、奇矯な光景である。張衡は、皇宮に背を向け、書を読み、琵琶を奏し、森の奥深く、また積雪の輝きのなかを散策し、天空の星の動きを眺め、あるいはまた、鬱蒼として光沢のある緑葉の上に昆虫が動くのを見て時を過ごす。そして、何よりも、恋が張衡を魅惑して離さない。張衡は詩のなかで、豪奢な姿の恋人を誇張のない文体で讃える。女性は張衡に剣を与え、張衡は女性に翡翠《ひすい》の指輪を贈る。天の川の畔《ほとり》での逢瀬は、地上のどんな歓びにもまさるものであった。

フクシマの大災害について、あまりの激震ゆえに地球の自転速度が速まり一日の長さが縮まったほどの今回の地震について、張衡なら何を思ったであろうか、僕にはわからない。しかしおそらく、泥にさらわれて行方不明になった何千もの人びとに思いを寄せ、強靭な分析力をもって、だれに追従することもなく、放射能の未知なる脅威を解き明かそうとしたのではないか。僕が想像するに、すべてを超越する自然の力の支配について、技術の力と恐怖について、僕たちの棲息環境が被った惨害について、生産体系の不条理と消費社会の狂乱について、一方では飢餓が組織化され他方では常軌を逸した浪費がおこなわれている現状について、張衡は僕たちに多くのことを諭し、思い起こさせようとしたのではないか。

しかし、おそらく、もっとも重要なのはそうしたことではない。張衡は最晩年の詩において、自分が想いを寄せる黒き瞳の妙齢の女性とともに、鷺《さぎ》のいる森のなかで、黙って梅の花を見つめること以上の人生の幸福はない、と書いた。人類史の重要な一章が、僕たちの眼前で、混沌たる数字と多くのものの崩壊をともなって書き記されつつあるいま、この本を書き起こすにあたり、冒険心に満ちたこの地震学者の思い出を語ることは決して無駄ではないと僕には思われた。

第Ⅰ部

扇の要

一

二〇一一年三月一一日金曜、午後のまだ早い時刻、窓の振動。何かが、蓋を開け、低く唸って身震いし、外に出ようとしている。

最初はなんでもない。きわめて微かな、動きともいえない動き、象牙色の壁に入った裂け目、骨に入ったひびのような何か。自分がどうやってこの動きに気づくのかもわからない。たぶん、何か置物が動いたか、出窓の近くに並べたがらくたが身震いしたか、あるいは、空気中の、光のなかに浮かんでみえるいくつかの埃の点。音も立てず、巧妙に、何かが成長し、流れをなし、休みなく循環する。

そしていま、身震いはテーブルを満たしてあふれだし、波のように揺れる。小さく唸りながら場所を変え、ペン、ノート、本に触れ、コンピュータのキーボードを脈打たせ、文字列のあいだをすり抜けるようにして上昇し、ディスプレーに到達する。が、脈動は感じとれない。長大なフレーズが固有の旋律を奏でて動きはじめ、一瞬のあいだ、全宇宙の源にして中心となる。滑らかで、明瞭で、流れるようであったかと思うと、がたがたと不規則で、無秩序で、詩的で、センテンスを破壊し、構文を解体し、予測を逆転し、すべてのプランを変更し、プログラムをくつがえす。このフレーズを、一瞬の全真理を表すひとつの文に凝縮するとすれば、「地の深みより、ついに来たれり」となるだろうか。

光に満ちた午後、家のなかを温かな微風が吹き抜け、僕はジュンと一緒だ。僕たちは、大きな木製のテーブルでコーヒーを飲んでいる。ツバキとショウブの花のなかで、袋小路を芳香で満たすジャスミンの花の上で、そしてジュンの瞳の内で、春がきらめく。ジュンは、椅子に座っていて、僕と同じようにテーブルのざわめきを感じた。ジュンは笑う。ジュンはここ東京で、日本人を父に、スペイン人を母にして生まれた。東洋と西洋が出会ってできた、蔓植物のような身体。黒い髪、フランス語のアクサン・シルコンフレクス記号のように真んなかが高く上がった弓なりの眉、柔らかな感触であることが見てとれる肌。目は、笑うととても小さく、微笑むととても大きくなる。口は、からかうような調子と笑いのあいだをいつも揺れ動いている不思議な非対称形の花だ。ジュンが笑うと、真っ白で並びのいい歯が世界じゅうに挑みかけるかのようだ。

カップのなかでコーヒーが小刻みに震える。湯気の立つ黒い液体の表面に小さな同心円が現れ、やむことなく広がり、陶器に触れて消滅したかと思うと、今度はもっと速く、もっと勢いのある円が現れる。テーブルの上の本が動きはじめる。鳥の囀《さえず》りが止まった。僕は、コーヒーの上に現れる螺旋《らせん》模様を横目で見ながら、振動が止まるか、あるいはさらに大きくなるかを窺《うかが》う。いまこの瞬間に、東京のあちこちのオフィスで、ビストロで、レストランで、何百万人もの人が、僕と同じことをしている。視線を、コップのなかの水に、ジョッキに注がれたビールに、湯呑みのなかの緑茶に、尋常でない濃密さで釘付けにしているのだ。

世界じゅうが突然、茶碗のなかの渦を、一杯のお茶を襲うサイクロンの動きを、固唾《かたず》を呑んで見守る。

ざわめきと混乱が始まるなかで、僕は落ち着きを保とうとする。視線がジュンの視線と交わる。ジュンは怖がっていない、ジュンは笑う。しかし、ジュンの口元に軽い不安の色が見てとれる。唇の端とみずみずしい頬のあいだにできた襞《ひだ》。ジュンは、うっとりするような微笑みを浮かべている。

ジュンの様子を横目で伺いながら、僕は、高まり広がるざわめきに耳を澄ます。かぼそくも凄まじい昆虫たちの大顎の音、白蟻の言語。砂利の軋む音と嘴《くちばし》で細かくつつく音の混じった、かよわくて粗暴な、奇妙な言葉、昆虫の方言。

一

三千万匹のコガネムシ、セミ、テントウムシ、そしてコオロギが、原始的な昆虫の群れ——イナゴやイモムシ、アブラムシ、チョウ——が、テーブルを、イスを、家具を、壁を、虫けらの凶暴さをもって制圧した。胸郭を、腹腔を、脚を、羽を、触覚を突きだす。齧《かじ》り、穿《うが》ち、掘り、腰板《こしいた》の下でもじゃもじゃうごめく。昆虫たちのよく動く頭が、かぼそい首の上にのっかっている。昆虫たちが家全体を背中に乗せる。

床が浮くように揺れ、天井が軋み、木の節がぴくぴく震える。僕は、これまでに何度も読んだり聞いたりした心得をすべて思いだす。日本に住む人間ならだれでも、いくらか違いはあっても、ほぼ暗記している心得だ。

「落ち着け」（落ち着いている人がいたら、見てみたい）。

「走るな、外へ飛びだすな」（崩れ落ちる家の下にとどまれ、ということ）。

「火をつけるな。ガスと電気を切れ。できる限り初期消火せよ」（僕はこの「初期消火」というシューシューした韻が好きだ）。

「落下したり倒壊しそうなものから遠去かれ、窓から離れよ」（鉄製の枠のなかで酸っぱい摩擦音を立てる窓が、そう呼びかけているようだ)。

そして、何よりもまず「腕で頭を保護し、壁か柱のそばに身を寄せよ。テーブルの下、机の下、ドア枠の下に入れ」。

僕は、とりあえず、非常に賢明かつもっとも実践しやすい心得であるように思われた最後の心得だけを大急ぎで実行することに決めた。ジュンの腰に手をかけ、「テーブルの下だ、ほら、テーブルの下」と耳にささやくチャンスでもあったから。ジュンはまた笑い声を上げ、そのしなやかな身体をテーブルの下に潜りこませる。

作家という呼称に値する作家は、少なくとも一度、テーブルの下に潜るという経験をしてみるべきだろう。机の水平な板の下に滑りこみ、椅子と屑かごを外へ押しだし、生の裏側に、レーザープリンタと古いリトレ仏語大辞典*のあいだに身を置く。

パースペクティブの逆転。つまり、騒ぎの上方ではなく、下方に身を置くこと(どちらにしても、もちろん同じことなのだが)。視界がずれて、世界が、テーブルの脚のあいだに、新しい角度から、浮きあがるように、そのもっともきめ細かな肌合いを表す。これがまさに詩的で、奇妙で、突飛なのだ。一瞬のうちに、頂点から底辺へ、布地から織糸へ、事象の表面から底面の真理へと移動する。震えが最大化する状態に身を置くともいえる。そして、この状態で記録を取るのに理想的な場所が、床面すれすれ、脚の上ではなくて下、物事の外観の裏側に据えた、机の下の奇妙な書き物机というわけだ。

一

そしてまもなく、音は、まさにマッチ棒が燃えあがるように二階へ上ぼっていく。階段を攀《よ》じ上ぼり、キーキー、キシキシいいながら広がり、無数の小さな怒ったような音、波が打ち砕けたような音符になって弾け散る。音はさらに高く上ぼり、ぶつかりあい、増殖し、分裂する…。桁、梁、仕切りを伝って家の構造をなぞり、空間に狂ったような存在感を与え、モノの表、裏、すべてが震動し、顕現する。家が、畳、床板、ベランダが膨張し、紙と木は怒りで——歓びで、かもしれない——震える。

というわけで、テーブルの下から僕は目を凝らし、耳をそばだてる。上昇し、深さと周波数と振幅を次第に増していく音の、くすぐるような動きが聞こえる。最初はとても短い音、非常に繊細で非常に速い音のシークエンスが連続する。それから、四分音符、二分音符、四重和音…。音の鍵盤の上を駆けあがったかと思うと逆方向にカーブを描き、プロペラのように旋回する。姿の見えない弦楽器が奏でるヴィブラートの下で、ドアというドアがシューシュー、ヒューヒュー音を立てる。壁がバリバ

＊　十九世紀後半に編纂された定評ある仏語大辞典。文献研究をおこなう人には必携の辞書だが、一般家庭ではあまり馴染みがない。

り軋み、爆発が起こっているような短いパチパチ音も聞こえる（あとでわかったことだが、これは漆喰の小さな固まりが前庭に敷いた赤レンガの上に落ちる音だった）。雨樋《あまどい》が外壁を叩く、石が金属を、金属が石を、一度、二度、三度、そこらじゅうを叩く音、爆撃音、止めどなく。

今度は、地面を踏み鳴らし、ぶつかりあうような音の一群。鈍い音、金属的な音、ほとんど聞こえない、あるいは見当すら定まらない音、立ちあがる音、這う音。地震は、奇矯な響きを、思いがけないリズムを、抗いがたい抑揚を目覚めさせる。聞いたこともない音の組み合わせ、新しいジャンルのオペラ、騒がしい音の行列…。台所では、引き出しが、下から上へ、次から次へと開き、フォーク、箸、ナイフ、小匙《こさじ》のオーケストラを床に打ち広げる。ワイングラスはタップダンスを踊り、皿はカスタネットを鳴らす。食器棚の戸が開いた。タイルの上に落ちて割れるグラスの音、シャンペングラスは夢遊病者のようにひとつずつ前に迫りだして落下し、真珠が触れあうような小さな溜め息をもらす。

僕たちのまわりでは、ドアがバタバタ開閉し、窓が跳びあがる。まるで幽霊屋敷だ。地中からやって来た悪魔の一団が家を侵略する。襲撃開始。地下に棲むたくさんの爬虫類が地下水と地面の亀裂に沿って這いあがり、下水管のなかで身震いし、地下道のざわめきと洞窟の唸りを持ち去る。攻撃だ。疾走する馬の一群、アブに追われる水牛の群れ。墓の蓋が開き、すべてがざわめき、揺れだす。千頭のワニの逃走、滝をなすナイチンゲールの囀《さえず》り。

一

地震は、あらゆる場所で、自分が支配できる場所であればどこででも増殖する。椅子を揺らし、ランプをくつがえし、鴨居《かもい》に、欄間《らんま》に襲いかかる。家全体がジャングルになる。部屋の角を昇り、壁と天井の継ぎ目を越えたかと思うと、板張りの上を駆け降りる。ついに、地震は部屋の頂きに、天井のすぐ近くに到達し、屋根を捕まえる。ひと揺れ、またひと揺れ、家は今度は、自律した生命に満たされたように大きな揺れをくり返す。苦しそうに、罵り声を上げ、ゼイゼイひどく息切れしながら。窓枠や戸の枠はうるさく騒ぎ、管はガラガラと転げ落ち、屋根裏や壁は苦痛の呟きをもらす。トイレの便座の蓋が骸骨の顎のようにカタカタぶつかる音。大腿骨と脛骨《けいこつ》が壁を突き破って出てきそうなくらい。音も、木も、騒音も、コンクリートまでがクレシェンドをなして膨らみ、骨組みに付いた神経や腱がそのなかで伸びて、家の骨格のすべてがユニゾンで演奏するのが聞こえる。

とてつもない騒音。これらの音を、取りまとめて集めるか、あるいは、数えることが可能な出来事に還元できるような、必然性をともなった何ものも存在しないように思える。振動が空間中のすべての点を飽和させ、空間を理解しがたいものにしてしまう。波動、散乱。すべてが分岐し、分解する。爬行《はこう》する動物、音の蛇、龍の生きた尻尾のようだ。僕は突然、なぜ日本人が地震をナマズ——あの、半分ネコで半分軟体動物のような生き物に喩えるのかを理解した。崩れたかと思うとほとんど一瞬のうちにまたかたちを現す、敏捷で、豪奢な、洞窟の深みからやって来た身体のような何か。

昂まる音はまた、光を、色を変化させる。床の高さにいる僕の場所から窓の刳貫《くりぬ》きをとおして見える青空は、深くて暗いプリズムを通したかのように曇り、神秘的な激しさを帯びる。テーブルの下でもすべてが振動する。縦方向の揺れ——地震のなかで最も危険とされる縦揺れの地震だと僕は意識した。

テーブルの脚と椅子が浮きあがり、また落下する。机は歯をカタカタ鳴らして震え、椅子は熱があるかのようだ。スツールはポルカを踊る。ありとあらゆるモノが、身体をそらせ、後ろ脚立ちになり、反乱を起こす。間歇的に発生する空中遊泳状態。またひと揺れ。そして、僕の美しい弥勒菩薩《みろくぼさつ》像（仏教の未来仏）は、文字どおりギロチンにかけられたように首が落ちてしまった。台座は割れ、青銅でできた頭部はテレビを載せた台の下まで転がっていく。弥勒菩薩の永遠の微笑みは、いまや埃と残骸のなかに横わった。弥勒菩薩像の横には、花瓶から床に散り落ちた梅の花びら。もっとも美しく、もっとも脆《もろ》いものが最初に落下するのだ。

しかし、地震が絶頂に達するのは本棚の稜線上。横板の上を走り抜け、板と本のあいだに滑りこんで、フランス詩の本が並ぶ頂から、一冊ずつ、まるで首を落とすように本を墜落させ、機関銃の発射音のような音を響かせる。最初に落下するのはサン＝ジョン・ペルス。「急げ！　急ぐのだ！　人間のための証言を！」*もっとも高い岬の端に航海目標を描き、暗礁の表面に白い十字を記した詩人も、**地震の突風には数秒とは抗えない。別名サン＝レジェ・レジェとも名乗った詩人は、その名のごとく

一

軽がると宙に舞いあがった。***ヴィニーがすぐあとに続き、次にラマルチーヌ。そして今度はランボーまでが面食らうほどやすやすと一本脚で退散し、ヴェルレーヌとその長い啜り泣きが続く。ルコント・ド・リールもじりじりと待ちきれず、まもなく合流。そのあとには、ラフォルグやルイーズ・ラべやらがごちゃ混ぜになって続く。****大詩人ヴィクトル・ユゴーといえば、躊躇《ためら》い、あれやこれやと逆らい、全集のありったけの力をもって罵り唸ったすえに、轟音とともに落下。かたやエメ・セゼールは、優雅に、毅然とした様で墜落。ネルヴァルはルネ・シャールに跨るように落ち、クローデルはヴィヨンの上に、ヴィヨンはアポリネールの上に重なる。*****そして、ついにマレルブ来たりて、ロンサール、デュ・ベレ、ベロー、ジョデルらプレイヤッド派の詩人をすべて引き従えていく。アレクサンド

＊　サン＝ジョン・ペルス『風』有田忠郎訳、書肆山田、二〇〇六。ペルスはグアドループ生まれの二十世紀の詩人。

＊＊　「もっとも高い岬の端に航海目標を描き、暗礁の表面に白い十字を記した」はサン＝ジョン・ペルスの「航海目標」からの引用。**Saint-John Perse, *Amers***（航海目標）, **Gallimard, 1957.**

＊＊＊　サン＝ジョン・ペルスの本名はアレクシ・レジェ。サン＝ジョン・ペルス、サン＝レジェ・レジェなど複数のペンネームを使った。仏語で「レジェ」の音は「軽い」の意味もあるため、サン＝レジェ・レジェは「聖なる＝軽い・軽い」とも聞こえる。

＊＊＊＊　詩人ランボーは晩年、腫瘍が原因で右足を切断。またヴェルレーヌとの複雑な情交でも知られる。「長い啜り泣き」はヴェルレーヌの「秋の歌」の冒頭の句。ヴィニー、ラマルチーヌ、ルコント・ド・リール、ラフォルグは十九世紀の詩人、ルイーズ・ラベは十六世紀の女流詩人。

＊＊＊＊＊　エメ・セゼールはマルチニーク生まれの詩人で政治家。二〇〇八年没。ヴィヨンは十五世紀、ネルヴァルは十九世紀、シャール、クローデル、アポリネールは二十世紀の詩人。

ラン、オード、ソネが、真っ逆さまになって埃のなかに墜落した*。シュールレアリストは、みなが一斉に激しい突風を起こして埋もれてしまった。ブルトン、アラゴン、エリュアール、デスノス…。上と下が矛盾するものとして知覚されなくなれば**、事は簡単。全員が下へ向かって飛びこむだけだ。白髪の拳銃***が彗星のようにシューッと部屋を横切り、落雷のような音を立ててリビングのテーブルに衝突する。こうしたてんてこ舞いの最中にあって、ポンジュは、特段大きな音を立てることもなく、床の上に散らばった梅の花びらとカーネーションの上に落ちた。ポンジュは梅の花につねに親しみを感じ、カーネーションをとても愛したのだ****。イジドール・デュカスはといえば、後ろ向きになったかと思うと、こんな小さな本がどうして、と訝《いぶか》られるほどの大きな音を立てて落下。地殻変動を引き起こしたのはもしやこの本ではなかったか、とさえ思われた*****。一冊ずつ、グループで、束になって、本が、本のなかの文章が、単語のなかの文字が、音素が、音節が、語節が、音のセグメントが、ドサリ、ドサリと床に投げだされる。文法は失われ、構文は停止し、世界の秩序の全体が、節を、唱句を、段落を、一つずつ失って解体していく。フランスの詩人が全員やられてしまった。あの上のほうで、ずっと上のほうで、ボードレールだけが、なぜだかわからないが抗っている。永遠の反抗者だ******。

もはや、地上のどこにも安全な場所はない。もはや、何もかもが——テラスに注ぐ陽光を透かして見える青い空と白い雲、繻子のような牡丹の赤い花、そうした日本の春の彩りも、袋小路に満ちる花の香りも、意味を失ってしまった。残っているのは騒音と地面だけだ。振動が世界を支配し、くり返し、拍子を取って、現実に衝撃を与える。しかし、物質の抵抗は尽きない。そして、同じ振動が、内側から崩れ落ちる崖のように精神の内にも広がり、動揺、恐怖が生まれる。音は体内にも入りこみ、器官を穿《うが》つ。心臓が跳ね、呼吸が速まり、瞼《まぶた》が瞬く。まさにこの瞬間、虚栄心と傲慢は解体し、脱いだ服が落ちるように、剝《む》いたオレンジの皮がゆっくりと落下していくように、われわれを離れる。するとわれわれは、ただの歓び、苦痛、メカニズムに戻る。テーブルの下で全感覚をそばだてていると、現実がまったく別のものとなって経験されはじめる。世界が突然、謎めいた存在として、名付けようのないほどの残酷さと感覚的な力を持って、姿を表す。

一

* プレイヤッド派は十六世紀の七詩聖と呼ばれる詩人群。プレイヤッド派に続いて古典主義の規範を打ち建てた詩人マレルブが登場し、「ついに、マレルブ来たれり」と讃えられた。アレクサンドラン、オード、ソネは韻律・定型詩の伝統的な形式。

** 「上と下が矛盾するものとして知覚されなくなれば」は、アンドレ・ブルトンの「第二シュールレアリスム宣言」からの引用。"Second Manifeste du Surréalisme", André Breton, *Manifestes du surréalisme* (シュールレアリスム宣言), **Simon Kra**, 1937.

*** 「白髪の拳銃」はアンドレ・ブルトンの作品。

**** フランシス・ポンジュは日本の現代詩にも大きな影響を与えた二十世紀の詩人。「カーネーション」と題した作品がある。

***** イジドール・デュカスは、ロートレアモン伯のペンネームで書かれた「マルドロールの歌」で知られる十九世紀の夭折の詩人。

****** ボードレールは「反抗」の詩人として知られる。

僕はジュンを見る。ジュンは僕を見る。すべてが崩れ落ち、震え、すべてが僕たちの周囲で瓦解しつつあるときに、テーブルの下でいったい何をすべきなのか。ジュンは答えを見つけた。唇が軽く開く。唇は少し湿っている。ジュンは僕にキスする。目が輝いて、握った手が開く。僕たちは身震いする。これは別の震えだ。しかし、同じ震えでもある。戦慄の身震いでも、疲労の身震いでもなく、枝えだと木の葉のざわめき。僕たちはいま、世界が震えるように、震えている。これこそがおそらく、いま僕たちに与えられているもっとも素晴らしいものだ。接吻の息吹、純粋な幸福、生きている歓び。

すでに一九二三年、駐日フランス大使であったポール・クローデルは、「この釜の蓋のような場所に一国の首都が置かれた*」ことに憤慨していた。東京から横浜までの都市部を襲った大地震（死者十四万人）で破壊された関東平野を徒歩で回りながら、クローデルは、その聖書ふうの、かつ驚くほど明晰な文体でこう書き記した。「途方もない火の嵐が吹き荒れ、池の水さえも煮えたぎり始めた。」「東京に着任して以来、われわれは絶えず大地の身震いや足元の轟音《ごうおん》、ひっきりなしに起こる大火の歓迎を受けた。自分たちが、じつは葉叢《はむら》や花々の下で半ば眠っているキュクロペス（ギリシャ神話に登場する一眼の巨人、獰猛野蛮《どうもうやばん》な力をもつ）に迎えられた客であることを理解したのである。**」

今度は、間違いなかった。ひとつ目の巨人キュクロペスたちが目覚めたのだ。

一

静寂。

音が小さな振動となって循環し、遠去かり、希薄になり、弱まり、しまいに聞こえなくなる。部屋は、ぶっつりと黙りこんだかのようだ。聞こえるのは、自分の呼吸のざわめきだけ。僕はテーブルの下から頭を出す。かなり狼狽した顔をしていたに違いない。天井から肩の上に漆喰の粉が落ちてくる。どこかに亀裂ができたのだ。揺れはどれほど続いただろうか、わからない。たぶん、二分か、三分…。ずいぶん長い時間。地震のときに腕時計を見てもなんの役にも立たない。地震は時間の揺れでもある。時は、金属の文字盤と秒針の刻む間隔のなかに閉じこめられたものであることをやめ、固有の存在を得る。もはや、何にも従わないのだ。

のちのテレビ報道によると、地震発生は一四時四六分四四秒、揺れは二分以上続いた。テレビはこ

---

* Paul Claudel, *Correspondace diplomatique Tokyo 1921-1927*（外交書簡　東京一九二一～一九二七年）, Gallimard, 1995.

** ポール・クローデル『朝日の中の黒い鳥』内藤高訳、講談社学術文庫、一九八八。キュクロペスは火山など自然の火力を象徴するギリシャ神話の巨人で、地底に閉じこめられていたところをゼウスに解放された。ホメロスの「オデュッセイア」のなかでは、オデュッセウスに勧められた酒に酔って眠ってしまう。

うして、事象を、時間の枠のなかに記録し直し、社会的な枠組みのなかに改めて統合しようとする。まるで、今回のようなすべてを貪り尽くすほどの甚大な震動を、日付けの大きな体系のなかに取りこみ、番号を付け、線の上に位置付け、ひとつの項目内に分類することが可能であるかのように。地震のマグニチュードについてはしばらく数字が定まらなかった。最初に発表された数字はマグニチュード七・九。その後八・四に、さらにその二日後には九・〇まで上方修正された。日本の震度分類では七、存在しうる最大の震度だ。どんな計測の体系も今回のような事象には適用不可能であることを示しているようでもある。地震は空間だけでなく、時系列にも狂いを生じさせる。地震が発生すると、一日という整然たる線の上に、数瞬間、そこだけが別の時間系でありうるような割れ目が描かれる。不安の裂け目、震える線の当惑。

僕はテーブルの下から身体を引き摺りだす。よろめく。親指を床の上にきちんと平らに置いて、足はいつもの姿勢に戻る。足が微かに震える。だいじょうぶ？　うん、だいじょうぶ。――前へ進む。そこにあったナプキンをつかんで、カップを跳び出て床板の上にこぼれたコーヒーを拭きとる。本を跨いでドアまでよろよろ進む。玄関では、長い電気コードの先にぶら下がったふたつの電球が、びっくりするほどの大きな円を宙に描いて揺れている。外へ出る。世界は、いまもそこにあった。

洗濯機のぐるぐる回転する洗濯槽のなかを通過してきたような感じ。激しい地震のあとは、すぐには真っ直ぐに歩けない。身体があまりに揺れたために、足が再び地面を踏みしめると、下船したときのような軽い目眩《めまい》、酩酊感を覚える。

しかし同時に、まさにこの瞬間、信じられないほどの明晰さが存在する。空気はより軽く、透明で、感覚は研ぎ澄まされている。すべてが、よりはっきりと新鮮に知覚される。世界が突然、まるで淡い色のアイスクリームになったように、丸みを帯び、輝きを増し、感覚を刺激し、透明なのだ。袋小路を少し歩いてみる。外には、みずみずしい緑の葉叢と皮のような木肌をもった樹々がある。

一

最初の反射行動は携帯電話。ポケットのなかを探し、ディスプレーを開き、番号を打ちこむ…。話し中。別の番号…話し中。固定電話も同じだ。明らかに電話が機能しなくなっている。回線が飽和状態か、接続が切れている。しかし、数秒後、ピーと小さな音が鳴って、携帯電話の本体上に赤い光が灯る。SMS*を着信。上海の企業からの超安値の洋服の売りこみだ。玩具、スカーフ、エレクトロニクス部品、金銀のアクセサリー、コーヒー、ピクルス、キーホルダー、帽子、ブブゼラ**まで。その日の午後、僕の携帯が受信できたのは中国のテレマーケッターからのSMSだけだった！（こういうと

---

* Short Message Service
** サッカーの試合などで観客が応援のために吹き鳴らすラッパ。

ころで中国の輸出競争力がわかる、と僕は思った）。皿のかけらとグラスの破片のあいだを縫って台所を点検する。ガスが切れていて温水もガスレンジも使えない。しかしインターネットはつながる。だからみながインターネットで近しい人に無事を知らせ、ニュースを見る。

まさに爆撃。数分間で数十通のメールを受信。まったく意外な、もう何年も会っていない人からのメールもある。

わざとらしくリラックスしたメール「東京は大揺れだってね？」

せっかちで、熱っぽいメール「メールする余裕ができたらすぐ、無事を知らせてくれ。」

儀礼的で荘重なメール「貴殿と日本のことを憂えずにはおられません。」

定型句を並べた電報調のメール「東京で地震、津波警報発令、心配。消息乞う。グロスビーズ*。」

ユーモアを効かせた宇宙的規模のメール「東京は世界の終末的《アポカリプス》状況に違いない。じゅうぶん気をつけて。」

全部のメールにそれぞれ返事を書く。それから数日間、さらに多くのメールを受信することになるが、あるときなどは、あまりにたくさんのメールを受けとったものだから、自分がすでに故人になったような気がしたほどだ。

ジュンがテレビをつける。テレビに映るどの人も不安気で、興奮し、呆然としている。驚愕と、ある種の過剰活動性プラグマティズムのあいだを揺れ動いている。番組はもちろん全部中断、テレビ局は同じ注意と同じニュースをくり返し流し続ける。どのチャンネルも建物の最上階か建物内にカメラを設置し、戦闘開始直前のような大騒ぎの様子を映す。テレビはわけもわからぬほど早口にまくし立て、つまずく。ラジオは唾をまき散らしてがなり続ける。ニュース局は全部、地震のニュース一色。熱に浮かされたような状態。NHKさえ、日本の国営テレビとしては異例の混乱状態にある(紙が舞い、スタッフが何度もお辞儀をして恐縮しながら最新ニュースを手渡すために画面内に現れ、机の上には歪んだプラスチックのコップがはっきり見える)。記者が黄色い芥子《からし》色のヘルメットをかぶってニュースを伝えている。地震のあとで初めてこみあげてくる、抑えがたい笑い。

画面の右下には日本地図がはめこまれた。太平洋岸は全部赤か黄色で塗られ、規則的に点滅する。そしてときどき、短い警報が入る。

TSU―NA―MI

＊「グロスビーズ」は親しい人のあいだで使われる手紙の最後の決まり文句のひとつ。文字どおりの意味は「大きなキス」。

僕はリモコンを探し、チャンネルを次つぎに変えてみる。今度は間違いない、大地震だ。どの局を見ても例外なく日本地図が描かれ、画面の右下四分の一近くを占めている。輪郭が浮きあがり、鮮明な色が付いているため、すぐに目を引く。色は、チャンネルによって緑、黄、赤といくらか異なる。十チャンネルは、挿入した日本地図にとりわけ甲高い警報音を付けている。ときどき日本地図が画面全体に広がり、押し寄せるニュースの波に埋もれて唖然とするキャスターを（押し寄せる波に埋もれるというところに、まさに時事性がある）、すっぽりと呑みこむ。

テレビのアナウンサーは珍妙極まりない顔をしている。沿岸の港からの中継用イヤホンを付けたニシンの顔、ハタの顔、コダラの顔、タイの顔。イヤホンがしょっちゅう耳から落ちる。魚たちの耳には大きすぎるのだ。メガネをかけたメバルの顔、ワカメ頭の真んなかにワケメを付けて、いかにも真面目な様子。まるで、津波がすでにテレビのスタジオを襲い、ヘルメットをかぶりマイクを持った半魚人の珍種が打ちあげられたかのようだ。

英語の二カ国語放送を見る。外国人向けに録音放送が延えんと流れる。
「Tsunami is expected to strike in the following areas...」*（そして、声が、単調で冷たい女性の声が、乱れることなくアナウンスを続ける。）
「The Pacific coast of Hokkaido, The Pacific coast of Tohoku district, the coastal areas of Ibaraki Prefecture

一

and the eastern coast of Chiba Prefecture, the western coast of Chiba Prefecture and the coasted areas of Tokyo metropolis, Kanagawa and Shizuoka Prefectures and the Izu Islands, the coasted areas of Aichi and Mie Prefectures, the coasted areas of Wakayama and Osaka Prefectures and the southern coast of Hyôgo Prefecture, the coasted areas of Tokushima and Kôchi Prefecture and the coastal areas of Ehime Prefecture other than the settled island sea coast.」**

（僕はこの、英語と日本語が混ざった延えんと続く列挙が好きだ。）

「Everyone on the coast must evacuate to higher ground...」***

この瞬間に、地球上のすべての場所で、世界じゅうのすべての言語で、大災害が接近しつつある。

警告は倦むことなく繰り返される。ときおり男性の声が割って入るが、メッセージはほとんど同じだ。日本語チャンネルに変えてみる。人びとが肩に布包みを担ぎ、あるいは布団だけを背負って、安全な場所に避難しようと走る姿が映る。大阪空港では航空機がすべて滑走路の端に整然と並んでいる。

＊「次の地方に津波が到達する恐れがあります。」

＊＊「北海道の太平洋岸、東北地方の太平洋岸、茨城県の沿岸部と千葉県の東部沿岸地域、千葉県の西部海岸地域と東京都の沿岸地域、神奈川県と静岡県及び伊豆諸島、愛知県と三重県の沿岸地域、和歌山県と大阪府の沿岸地域及び兵庫県の南部沿岸地域、徳島県と高知県の沿岸地域、有人島の沿岸を除く愛媛県の沿岸地域。」

＊＊＊「沿岸にいる人は、高台に避難してください。」

どのチャンネルも、そのほとんどが、海、見渡す限りの海をいつまでも映し続ける。漁港や沿岸の町も映る。埠頭で、橋の上で、パトカーが、サイレンをうるさく鳴らし、警光灯をくるくる回転させている。カメラは険しい視線で水面を映し続ける。いまのところはごく小さい波が観測されただけだ（高さ八〜十センチ）。しかし、テレビが口を酸っぱくしてくり返しているように、最初の小さな波は往々にして間違った印象を与え、見ている人を安心させてしまう。そのあとに、たいていの場合、「ほんとうの」、危険な波がやって来る。すでに漁船が何隻か行方不明になっている。

いずれにせよ、これがバーナム効果*というやつか。こんな興奮の蔓延は、これまで見たことがない。そして、相変わらず、赤か黄色の太い線で海岸線が抉《えぐ》りとられたような日本地図。いまや日本全部に線が入った。東だけでなく西も、北も南も、北海道から沖縄まで。日本列島全部が沈没の瀬戸際にあるかのようだ。特殊効果を使い、このカラーの帯が点滅ではなく動くようにしている局がある。蛇のように波打ち、まるでウィルスが動いているよう。

三十分後、初めての余震、すごく大きい。すべてが再び揺れる。僕は外で隣人と話しているところだった。さっきと同じように始まる。まずは窓ガラスのざわめき、木が小さく軋む音。地震の先駆け

一

はいつも、バレリーナの繊細な動きだ。見習いバレリーナが気取った足運びで近づいてくる。

そして突然、地面が大きく揺れ、無数の貝殻があちらこちらから降り落ちてくるような、凄まじい騒音。今度は震源がはるかに東京に近い。耳を聾する喧噪、そこらじゅうで砲撃開始。地震を描写するとすれば、太鼓を打ち鳴らすように、という以上にぴったりする表現はない。非常に遠くから近づいてきて、あちこちに伝播する太鼓の音だ。僕たち自身が太鼓になるのだ。

僕は庭の塀につかまる。袋小路ではみながバランスを失う。すべてが、ゼラチンの台の上に載っているかのようだ。家のなかから人が飛びだしてくる。地震に追いかけられ、バネで弾きだされたように。動こうとする人も（いったい、どこへ行こうというのか）、足を踏みだすことさえできず、固まったまま。身体は前にやや傾斜して駆けだしそうに見えるが、駆けだすことは不可能で、足は目に見えない樹脂で地面に貼り付けられ、無駄に、危なっかしい大袈裟な動作をしているように見える。

街全体が鋭い音を立てて軋む。街灯は、立て続けに突風に煽られるかのように、軋むのをやめない。

＊ バーナム効果とは、だれにでも該当しうる、あいまいで一般的な記述を、自分だけに当てはまるものだと思いこんでしまう心理学上の現象。

地面が揺れているのだが、人はみな、空を見上げている。空が頭上に落ちてこないかと心配なのだ。ビルが東京の空のなかで大きく揺れる。向こうのほう、家並みが続く向こうに、東京都庁のビルが、まるで松の木が風に揺れるように、空のなかで揺らめいているのが僕の目にも見える。ビルが倒壊することだってありえないことではない。つまり、何だってありうるわけだ。僕たちのまわりはどこを向いても、街全体が茫漠たる規模の波動に揺れている。調整が悪かったか、あるいは調整が効きすぎたか、自動消火装置が作動しはじめた建物もある。水が流れだし、足を水に浸して廊下を歩かねばならない。

「ヒドイ　デス」「ヤバイ」「コワイ」……。こもった音の、短い間投詞が飛び交う。ひどい、やばい、こわい。大慌てで飛びだしながら、多くの人は反射的に同じ動作をしている。ケイタイ、携帯電話。何かにつなぎ止めてくれるポケットに入った小さな神様。無駄な試みだ。回線が全部切れている。「きっと中継塔が倒れたんだ」、心配そうな目つきでだれかが言った。だれも笑おうとする人はいない。火の手が上がっている。破裂した水道管から水が地面に漏れる。

ほんとうに、何が起こってもおかしくなかった。

二

災禍の三日後、完全な茫然自失状態。東北地方では津波の大波がすべてを流し去り、死者は数千人（死者の数は刻こくと増加。死者数の集計がテレビの画面の隅にくり返し表示される。野球の試合のスコアのように…）。人びとはひっきりなしの余震に苛立ち、東北の惨状に衝撃を受け、原発が次から次へと爆発していくことに不安を募らす。

テレビは同じ映像を延えんとくり返し放送する。どのチャンネルでも同じ映像が流れている。映像は際限なく増殖し、災害に災害を加え、恐ろしい濁流を作る。視聴者は、くり返し襲ってくるいつも同じ映像の濁流を前に身動きさえできず、濁流は視聴者を呑みこむ。メディアの津波だ。催眠術のように、いっさい説明もなく、本物の津波と同じように僕たちを打ち沈め、呑みこむ。波をかぶったあとの僕たちは、目をぎょろつかせ、どことなく驚愕し、幻覚を見たような、麻痺したような様子をしている。僕たちは映像の網に捕えられ、文字どおりの心神喪失状態にある。

ひとつの名前がくり返される。その名前は不思議なほどに明るく豊かでありながら、不吉に耳に響く——フクシマ。フクシマという名は「幸運の島」という意味だが、もはや、いまだ名前も定かでない大災害のぼんやりとした同義語でしかない。僕たちは、その大災害の原因もよくわからず、輪郭もつかめず、すべての結果をまだ想像することさえできない。

第一報が届きはじめる。啞然とする数字。日本列島を支えるプレートが四百キロにわたって三十メートル移動した…。

韓国の専門家によれば、韓国では数分間でいくつもの井戸が枯れ、養魚場の水が泥であふれた。朝鮮民主主義人民共和国は北に五センチ移動したという。五センチ？　たいしたことはない。京都大学の専門の先生が登場し、宮城県の牡鹿半島は五メートル二十センチ東へ移動し、一メートル八十センチ地盤沈下したと説明している。

また別の専門家が出てきて、さらにすごい数字を発表する。日本が五メートル東へ移動した！　米国に三メートル六十センチ接近したのだ…。

横浜では、地下駐車場が地上一メートル以上の高さまで飛びだした。地下駐車場が空中車庫になったとすれば、すべてが逆転したことになる。

テレビでは、まるで世界の終末を演出したような映像が流れる。映像の大波がすべてをかっさらっていく。外国のテレビ局は、地震と津波の被害を軽がるしく混同し、核爆発が起こったかのように報道している。ときには最悪の事態に歓喜しているのではないかとさえ疑われるほど、犠牲者の写真、動画、映像を見せつける。混沌が見せ物になる。崩壊は完璧である。

状況を見極めたいと思った僕は、フジワラ・ヒロシに電話をしてみた。東京外国語大学での十五年前の教え子の一人だ。優秀で闊達、大きな黒ぶちの眼鏡をかけて完璧なカットのスーツを着こんでいるが、人生を愉しむことへの情熱は人一倍で、夜の街を徘徊し、イタリア音楽とフランスワインを愛するという男である。現在は気象庁の地震津波監視課に勤務している。つまり、いま現在の国の中枢。もう何年も会っていなかったが、とても親切に応じ、「状況は深刻で、あまり時間はないが」と前置きしながら、職場に来るようすぐに言ってくれた。

気象庁は、東京の中心、大手町にある灰色の大きな建物で、日の丸が揚がっている。長方形をした建物の屋上には巨大な金属のアンテナが何本も立ち、まるでイナゴかコガネムシが靴箱から飛びだそうとしているかのように見える。

建物のなかはまさに蜂の巣だ。ヒロシによると、それぞれ七人編成の五チームが輪番で昼夜を分かたず勤務している。白と黒の市松模様の床の上を、濃い灰青色の制服を着た男性たちが（波をデザインした気象庁の丸いバッジを左肩に付けて。ちょっと入れ墨のよう）、ビロード張りの小ぶりの椅子に座ったままコンピュータからコンピュータへと滑るように移動していく。スピードとレスポンスの速さが大事なのだ、と直感する。

天井では蛍光灯が、動きのない、単調で悲しげな光を放っている。その下にはさまざまな色と大きさの百台ほどのコンピュータが机の上に並び、あるいはそこから壁を覆い尽くして天井まで届き、たくさんのグラフや図形が光り輝いて沸き立つようだ。どちらを見ても黄、青、赤の画面。画面上には蛍光色のカーブ、数字、枝分かれしたチャート図が描かれ、手かマウスをちょっと動かすだけで、花びらが開くように次つぎとウィンドウが開く。グラフ、図形、表、線…。エレクトロニクスのエピファニー祭*だ。いろいろな色の吹き流し、棒線、曲線の真んなかで、水晶の原石がきらめく。まるで、洞穴のなか、現代の洞窟壁画の現場にでもいるような気分。代数と地図のあいだで数字と漢字が混じりあい、目が眩むほど変化に富んだ線が描かれていく。

画面の上では地図と数字が波打ち、コンピュータにより絶えずアップデートされる。ここにはテレビの画面はほとんどない。厳密にいえば、ここでは画面を見るのではなく、読むのだ。どんなに僅かな地面の動きも見逃さぬよう、日本列島全体に戦略的に配備された百八十の地震計と六百の計測装置からつねに送られてくる値を解読し続けるのである。海にもたくさんのセンサーが設置されている。これらセンサーは、延長二百キロのケーブルにつながれ、まず船に搭載される。ケーブルは光ファイバーでできたウミヘビのようなもので、これを二日がかりで船に搭載し、さらに二日がかりで海底に降ろす。海中に展開される技術の驚異だ。センサーには地震用と津波用がある。水深一〜二メートルの海底に降ろされるのだが、その前に、神主がお祓いの儀式を執りおこなう。このほかにも、一九九五年の阪神淡路大震災（マグニチュード七・二、死者六千人超）後に配備された、約千のGPSステーションからなる衛星連続観測網がある。空、地表、海底をカバーする地球上でももっとも完璧な探知システムであり、ほかに類のない密度と質を誇る観測網であるが、それが今回の地震では発生後三日間にわたり、休む間もなくデータを発信し続けている。

＊　キリスト公顕祭。東方から来た三博士が、生まれて十二日目のキリストに初めて会った日を祝う。神聖なるものが「顕現する」の意。

ヒロシは、黒い椅子に腰を下ろし、こう言った。「世界で年間に観測されるもっとも強い地震の二〇%が日本に集中しています。ですから、日本人は地震に慣れているどころではないのですが、それにもかかわらず今度は驚かされました…。今度ばかりは日本人でさえ怖じけづいたんです！」

言葉を切ってコンピュータの画面にちょっと目をやったあと、今度はこう言った。「現在、計算がおこなわれているところですが、今回のマグニチュードはおそらく九に近いでしょう。強さの目安というか、規模感を持ってもらうためにいうと、過去に観測された最高のマグニチュードは一九六〇年のチリ地震の九・五です。このときも津波が発生しましたが、犠牲者は二千人だけでした。」ヒロシは困惑したような微笑みを浮かべながら説明してくれていたが、このだけという言葉を発すると同時にその顔が歪んだ。「今回の犠牲者はおそらくその十倍でしょう。東北の海岸一帯は非常に人口が多いうえに、地盤が柔らかく、一部の地区では家がまるで木と紙でできた小さな積み木のようなものになってしまいました。家屋がどんなふうに流されたかを見たでしょう！　本州は二メートル以上も地滑りし、地球の自転軸が十センチずれたんです。こうした家がどうなったか想像してみてください。精確な数値が出るのはこれからですが、東北の地震で放出されたエネルギーは、一九四五年に長崎に投下された原爆の二万四千倍だったと分析する同僚もいます。」

ヒロシは画面のほうを向き、海岸から数キロ沖に位置する小さな点を指さす。広い太平洋の端の小

二

さな点。「この青い点が、石巻市大瓜の計測点と呼ばれる地震計設置地点です。この地震計が最初の波動を伝えました。ここ——指が、画面上の青い広がりのなかに置かれる——牡鹿半島の先です。」

僕はうなずいた。牡鹿は知っている。数年前に一度行ったことがある。僕が行ったのは十平方キロほどの小さな島*で、人口は十人前後だが、サルが数千匹棲息している。神聖な島とされ、福の神である恵比寿と大黒を祀った神社がある。「三年続けて参れば、一生金《かね》に困らない」という言い伝えもある。地震が起こったのは、富と商売と交流の神域から遠くない場所だったのだ。奇妙な巡り合わせだ。

ヒロシは、明確、精密、詳細な説明を続け、腕を大きく振って、壁を覆うように並んだコントロール画面を示す。「地殻プレートのどんな微小な動きも光ファイバーを通じてコンピュータのネットワークに伝えられ、このネットワークがデータを分析し、理論上は、地表で地震が感じられる前に地震を検知することが可能です。マグニチュード、震央、深さ、津波の可能性など、すべてが驚異的な精度で数秒のうちに分析されます。三月一一日は、地震波が検知されてから八・六秒後には尋常でない規模の地震が発生しつつあることが確認され、その直後に、警察、ＪＲ、メディア、もちろん原発にも緊急地震速報**が出されました。強い揺れが到達する数秒前です。数秒というと取るに足らないよう

---

* 宮城県牡鹿半島の沖合に位置する金華山。奥州三霊場のひとつで、島全体が黄金山神社の神域となっている。

** 気象庁の緊急地震速報は、地震の発生直後に各地における強い揺れの到達時刻や震度を予想し、可能な限り早く知らせる早期警戒システム。

に思えるかもしれませんが、数秒前に警報が出ることで人命を救えるのです。戸口や窓を開けたり、ガスの栓を閉めたり。建設現場の作業員はヘルメットをきちんと締め直し、足場を降りることができます。三月一一日は、センサーからの情報でたとえば新幹線を地震到達の九〜十二秒前に停止させることができました。東北地方を走っていた二十七本の新幹線が急ブレーキをかけたのです。サーキットカーのように走っていた二十七本の列車が全部、数秒のうちにいっせいに停止したわけです。脱線は一件もありませんでした。数千の人命が救われたんです。」

ヒロシは静かに書類の束をつかんだ。「この資料を見てください。右上に書かれた時刻は一四時四六分五〇秒。つまり、地震波検知からちょうど十秒後に、ＮＨＫの警報パネルが表示されて点滅を始めました。その後、一分か二分のうちに日本じゅうに情報が伝わったわけですが、震央に近い場所にいた人びとにとっては遅すぎました。東京でもすでに揺れが始まり、ビルが土台の上で踊っていました。それからあとは、データの追いこみ、ハンティングです。」ヒロシは、ハンティングという言葉を発すると、まるで戦士に生まれ変わったように椅子の上で姿勢を正した。「相矛盾するふたつの条件、つまり、速く、精確に、というふたつを満たす必要があります。最初の二分間がきわめて重要です。最短時間でデータを集めて分析することで、可能な限り早く津波警報を出すことができます。二〇一一年三月一一日の大きな問題は、地震発生から二分経っても地面がまだ揺れていたことです！想像してみてください。ユーラシアプレートの滑りが止まらず、センサーが大わらわで発信を続け、データが殺到する。何千もの数値が衝撃波のように次から次へと打ち寄せてくるんです。三月一一日以降、ずっとひっきりなしにです。」

二

まわりを見回してみる。すごい熱気だ。地震発生から七十二時間後、だれもが肉体的にも精神的にも限界に達し、疲れきっている。それでも持ち場を捨てない。係官らは驚くほど静かで、集中している。どんなにわずかな兆候も、直ちに解読され、知識と理論のふるいにかけられ、仰天するような仮説が飛び交う。画面を囲んで激しい議論が交わされる。地震の幾何学的パラメータ、破面、断層の滑り量…。表面波マグニチュード、実体波マグニチュード、継続時間マグニチュード、モーメントマグニチュード、マクロサイスミック震度…。*

どの揺れも、本州の東北沿岸、北は岩手から南は茨城まで、幅二百五十キロ、長さ六百キロという並外れて広い範囲で発生している。これらの揺れの一つひとつから、いつなんどき、数日前にほぼ二万の命を奪った津波と同じぐらいの、あるいは、それを上回る規模の津波が打ち寄せてこないとも限らないのだ（二万という数字は行方不明者を含む。というのも、津波にさらわれて生きて戻ってくることはまずないからだ）。みなが緊張しきった雰囲気のなかで作業をしている。

* マグニチュードは、その測定や計算の方法によって、表面波、実体波、継続時間、モーメントなどの種類がある。日本で計測される数値は気象庁マグニチュード、世界的には主にモーメントマグニチュードが使われている。マクロサイスミック震度は、特定地点における地震の強度と被害の状況を併せて記述するもの。

地震により壊れたか、大きな損傷を受けたセンサーもある（物的破損、停電、火災、洪水…）。三月一一日の夕方一八時時点で、（百七十のうち）約三十の海底センサーと五十五の地震計がすでに使用不能となった。それでも気象庁にはデータが送られてくるが、震央にもっとも近い地区のセンサーが壊れたことで、対応に大きな遅れが出る。余震を検知し、津波警報を発し、破損したセンサーを修理し、データを分析し、プレス発表をおこなう…。これらを全部同時に進めなければならない。グラフを印刷したページがひっきりなしにプリンターから現れ、数字が蓄積し、目がかすみ、こめかみがピクピク脈打つ。どの人も静かだが緊張している。ノートを取っている人がいる。ペンが指のあいだでめまぐるしく動く。

波動の戦いだ。地表だけでなく、海中でも、大気中でも波動が記録される（地震によって発生する表面波が大気を圧縮し、電離層内の高度三百五十キロの地点まで乱れを生じさせる）。どんなにわずかな震動も綿密に調べられ、伝播、屈折、反射が徹底的に分析される。地震波、弾性表面波、重力波のすべてが、作業室のなかでパチパチ火花が散るような音を立て、風変わりな音楽を奏でる。波動の大舞踏会、騒音の大災害だ。

数字と徴候がひそむ狩り場で、密猟し、追い立て、地ならしし、並べ、除去し、積みあげる。手がかりを追うラリー、というよりはサファリ、息もつかせぬ追跡レースだ。待ち伏せ、狩りだす。音が

二

響きわたる大部屋で僕が目にしているのは、まさに狩猟術だった。各人が自分の持ち場に就いているが、ときおり、六〜七人が驚くような速さでひとつの机のまわりに集まってグラフについてコメントし、それが終わると、さっと別れて自分の仕事に戻る。座っている人もいれば、立っている人、しゃがんでいる人もいる。僕は、原始人、ラスコーやショーヴェの洞穴*にいた人間を思った。地中の洞穴のなかに身をひそめ、岩の呟きに耳を澄まし、かすかな唇の動き、まばたき、あるいは石の上に置いた手の動きで答えていた人間たち。

そろそろ行かなくては。ヒロシはよく付きあってくれた。ヒロシには仕事がある、僕にもすべきことがある。上着の内ポケットにしまったメモ帳の下から、自分の心臓の鼓動が聞こえる。ヒロシは画面と資料の前に戻る。建物を出て通りを歩きながらも、ヒロシの最後の言葉が耳に響く。「プレートの摩擦が始まったのは八千年前です。古い対立が目覚めたんです。不幸なことに、僕たちは摩擦の真上に位置しているのです。」

＊ ショーヴェ洞窟は、ラスコー洞窟と並ぶ、先史時代の見事な洞窟壁画があるフランスの洞窟。ラスコーは地名だが、ショーヴェは発見者の名前。

新聞では特集が花盛りだ。どうやって地震を予知するか？　これ以上時宜を得たテーマはない！　その答えも興味深い。読売新聞によれば、徳島県のイカ漁では、今回の地震に先立つ時期に大量のイカが水揚げされた。たとえば、小松島湾では一月と二月に二百トンのイカが網にかかった。これは近年の水揚量の三倍から四倍！　四国と和歌山県のあいだの海でもイカがたくさん獲れるが、ここでも状況は同じで、毎回の水揚量が通常の三倍から四倍に達した。地震が迫ったせいなのか？　去年の夏に海水の温度が上がったせいなのか？

さらに遡ってみると、十六年前（一九九五年）の阪神淡路大震災や、一九四六年の南海地震の前にも同じ現象が見られたという。ソコダラ、シダアンコウ、フクロウナギなどの深海魚についても同じ現象が観察された。

科学雑誌によると、地震波にはP波とS波の二種類がある。最初に到達するのがP波。縦波で、非常に速い（秒速六〜十四キロ）。S波は二番目にやって来る波で、つまりP波より遅いが、もっと強力で、横波、せん断波である。センサーがP波を検知したら、一秒を争う対応が必要だ。残念なことに、人間はほとんどの場合、P波を感知できない。しかし、動物のなかにはこれを感じるものがいて、犬が跳びあがって突然走りだしたり、鳥がわめくように鳴きながら空を飛んだりする。

というわけで、地震のおかげで、僕たちはテーブルの下に潜ることだけでなく、動物を観察し、犬が走るのを眺め、鳥の声に耳を澄ますことを学ぶ。なるほど。それから、ハダカイワシやホウライエソ、発情期のヒキガエルの雄の行動、井戸のなかの泡の生成、空の異常な色…にも関心を持たなくてはならない。つまり、僕たちと外界との関係、僕たちの深奥にある動物誌を再発見するのだ。

二

気象庁を訪問したからといって安心感が得られたわけではなかった。新聞にも読者をなんとか落ち着かせようとする助言があふれているが、まったくの逆効果だ。ある大手日刊紙に掲載された「災害時の心得」をジュンが僕に見せた。

地震後のサバイバルバッグの準備――現金と身分証明書のコピー、食料（ビスケット、ドライフルーツなど）、小さいボトル入りの水、救急箱と医薬品、衣類、靴（破片の飛び散った場所を歩くための長靴、大地震のさいにはあちこちに散らばるガラスの破片に注意）、懐中電灯と電池、毛布、テント…。

このバッグを玄関に置く。

そして、待つ。

待つこと、そして読むこと。大使館の手引や新聞に決して書いてないことがある。地震のためのサバイバルバッグに、選りすぐりの本を数冊入れるのを忘れないこと。選択に間違いがなければ、こうして選んだ本のほうが、まわりで起こっている災禍について政府の発表やテレビよりはるかに多くの教示を与えてくれる。

僕は、中世文学の傑作、「平家物語」を読む。不安にさせたり安心させたりくるくる変わるメディアや政府のメッセージを聞くより、「平家物語」の次の一節を読むほうが、現在の状況についてずっと多くを学ぶことができる。

「平家はすべて滅亡しさり、西国《さいごく》も安穏《あんのん》になった。国は国司《こくし》に統一され、荘園《しょうえん》はその領主の支配にしたがった。上下の人々が安堵《あんど》の思いをしていた。おなじ年［元暦二年（一一八五）］*の七月九日正午の時分、大地が大ゆれに烈《はげ》しく揺れだして、なかなか揺れやまない。京の近傍《きんぼう》、白川《しらかわ》のほとり、そこの法勝《ほっしょう》、尊勝《そんしょう》、円勝《えんしょう》、最勝《さいしょう》、成勝《せいしょう》、延勝《えんしょう》の六勝寺は、みな崩壊した。法勝寺の九重の塔は、上の六階が振りおとされた。得長寿院《とくちょうじゅいん》の三十三間堂も、十七間まで倒壊した。皇居をはじめとして上《うえ》つ方《がた》の家屋敷、諸々方々の神社、仏閣、一般の民家、ことごとく破壊されぬものはない。崩《くず》れおちる物音は雷《いかずち》のようで、舞いあがる塵《ちり》は煙と見まごうばかり、空は暗くなって日の光も隠れてしまった。老若《ろうにゃく》ともに魂を消し、大宮人《おおみやびと》も庶民も一人のこらず心をすり減らしている。また、遠国《おんごく》も近国も、京と同様であった。大地が裂けて水がわきだし、大岩石が割れて、谷へ転落する。山はくずれて河をうずめ、海は動揺をつづけて、浜いっぱい潮《しお》にひたされる。沖を漕《こ》ぐ船は高浪にゆすぶられ、陸地をゆく馬は動く大地に足もとが定《さだま》らぬ。洪水がみなぎりよせてくれば、丘へ登って助かることも出来よう。猛火が燃えせまってくれば、河を隔《へだ》てにして、一時をのがれえないこともない。ただ悲しむべきは、大地震である。鳥でなければ、空を飛ぶこともかなわず、また竜でなければ雲に昇ることもできない。」「市民の上も下も引き戸、襖《ふすま》をたてきって、空が鳴り響き地が震動するたびごとに、はや死ぬのかとめいめい念仏を唱《とな》えながら、喚《わめ》き叫ぶ声がおびただしかった。」**

* 〔 〕は中山義秀による訳注。

** 『現代語訳　平家物語（下）』中山義秀訳、河出書房新社、二〇〇四。巻の十二の冒頭「大地震」より。

二

三月一一日以降、僕たちは余震の時代に入った。驚くべき頻度で余震が発生する。毎日が、日一日と、ぎくしゃくした不確実なものに、地震的なものになっていく！　要するに、地震のあとに地震が続くのだ。

余震。辞書を引いてみる。「一般に、蓄積されたエネルギーの放出は一回の揺れだけでは完了しない。安定した地勢を回復するまでに数回にわたる調整が発生する場合がある。こうして、本震に続いて余震が観測される。余震の振幅は逓減傾向をたどるが、数分間から一年以上にわたって余震が続くこともある。」そして、地震学者はなぜ切迫感を持って余震のことを語るのかがよくわかる最後の一文がこれだ。「余震の揺れは、場合によっては本震より壊滅的な被害をもたらすことがある。」余震の国へようこそ！

いうなれば、地震はクラスター弾だ。地殻の下で、何千回分もの余震を、まったく偶然の方向に破片のように猛スピードでまき散らすクラスター弾であり（破片が飛び散り、炸裂音がとどろく）、ロケット弾が岩盤から飛びだすように、余震が、いつ、どこで、地表に飛びだすかわからない。僕たちは地震の最初の一撃に驚く。しかし、次に初めての余震を感じたとき、戦争が始まったことを理解する。緩慢で、陰険で、爆発的で、執拗な戦い。小休止と束の間の静けさに続いて、壊滅的な、突然の加速がやって来る。

二

この震動韻律法の世界ではすべてに特定のリズムがある。今回学んだことだが（こういうときは、いろいろなことをすぐ覚える）、マグニチュードという尺度を考案した米国の地震学者リヒターの計算式によると*、マグニチュードは、直線的なスケールではなく、常用対数を使って計算される。したがって、マグニチュード七の地震の波動の振幅はマグニチュード六の地震の十倍、マグニチュード六の地震の運動エネルギーは五の地震の百倍である。もうひとつ例をあげてみると、マグニチュード九の地震で起こる地面の移動は八の地震の十倍で、八の地震は七の地震の百倍の破壊力を持つ。ジュンの言葉を借りれば、カーソルを一目盛り上げれば、そこらじゅうが大混乱になるというわけだ。

最初の三日間はマグニチュード六の余震が四十五回。本震直後の午後三時から三時半までに、マグニチュード七の余震が三回発生した。つまり、三十分のあいだに三度、さっき僕の弥勒菩薩像の頭が転がり落ちたのと同じくらいあっさりと、天井が崩れ落ちてきはしないかと不安になった。その週は、それからあともマグニチュード七を超える余震が五回あった。専門家があらゆるメディアで、こうした数字を大袈裟な調子でぶち上げるのだが、もちろん、これだけでは何も意味がない、少なくとも大したことはわからない。むしろ、次のような比較を挙げたほうが効果的かもしれない。マグニチュー

＊　リヒターのマグニチュード計算式では、地震の波動の振幅が十倍になると、マグニチュードが一ランク上がる。運動エネルギーは百倍となる。

ド五の地震は普通、地震地帯にある国でも平均で百五十年に一度しか発生しない。ところが、一九九五年の阪神淡路大震災では地震の当日に発生した余震は十五回、今回はなんと一週間で四百回以上発生しており、ざっと計算してみると、マグニチュード五以上の余震が十七分に一回の頻度で発生したことになる。ベルトコンベアに足を載せて生活しているようなものだ。

クローデルの文章はいつもそうではあるが、おそらく自分の人生においていくつもの地震――姉カミーユの狂気、ランボーの狂気、そして自身の改宗や中国での体験…*――をくぐり抜けてきたために、余震が続く状態をきわめて的確な言葉とイメージで表現している。「いつ何時でも、正午でも、劇場でも、食事の間であろうと、商談中であろうと、カミの神秘的な手は介入してくるのである。この手は日本の襟首《えりくび》を摑み、自分がそこに居ることを日本に対して思い起こさせる。」「どのような運命に満ちた数を数えているかは測り知れぬが、この国の地下深く作動する杭打ち機は百度も千度もその弾みをつけようとしている、この島を腹の底からもう一度力の限り叩きのめそうとするその前に。**」

もっと具体的にいうと、屋根が突然強く傾斜し、その上で音が滑り、瓦が細かく震え、雨樋《あまどい》がネコの鳴き声のような音を立てて軋む。駅では電光掲示板がガチャガチャ音を立てて揺れる。人びとは身体を縮める。顔をしかめ、首をすくめ、背を丸め、顔を傾ける。自分の内側に閉じこもろうと、身を守るために自分の体内に入ろうとしているかのようだ。杭打ち機が唸る。カミの神秘的な手が、僕たちの内奥に達して震える。

動く。とにかく動く。だからこそ人は地震に魅惑されるのだ。人は地震に遭うことによって、自分の身のほどを思い知らされる。世界は恒久的かつ支配的な規範に則って調整された堅固で安定した土地ではなく、たえず震動を続ける地層であることを知る。音、モノ、匂い、味、身体が多様なかたちをとって現れる宇宙のなかで、全感覚を研ぎ澄まし、たった一人で、現実の即時性とその絶対的明確さに向きあう。

地面が揺れる。地面が揺れる。街は巨大地震に時を刻まれて生きる。巨大な地震が一日じゅう身震いを続け、真夜なかになれば、僕たちを寝床から、地面から、追い立てる。

＊　ポール・クローデルの姉カミーユ・クローデル（彫刻家ロダンの愛人）は晩年、精神に異常をきたした。若きクローデルはランボーの詩に神秘的な啓示を受け、また、クリスマスの日のノートルダム寺院内での啓示によりカトリックに改宗、外交官として中国にも駐在した。

＊＊　ポール・クローデル『朝日の中の黒い鳥』前掲書。「杭打ち機」に関しては、現代の建設機械ではなく、城攻めにさいして城門突破のため使用された兵器を想起されたい。「破城槌《はじょうつい》」とも呼ばれる。

最悪なのは停電だ。ディスコの雰囲気、間違いなし。三月一三日日曜日（素晴らしい晴れの日だった）、手帳に記録した余震の発生時刻とマグニチュードは次のとおり。「八時五一分M五、九時三二分M四・九、一〇時四二分M五・二、二〇時三七分M六…。」フィギュアスケートのコンテストの採点をしているよう。この日は一一時二三分のM六・二が優勝した。

しかし、激戦！　この地殻運動ランキングを見てもそれがわかる。

三月一一日金曜　地震七十八回（このうちの大きいやつですべてが始まった。）
一二日土曜　百四十八回
一三日日曜　百十七回
一四日月曜　七十一回
一五日火曜　四十七回
一六日水曜　四十五回
などなど。

三月一一日以降で余震が一回もなかった初めての日は…、六月八日だった。

昼も夜もこれが続く。余震の連続発射。時計の分針に目が釘付けになる。僕たちは、余震を発射する砲身のなかに囚われの身となり、弾倉のなかでただ待つことしかできないでいる。

二

余震はどこにいても襲ってくる。

茨城空港で余震に遭ったときは、天井が解体した。天井が落ちるだけでなく、文字どおり解体するのだ。セメントとコンクリートが糸がほつれるように崩れ、旅客と係員は醜悪な緑のケースを頭に載せて身を守る。手荷物検査のときに身の回り品（鍵、財布、ベルト、パソコン…）を入れるよう手渡されるあのケースだ。粉が、そして砂利が、降ってくる。出発の瞬間、空へ飛び立とうとしていたまさにそのとき、大混乱の地上に釘付けにされ、恐怖に足はすくみ、打ちのめされ、地面はなおも僕たちを揺らし続ける。

代々木のスーパーでとりわけ強い余震に遭ったときには、あちこちから悲鳴が聞こえた。悲鳴はそれぞれ違う。ひどく重おもしい声から、衣を裂くような叫び声まで。驚くほど多様な声帯。缶詰が猛烈な勢いで棚から飛びだし、パスタの袋が滑り落ち、ワインのボトルが転落して破裂する。頭上では広告のパネルが跳びはねる。消費社会が土台から揺らぐ。缶詰は大砲の玉に、ビールの缶はホップ入りの爆弾に変わる。駅の通路やホールではキャスターの付いた運搬具がいっせいに滑りだし、スーツケースは弾丸に、手荷物を運ぶカートはガチャガチャした金属のミサイルになる。いちばん危ないのはテレビ。どんな場所にもテレビがあるから、いつなんどき台から落ちて人にぶつかり、肩の骨がはずれたり、頭蓋骨が打ち砕かれたりするかわからない。地震は優れた軍略家だ。地震にかかればすべてが戦いのための装備、戦闘具になる。天井に取り付けた蛍光灯はどんな小さなものでもレーザー剣に、壁掛け時計は金槌に、部屋の隅のフロアスタンドは投石器に変身する。

国会審議中にも大きな余震。国会議事堂…。政界の重鎮が揃って机の下に潜りこむ。国会のお偉方一同の頭上数メートルのところで、立派なクリスタルのシャンデリアが優雅に揺れる。同じ頃、仙台の高齢者福祉施設では、一人の看護師が車椅子の老人の傍らに座り、老人を腕に抱きかかえるようにしている。家具が揺れ、棚が落下し、車椅子もパーキンソン病に罹ったように震える。しかし、女性は老人を抱きしめ、その頭を保護し、静かに話しかける。自分自身が恐怖心に捉えられながらも（怖さで目が瞬き、きょろきょろあたりを見回す）、国会のお歴れきが想像すらできないような尊厳を保ち続けている。

一番すごかったのは多分、御茶の水にある明治大学の高層ビル、リバティータワーの五十二階だ。最初に警告射撃のような揺れが突きあげ、机の上のモノが全部飛び散り、紙が散乱し、書類が床に落ちる。突然みなが頭を上げ、不安そうな視線を投げる。それから、散らばったものがひと所に集まって、再び揺れだす。コンピュータの画面が動き、コーヒーカップがひっくり返り、みなが机の下に飛びこむ。窓ガラスが軋む音がはっきりと聞き分けられる…。ガラスは、割れて飛び散らないように窓枠のなかで膨張するよう設計されており、このため、安心できるどころか、聞くも不快なものすごい軋み音を立てる。突然、なんだかわからない凄まじい音。ビルが崩壊するのだろうか？　窓から宙に投げだされ、家いえの屋根を越えて空に飛びだしそうだ。

二

余震は、時を選ばない。

四月二五日朝、シャワーを浴び終わった途端に余震。真っ裸——シャワーを浴びたあとだから当然だが——びっしょり濡れた身体が震える。奇妙な感覚、だれにも到底お奨めできない。どうしようもない。揺れがやむのを待ちつつ、パンツを取りにいくのが精一杯だ。揺れが収まったところでようやく靴下をはき、セーターを着て、ズボンを引きあげる。

正午に、突然やって来ることもある。どこともわからない場所から、深淵から、やって来て、驚く間もなく、すでに終わっている。

晩方、バーでは、取り付けの悪い棚からウイスキー、ジン、ウォッカのボトルが残らずずり落ちる。東京のようなバーの天国といえる街では、まさに大惨事だ。もはや、酒さえ落ち着いて飲むことができないのだ。

そして夜、真夜なか、夢を見ているのか目覚めているのか、もう区別がつかない。

昨日、午前三時頃。マグニチュード五――身体の不可思議な知、聴きとる力、体内レーダー――、僕はいまや耳で地震のマグニチュードを当てることができる。地震が壁に沿って移動し、屋根の小梁を動かし、木を震動させるときの独特の音を聞いただけで。身体の驚異的なメカニズム。余震が数日間なかったときでも、僕の身体はちゃんと計測感覚を保持していて、危険度と振幅をすぐに推測する。洞穴の、洞窟時代の知。血管を、繊維を、神経終末を通って戻ってくる太古の学問。植物へ、花へ、植物的なるものへ、生物学的なもの、生物へと僕たちを回帰させるものすべてを、これほどはっきり感じたことはなかった。ほとんど動物的な知、ラスコーの知恵だ。

二

僕は「東洋と西洋の文献学」というブログで*（一般言語学、近代言語および古典語の教育、ホメロス詩、日本の古文等をテーマとするブログ。内容がとても充実している）、『日本三代実録』の一節のフランス語訳を読んだ。『日本三代実録』は天皇制下における日本の六大正史（六国史《りっこくし》）のひとつで、九〇一年に完成した。九世紀後半の三十年間を扱っている。

八六八年七月八日「地震。宮廷の内でも外でも、あちらこちらで家や塀が崩れた。」
九日　なゐ　ふりき。**「地震」
一二日　なゐ　ふりき。「地震」
一三日　なゐ　ふりき。「地震」
一五日「今月の八日、烈しい地震が起こった。多くの公の建物と国の寺院で櫓《やぐら》がすべて瓦解した。」
一六日　なゐ　ふりき。「地震」

---

* 工藤進明治学院大学名誉教授の仏語ブログ“Philologie d'Orient et d'Occident”。URLは http://xerxes5301.canalblog.com/
** 『大辞林』（三省堂）によると、「ない（なゐ）」の「な」は土地、「い」は居の意で、大地のこと。「よる」「ふる」をともなって用いられ、地震を示す。

一八日「雷鳴と降雨、護衛兵が宮中に展開した。」
二〇日　なゐ　ふりき。「地震」
二一日　なゐ　ふりき。「地震」
六日（八月）なゐ　ふりき。「地震」
一二日　なゐ　ふりき。「地震」
一四日　なゐ　ふりき。「地震」
一五日「紫宸殿《ししんでん》で信濃の国（現在の長野県）の馬を天皇が謁見した。」
一六日　なゐ　ふりき。「地震」。天皇が坊主六十人を紫宸殿《ししんでん》に呼び、三日のあいだ、般若経を唱えさせた（災厄を祓うため）。
一七日　東宮で火災。火が広がり、家屋がいくつか消失した。
二八日「上野の国（現在の群馬県）の馬を天皇が謁見した。」
二九日　なゐ　ふりき。このつき　ながあめ　ふりき。「地震。今月は長雨が降った。*」

この震える文章の語句の配置が、僕は好きだ。「地震」と記す以外に何も書くべきことがない瞬間がある。大地はいまもなお揺れ、僕たちはその上にいる。もうすぐ、その下にいることになるかもしれない。古語でいえば、なゐ　ふりき。しかし、同時に、書くことは地震という事象を把握するための手段となる。地震を抑えこむことはできないにしても、少なくとも地震のリズムを理解し、理解す

二

ることによって貴重な勝利を収めることができる。それは、儚《はかな》い、いっときの勝利かもしれない。しかし、だからこそ、いっそう貴重な勝利でもある。『実録』の史家も、地震と戦うにあたっては史家が天皇と同じぐらい重要な役割を果たすことを理解し、これを次のように記した。

「干ばつと長雨のおりには、天皇は厄よけ祈願をするにあたってもっとも高位の人であった。しかし、そのメカニズムがまだよく知られていない［今現在もそうだが］地震については、災害からできる限り身を守るという以外に、これをかわす方法はない。実録に地震を綿密に書き留めることは、自然のリズムを予見する賢明な方法であった。こうして史家は地震を記し、天皇は地震を祓った。**」

ついさっきも余震があった。短いが、強い余震。揺れは二回。最初は足下に、非常に鈍くて重い衝撃。下の階に住んでいる住人から棍棒の凄まじい一撃を床に食らったような。だれかが下のほうから、戸にぶつかってきたような印象。

* 工藤進明治学院大学名誉教授の仏語ブログ、前掲。（　）は同ブログ上での挿入。
** 同上。［　］は同ブログ上での挿入。

垂直方向の揺れがもっとも危険であることは、みながよく知っている（東京に住んでいる者はみな、という意味。東京ではだれもがいっぱしの地震学者になる）。アッパーカットのような、深奥から上がってくる岩盤の一撃。そして、それっきり。沈黙が続く。深みからやって来た衝撃が胸のなかで共鳴し、突きあげ、ゆっくりと薄れ、肋骨から前腕へと下降していく。

するとそこで、二回目の揺れ。最初の揺れほど強くも唐突でもないが、はるかに長い。今度は横揺れだ。右から左へ、左から右へ、ビルがサンバを踊る。足の裏の下でアフリカのタムタム太鼓が響く。

地震はボクサーだ。ボクサーのように、策略と、辛抱と、パンチを駆使する。基本は反復攻撃。急に後退したかと思うと（人生が素晴らしく味わい深いものになる穏やかな時間）、稲妻のような反撃が来る。

その結果として、いったいどの警報に頼ったらいいかがわからなくなる。テレビ、ラジオ、住宅の警報、携帯電話…。最新流行の携帯用アプリが「ゆれくる」。「ゆれ」は「揺れる」、「くる」は「来る」。揺れる、揺れが来る、という意味。その名のとおり、幸運なる携帯電話の持ち主に地震発生が近いことを知らせるアプリケーションだ。気象庁の地震警報がベースになっており、地震の直前にオレンジ色の液晶画面が光って、たとえば数字の100と5が点滅する。これは百秒後にマグニチュード五の地震が発生するという警報。最先端のアプリ！

とはいっても、テクノロジーには大地震と弱震の区別がなかなか付けられない。あまりに多くの揺れがあまりに短時間のうちに発生するからだ。作家の吉村昭はこれを「群発地震」*と呼んだ。ハチの群れに刺されるような、無数の余震。

二

その結果、今度は警報がしょっちゅうピーピー鳴りだす。昼も、夜も、ひっきりなしに鳴るのだが、その三分の二までは実際に地震は発生しない。警報がはずれることの問題は、警報が出るたびに電車を止め、ダムを閉め、損害を最小限にとどめるよう手配しなければならないことだ。人生が突然停止し、また再開する。そのくり返し。世界が断続する。不思議なことに、僕のペンが書きつける文字のなかにもハイフンの付いた言葉が爆発的に増えはじめた。断続的に続く日々の、活字上の奇妙な等価物であるかのように、ハイフンやら、ダッシュやら、挿入節やらが文章に繁殖しはじめる。毎日が「キ・ヴィーヴの警戒」、余震が来れば「ルミユ・メナージュの大騒ぎ」「トユ・ボユの大混乱」「ソー

---

* 吉村昭『関東大震災』文藝春秋、一九七三（新装版初刷二〇〇四）。

ヴ・キ・プの退却」[*]。余震が起こるたびに、滑稽で恐ろしくもある不思議な拍動の力が伝わってくる。十八世紀のイギリスの作家スターンが書いた「トリストラム・シャンディー」[**]のように、余震のたびに、脈が、震えて乱れ―停止し―再開し―痙攣し―再び停止し―再開し―停止し―、僕は、はたして、生き続けなければならないのだろうか?

――そうだ、もちろん、生き続けなければならない。

三

最初の三日間は、どんなカタストロフィー映画の脚本家も思いおよばないほどのスピードで事象が連続した。マグニチュード九の地震、高さ十三〜十五メートルの津波による原発浸水、炉心溶融、数回にわたる爆発とこれにともなう破壊（少なくとも一回は、原子力の炎に耐えられるよう設計されたコンクリートの固まりが地上十五メートルの高さまで吹き飛ばされた）。放出されたセシウム137の量は、一九四五年に広島に投下された原爆によって放出された量の百六十八倍という。大災害が文字どおり引きもきらず発生する。

＊「キ・ヴィーヴ（qui-vive）」は歩哨による誰何の表現で、警戒態勢にあることを示す。「ルミュ・メナージュ（remue-ménage）」は家のなかをひっくり返すような大騒ぎ、「トユ・ボユ（tohu-bohu）」は同じく大混乱を示す言葉で、天地創造以前の混沌を指すヘブライ語が語源。「ソーヴ・キ・プ（sauve-qui-peut）」は潰走の意で、退却の掛け声でもある。

＊＊　十八世紀半ばのイギリスの作家ローレンス・スターンの作品。内容的にも形式的にも意表を突く奇抜な作品で、白紙や黒く塗ったページを挿入したり、記号や曲線、ダッシュも多用した。

危険があちこちから同時に押し寄せてくるように思える。北から南まで、北海道から九州まで、火山が目覚める。日本列島には、活発に活動する火山が二十以上、活動休止中の火山がさらに多数存在する。* いつ噴出するかわからない火の花をつないだ壮大な綱飾りだ。

想像さえしなかったことが起こると、どんな意外な予言でも当たるように思えてくる。直下型の巨大地震が東京を襲うかもしれない。東京湾で大地震が発生すれば、家屋四十七万戸が破壊される（ほとんどは火災で消失）。今度の週末には富士山が爆発するとの噂まで飛び交う。東京湾の風景にえもいわれぬ荘厳さを与える、万年雪を冠したあの孤高なる大ピラミッドがそうした災禍に見舞われたら、いったいどうなるのか？　僕は、「平家物語」に描かれた十二世紀のあの大地震のこと**を思った。天皇は輿に乗って池のほとりへ逃れ、法皇は南の庭の幕を張った建物に籠った。后や皇子は輿や車に乗って住まいを離れた。十善の君《きみ》は都を落ちて海に身を沈め、大臣や高官はあちらこちらの路を引きまわされた。驚くような噂が流れる。「天文学の博士らが走り来て、今晩、亥《い》の刻から子《ね》の刻のあいだに、必ず大地が揺れると宣言したという。恐ろしくも愚かな予言かな！***」

張衡の感震器の場合とまさに同じ状況が出現していた。つまり、どちらの方向へ向かうべきかがわからないのだ。友人である哲学者のマスダ・カズオ、そしてエルヴェ・クーショの二人と話をしたとき、カズオは、落下と噴出というふたつの垂直方向の動きを一緒にした、よく使われる日本語の表現

三

を話題にした。「降って湧く」というのがそれで、この言葉はまさに、空の高みから降って来ると同時に、泉のように足下から湧きだしてくる事象を指す。実際、揺れが来るたびに、下から来る動きなのか、上から来るものなのか、足の下から上がってくるのか、頭の上に落ちてくるのか、もはや区別がつかない。恋愛、戦争、災禍、火災、テロ、自然災害などがこうした事象にあたる。

しかし、人びとを何よりも不安にさせているのは、最大級の原子力災害が起こるのではないかという懸念だ。炉心溶融を起こしつつある原子炉が三基、屋根もない野ざらしの状態に置かれ、巨大な圧力釜、縁が欠けた大鍋、あるいは放射能を放出するザルも同然になっている。つまり、原発が台所用具に化けてしまったのである。最初に発表された何枚かの写真を見ると、原子炉から白い煙が立ちのぼっている。建屋は骨組みだけになって、金属の梁は曲がり、鋼鉄の骨組みは歪んで、長方形、正方形、ひし形など、人を威嚇するような幾何学形が剝きだしになっている。金属の表面には茶色の斑点が散らばっているのが見える。原子力技術の花形であったはずのものが、いまや壊滅した鳥小屋のような姿を晒している。建屋にできた空隙をとおして、海が見える。

* 現在の気象庁の分類では「休火山」「死火山」という分類は廃止され、「概ね一万年以内に噴火した火山および現在活発な噴気活動のある火山」を「活火山」と呼称する。活火山数は現在百十である。

** 本書五二～五三頁の引用中で描かれている地震。

*** René Sieffert (traduction), *Le Dit des Heike* (平家物語), POF, 1997.「平家物語」の仏訳からの引用。

対策といえば、指ぬきほどに小さいバケツと消防ホースで原子炉に水をかけるのが精一杯だ（次は水鉄砲の出番だろうか？）。チェルノブイリを連想せずにはいられない映像が放映される。たとえば、鉛の放射線防護遮蔽を施したヘリコプターが原子炉の上空から水をかけ、そのたびに的をはずす、という映像。これが精一杯の対処法なのだ。つまり水撒きホースのレベル。速く！　原発消火用にヘリコプターを一機回せ！　消防士用のトラックとクレーンをいじったあとは、新装備の庭師（マスク、ヘルメット、手袋を付けている）を登場させて庭仕事の訓練をする。懐中電灯を持って制御室で作業する日本人技術者の映像を見れば、日本が現在、どれほど滑稽で絶望的な即興策を講じてあがいているかが推し測られる。弥縫策《びほうさく》というよりほかいいようがない。

事故発生後まもなく、総理大臣が原子力緊急事態を宣言し、原発周辺住民の避難を指示した。まず、半径三キロ圏内で避難、十キロ圏内は屋内退避。三月一二日、避難指示区域は半径二十キロ圏内、屋内退避区域は三十キロ圏内に拡大された。これを受けて、日本では　第二次大戦終了このかたなかった大規模な住民の避難が始まった。八万人を超える原発避難民が、二十キロ圏外へと取るものも取りあえず逃げだしてくる。その翌日には十万人を超える自衛隊の予備自衛官が緊急召集された。この時点で、戦争が始まったということが確実になった。

放射能はすでに東京に到達した、という人もいる。驚くべき量の情報がインターネット上を行き交う。SNS*がフル回転してマイクロメッセージが大量発信され、非常に役立つ情報やら（三鷹市は停電を予告するためツイッターのアカウントを開設した）、突拍子もない噂やらがじわじわと広がっていく。製油所が炎上して有毒ガスが放出されたため、首都に有毒な雨が降るという予告がツイッターに流れる。信じられないスピードでツイートが飛び交い、危険が迫っているという強迫観念が極限に達する。その片棒をかつぐのが臆面もないメディアだ。「**Get out of Tokyo now !**（東京から直ちに脱出せよ！）。」これはイギリスの大衆紙ザ・サンの一面大見出し。この見出しを読む三百万人近い読者は、東京が崩壊しつつあると思うかもしれない。はるか北方の津波の被害の写真が東京の写真というふれこみで掲載されている。東京ではビルが揺れ火災も発生したとはいえ、被害は非常に少なかった。フォックス・ニュース（米国のニュース専門局）が放送した日本の原発分布地図を見ると、なにやら「渋谷エッグマン原発」という原発がある。フォックス・ニュースらしい職業倫理がまたもや発揮されたわけだ。エッグマンというのは、東京の中心部、渋谷にあるライブハウスなのだ。

外国でも、さまざまな解説者が好き勝手なコメントを発表する。友人であるルネ・ド・セカティ**は、そうした状況を見事に表現した次のようなメールを送ってきた。「福島の原発冷却作業の困難を説明

＊ Social Networking Service（ミクシ、フェイスブック、リンクトイン、ツイッターなど）。
＊＊ 作家。イタリア文学、日本文学の翻訳者としても知られる。

するのに、紋切り型の公式見解、戦意高揚の檄《げき》、理解不可能な科学的説明がごっちゃ混ぜにされている」と。フランスでも日本でも、政界や産業界の責任者の対応は素晴らしい出来映えだった。最悪だったのは、本来なら当然黙っているべきだった何人かの責任者の対応で、その一例がフランスのアレバ社の社長だ。地震発生から三日以上経って――アレバの在邦社員は爆発があった途端に脱兎のごとく先頭を切って逃げだしたにもかかわらず――、「これは原子力災害ではない」と宣言した。政治家も然りで、たとえばフランスの産業・エネルギー担当大臣は、被害の甚大さを日々認識しつつあったにもかかわらず、支離滅裂で訳のわからない見解変更をくり返して、危険が明らかに存在するという事実を否認した。フランスの大統領の発言もあった。原子力が適切なものであるのか、少なくとも何らかの問いかけをおこなうべきまさにその時に、類い稀なる時宜を得たセンスで、「原子力の妥当性」を改めて確認した。ルネの言葉をもう一度借りれば、「想像を絶するほどに凝縮された破廉恥と無能力」ということになる。ルネはまた、畳みかけるような、まさに溜飲の下がる喩えを使ってこうもいう。「バカはどんなときでもバカである。緊急事態下ではバカには猿ぐつわをかませておかなければならないのだが、バカは逆に、人が考えている以上に自分がバカであることを証明したいという抑えがたい欲求に駆られる。つまり、バカはかつてなかったほどにバカになるのである。」言い得て妙である。

こうした混乱のなかでの厳かな区切りとなったのが、三月一六日にテレビで数分間にわたって放送された天皇陛下の国民へのおことばである。これは希有の出来事だ。今上天皇の即位は一九八九年だが、公開での発言は即位後初めてのことだ。今回の放送は、一九四五年八月一五日にその父君が発した、「堪えがたきを堪え、忍びがたきを忍び」と国民に団結を呼びかける終戦の詔勅を不思議なまでに思い起こさせた。

三

すでに地震の当日から、隣に住む太ったイギリス人が、「We're leaving ! Get out of here !（出発だ！　ここから出て行く！）」と、真っ赤な顔をして叫んでいた。僕だってどこかへ行くのがいやなわけじゃない。だけど、どこへ？　同僚、友人、恋人、愛する人たちをどうするのか？　どうしようかと自問するかしないうちに答えを出した人びともいる。「Anywhere out of Japan !（日本以外ならどこでも！）。」あとに残る者なんか、どうでもいい！　外国人管理職らが群れをなして香港行きのフライトに殺到する。とくに金融業界関係者。数日のうちにビジネスの拠点は東京から別の場所に移る。香港のフランス領事館は二週間で二百七十件のビザを発行したという。日本人はのちにこれらの人びとを「フライジン」（翻訳不可能。空飛ぶ円盤のようなスピードで、ハエが飛び立つように日本を逃げだした外国人を指す）と呼称するようになるが、統計によると、彼らのほとんどが月収百万円（約一万ユーロ）以上。光のような速さで外国に移転するのになんの困難もなく、良心の呵責もない。つまり、トレーダーは荷物をまとめて出て行くというわけだ。香港にとってはまさに僥倖で、それまで六週間だったビザ取得までの期間を、なんと二日間に短縮した。

第二次大戦を専門にしている日本人のある大学教授は、こうしたフランス人を歯に衣を着せずこき下ろす。「地震のときのフランス人？　敗走！　潰走！　フランス人の得意技！　大災害が近づくと見たらフランス人はすぐに民族大移動だ。一九四〇年と同じだよ！」*これは、必ずしも的を得てはいない度を過ぎた冗談ではある。二〇〇三年に、二十一世紀初の重大な感染症であるＳＡＲＳ（重症急性呼吸器症候群）危機が発生したときには、日本人も同じような反応を示した。感染を避けるため中国から真っ先に一番たくさん逃げだしたのは日本人だった。しかし、この日本人同僚の辛辣な冗談には、外国人駐在員の突然の脱走を前に日本人が感じた大きな当惑がよく表れている。こうした揶揄が標的にしているのは、家族を避難させるため東京を離れた普通の何某ではなく（日本人だって脱出できる人は逃げだすだろう。妻や子どもを南の地方へ送りだした人もいるし、関西の産院には東京での出産を避けようとする妊婦が殺到した）、安全第一の原則を、社員をさしおいて自分にだけぬけぬけと適用する一部の企業経営者らだ。

たとえば、ある日仏機関のディレクターは、自分は早そうと遠方へと逃げだしておきながら、「試練のなかにあっても持ち場を離れず団結する」よう日本人職員に向けて呼びかけた！　ディレクターの言によれば、その機関は開館でも閉館でもなく「スリープ（休館）」状態に置かれるという。そして本人は三月末まで、きちんとした理由もなくぬくぬくとフランスに滞在した。いったいどういう名目だったのだろう？　休暇？　難民？　透明人間？

また別のフランス人は、孔雀が胸をふくらませて美しい羽をひけらかすように、「東京を離れたりはしない、ここにとどまる、自分の職務も離れず、日本人社員だけを残していくようなことはしない」と豪語していた。「Ah no no, non partirai...（私は立ち去ったりはしない…）」**と、彼はオペラの一節のように歌う！　そして、自分の会社が入居しているビルのなかに避難し、テープを貼ってオフィスの目貼りを始めた。「Voglio pria cavarmi il core...（あなたのそばを離れるぐらいなら、私は心臓を引き裂かれたほうがいい！）。」***誓う、約束だ。何が起ころうとここにとどまる。私はあなたの足下で死ぬことを選ぶ！　原発の火よ、鎮まれ！　その二日後、彼はオフィスから数百キロ離れた沖縄にいた。東京では、社員らがテープで目貼りしたオフィスでボスの帰りを待ち続ける。ありえないほどの腑抜けぶりでフランス人ディレクターは逃げだし、日本人社員が持ち場を守る。フランスの威光の素晴らしい象徴。

こうした臆病極まりない輩は確かに存在したが（こうした人たちにしても、尋常でない状況であったという理由で大目に見ることもできるだろうし、その数もそれほど多くはないだろう）、この問題について、それ以上論ずる必要はない。逃げだす人たちは必ずしも臆病者ではないし、残っている人

＊　一九四〇年は、ナチスのフランス侵攻、フランスの敗北、対独協力政権の成立という歴史的事件が続いた。
＊＊　モーツァルトのオペラ「コジ・ファン・トゥッテ」より。
＊＊＊　同上。

たちがほんとうに英雄かというと、そういうわけでもない。ただたんに、自分の抱えている問題、個人史、仕事上の立場、日本という国とのかかわり方、人生観に応じて、なんらかの決断を下した男性であり女性であるというだけだ。結局のところ、それぞれの人生はその人だけのものなのだから。

僕はといえば、長くは迷わなかった。手元には三月一五日の航空券がある。パリのブックフェアへの招待だ。シャンペンが待ってる！　出版界や文筆業の友人たちとの刺激的な会話！　ああ！　ところが、実際はそうならなかった。大事な決断をもたらすのはいつも音楽だ。立ち去ってはならないということを僕が理解したのは、モーツァルトのオペラ「コジ・ファン・トゥッテ」の最後の部分を聞いていたときだ。「Fortunato l'uom che prende, ogni cosa pel buon verso ; e tra i casi e le vicende, da ragion guidar si fa … （物事をすべて明るく受けとめる人、理性に事件や試練を乗り越える道案内をさせる人こそ幸福である…）。」歌詞だけなく音楽がある。溌剌として、楽しく、陽気な、しかし並なみならぬ深遠さに満ちた音楽が、手の届くところに平穏があるのだということを信じさせてくれる。「E del mond in mezzo i turbini, bella calma troverà … （旋風のような混乱の続く現世において、その人こそ平穏を見いだすことができるだろう…）。」（旋風 i turbini とは原発のタービンではないか！　モーツァルトはやっぱりお見通しだった）。ちょうど一分半、この旋律を聞いたところで、僕は決心した。僕は日本に残る。モーツァルトと一緒なら、いったい何が起こりえようか！　少なくとも、（放射性プルームのようにもくもくと立ちのぼる）勇ましさが僕に欠けているとはだれも言わないだろう。それに、みなが逃げだしたあと、災禍の只なかに一人静かにいられるという点が大災害のいいところだ。とはいっても、分別をわきまえないといけない。そうだ、京都へ行こう。どの街にも増して分別があり、モーツァルトのように光に満ちて穏やかな街へ、嵐が通りすぎるまで。大騒ぎが続くなかで、落ち着きを取り戻し、身のまわりを整理し、方向を見定めるために。

ジュンに電話して京都行きを決める。友人のヒラノ・アキにも電話。日本を離れるのかという僕の質問に、こういう即答が返ってきた。「どっちにしても自分は残る。まっとうに生きて、まっとうに死ぬだけだ。」

四

伝説によれば、日本列島のなかで揺れない場所は一カ所しかない。クローデルは作品のひとつでこの場所に触れ、「本土の島全体の中でこれまで一度も動かなかった点はただ一つしかないように思われる」＊と書いた。この場所を日本人は扇のかなめと呼ぶ。オウギ ノ カナメ、扇の要である。

カナメとは、扇のなかでただひとつ、動いてはならない部位である。扇の内側に嵌めた栓、手の届かない鋲のようなもの。ほかの部位が滑るように動き、開いて閉じても、この場所だけは決して揺れ動くことのない一点である。要が動けば、すべては完全に崩壊する。

扇の要とはまた、倫理的かつ審美的なある次元を示す日本語の表現であり、一般的によく使われる。比肩するもののない精神力を持つ人、周囲のあらゆる震動を敏感に感じとるネコのように繊細な神経を有しながらも、一定の精神状態を失わず、決定的瞬間において決して動揺しない人に用いられる。「彼は扇の要の役割を果たす」とは、日々の狂おしい慌ただしさのなかで動き、騒ぎ、駆けまわる人

四

びとのなかにあって、静かで不動を保ち、精神と五感を完璧に制御し、状況に十全に対応できる人をいう。知性、冷静、戦術的な巧みさ、技術的優越性。術策、名人芸、優雅、自己制御。一点に引きとどまり、繊細で内省的、簡潔で寡黙、瞑想的で精緻な——切れると見えるほどに張りつめているが、決して切れることのない、真の戦いの技である。

扇の放射状の広がりを支えるこの孤独な一点を有名にしたのが、「平家物語」に語られている弓の名手、那須与一《なすのよいち》という慎ましくも華やかな源氏方の武士の逸話である。「平家物語」は源氏と平氏という対立する両派の覇権争いを謳った中世の叙事詩であり、日本文学史上の最高傑作のひとつである。

一一八五年の有名な屋島の海戦。平家の船団が海上を進み、そのうちの一艘が、帆柱とみえる竿の上に扇を掲げている。平家は、扇を弓で射落とすよう求めて敵方を挑発する。紅地に金で日の丸を描いた扇は、高く突き立てた長い竿の先に付けられている。その竿を眉目麗しい女房が携え、舟の縁板に立てかけている。「平家物語」の仏訳者ルネ・シフェールは、医師が使う消息子（ゾンデ）の先端のように精密な散文で、「年の頃は十八、九ほど。まことに美しく優雅な、柳がさねの五つ衣、紅の袴をつけた女房」**（八三頁）とこの様を訳した。

* ポール・クローデル『朝日の中の黒い鳥』前掲書。

挑戦か？　敵の大将を舟に近づかせ、これを倒すための策略か？　動く的を源氏の兵に狙わせ、矢を無駄にさせるための計略か？

与一はまだ二十歳にもならない若者である。波間を縫って馬を前方へ進める。赤色の錦を飾った藍色の直垂《ひたたれ》を着けている。縅《おどし》（緒通し）の鎧を着け、腰には足白《あしじろ》の太刀と滋籐の弓を帯びている。

夕方、酉《とり》の刻である。与一の前方には敵方の舟が揺れる。与一と的との距離は百メートル近く。的は、風と波の動きのままにたゆたう。与一は、矢筒から抜きとった「薄切斑に鷹《たか》の羽をはぎまぜた、ぬた目の鏑矢《かぶらや》」＊をつがえる。与一が脱いだ甲が高紐の先にぶら下がっている。与一は息を吸いこみ、狙いを定める。両腕が頭上高く上がる。

与一自身が、周囲の人びとすべての視線の的である。緊迫感に満ちた場面だ。この場面は後世に何度もくり返し描かれ、版画や能の傑作の題材となった。沖では平家が船を一列に並べて見物し、陸では源氏が馬の轡《くつわ》を並べて見守る。美しい若い女房は与一を侮るように見据える。一同が息を凝らす。射手の構える矢の先を見つめ、時間が止まる。

与一が胸中で成功を念じ終え、矢が放たれた。矢は的の中央に当たり、鋲から一寸のところで扇を射切った。オウギノカナメ…　扇の要が切れ、紅地に描かれた美しい金色《こんじき》の日の丸が波間に落ちる。「鏑矢は飛んで海へ落ち、扇は空へと舞い上がって、春風のうちにひらひらと翻《ひるがえ》りながら海上に散り落ちた。**」平家の扇の要は切れた。しかし、年若い射手の手は揺るがなかった。支配する手が移る、という表現がある。新しい抵抗点と力点が見つかったのだ。海から陸から、味方も敵も、この名人技に喝采を送った。

要が落ちれば、すべてが瓦解する。平家は屋島の戦いに破れ、その一カ月後に、壇ノ浦の最後の戦いで源氏に降伏する。壇ノ浦の戦いは大掛かりな海戦で、源氏は平氏を決定的に屈服させた。この戦いで争われたのは宮廷の支配権であり、間接的に日本の支配権であった。日本の歴史に新たな一ページが刻まれ、平安時代が終わり、鎌倉時代が始まる。夕陽の輝きを受け、紅地に金色《こんじき》で描かれた日の丸が白波の上できらめく様子を想像してみる。ひとつの太陽が沈み、もうひとつの太陽、源氏の栄華と近代日本勃興の太陽が昇る。

今日もなお、盲目の詩人らが日本のリュートである琵琶で伴奏を付け、この伝説を謳い伝えている。

＊＊（八一頁）René Sieffert (traduction), *Le Dit des Heike*（平家物語）, POF, 1997.「平家物語」の仏訳からの引用。

＊『現代語訳　平家物語（下）』中山義秀訳、河出書房新社、二〇〇四。巻の十一「那須与一」より。

＊＊　同上。

僕はいま、一人、代々木上原にある木と紙でできた小さな家のなかにいる。地震で落ちたり倒れたりした本や美術品を並べ直した目の前の棚には、日本の扇が並んでいる。

紙、絹、タフタ。羽のように軽い扇、苔のように柔らかく縮れた扇、仔牛や仔山羊の革の上に金の薄片を散りばめた扇。柄《がら》は具象も抽象もある。扇を開くと、風景、日常生活のさまざまな光景、女性、花、円や三角、青い羽のトンボが目の前に広がる。木と螺鈿《らでん》でできた扇の骨。シドニーの白蝶貝、タヒチの黒蝶貝の螺鈿、緑やバラ色の光沢を放つ螺鈿（金色《こんじき》、エメラルド色）。中国の扇の骨は、竹もあれば布もある。こちらの扇は、半透明の象牙製。あちらの扇は、明るいブロンド色の角《つの》製。この角は、鉈鎌《なたがま》でふたつに割ったあと、沸騰した湯に通したものだという。もうひとつの扇は全部が骨でできている。僕はその小麦粉のような匂い、繊細な彫り溝に感動する。これらの扇の一つひとつから、刺繍を施した女性、薄片を縫い付けた女性、レースを編んだ女性たちの、折り目を付けて組み立てていく入念な手仕事が甦ってくる。墨で描かれた一つひとつの線は、書道家の細心な筆運びを感じさせる。これらの扇のなかでもっとも美しいもののひとつが、僕がいま眺めているウミガメの甲羅《こうら》で作ったべっ甲の扇だ。黒、碧玉《へきぎょく》、ブロンド色の小さな薄い板を並べてできた扇。紀元前十四世紀、これと同じものの上に、ウミガメの甲羅と動物の骨に刻まれて、最初の漢字*が現れたのだ。

これらの扇のそれぞれに、オウギ ノ カナメ——しなやかでありながらも不動で、張り詰めていながらも自由な、扇が開いてまた閉じることを可能にする、目に見えない点があることを僕は知った。扇を表す漢字は、「羽」という漢字に「扉」を意味する垂れ**がかかっている。これらすべての、羽や竹、サテンや絹でできた扉が見事に開くのを支えるために、この一点がある。風が循環し、扇を持つ人の手首が自由に動くよう支える自転軸、扇の楔石《くさびいし》。

もちろん、その一点が、正確にはどこにあるのかだれにもわからない。しかし、これら一つひとつの扇のなかに、たとえば僕の電話に答えた友人アキの返事のなかに、あるいは、いかなる困難があっても踏みとどまることを決めた人たちの答えのなかに、その一点はたしかに存在する。その一点は、津波、地震、指導者らの怠慢、さらに放射能の霧が加わったせいで、しばらくのあいだ、隠れて見えなくなってしまったが、それでもやはり日本は、何年か前にモーリス・パンゲが日本の素晴らしい風景について書いたように、「海に囲まれ、地下にとり憑かれ、蒸気にかすみ***」ながらも、ひとつの点、ひとつの抵抗区として存在し続けている。

* いわゆる甲骨文字。
** 漢字の部首のひとつである「とだれ（戸垂れ）」。
*** Maurice Pinguet, *Le texte Japon*（テクストとしての日本）, Seuil, 2009. モーリス・パンゲは日本に長く滞在したフランスの文学者、批評家。一九六〇年代に東京日仏学院の院長を務めたあと、東京大学などで教鞭をとった。

それは超越ではない。少なくとも、超越という言葉に普通与えている意味とはまったく別種のもの。五線譜上に刻まれた音符、あるいは、筆でしっかりと書きとめられた点のようなもの。木片《もくへん》上のある決まった場所にあって、決して動くことのない不動の一点。

第Ⅱ部

海から救いあげた物語

一

京都では、すべてが形式と旋律に戻る。

中国の古都を範として建設された京都は、世界でもっとも美しい街のひとつだ。街の角ずみに建つ寺院、葦原《あしはら》と草むらのあいだをゆったり流れる鴨川、その上を鴨が飛び交い、鷺が水面《みなも》をかすめる。直線状の大通りのあいだを縫うように走る無数の小路、明るい陽射しを受けた木造の仕舞屋《しもたや》、商店の薄暗い店先。夜になると、鴨川の河畔で学生らがサクソフォーンの練習を始める。あちこちに並ぶたくさんの小さなバーも加わって、微かなジャズの香りが漂い、上空に広がり、街全体に比類のない魅力を与える。

京都に近づくと、何ごともなかったかのように、小さな長方形を並べた稲田が春の空の下に広がっている。緑はまだとても淡い。鴨川の畔《ほとり》の穏やかな夕暮れ、水面《みなも》に映る提灯の明かり、縁台で食事をする人たちのざわめき、川の流れの不明瞭なお喋り。そうしたものすべてが、京都の街を嵐の最中の平穏な避難所にしている。ここでは、飛び立つ鷺《さぎ》の姿が再び意味を持って目に映る。拭いきれない不安を抱えながらも、幸福で静謐な日々。僕が、いつの日か京都で死のうと決めたのも、この三月だった。もちろん、運命が僕の意見を聞いてくれたとしての話だ。できる限り遅く、という条件も付けて。この京都の街で、女性や舞い踊る鷺を眺め、曲線を描く柳の葉を絵にし（ジュンは絵を描いている）、椿の香りを嗅ぎ、竹林を吹き抜ける風の音を聞く。地震は時間を中断し、くつがえした。生きたいという欲求を極端なまでに増幅させた。

一

たくさんの避難民（外国人だけでなく、日本人もいる。とくに妊婦や若い母親ら）を迎えた京都は、ドイツのジグマリンゲン*の風情だ。フランス人、スイス人、イタリア人、オーストリア人が大勢いる。中国人と韓国人は即、帰国した。これから少しずつ、多くの外国人が同じように帰国することになるだろう。フランス政府もようやく、帰国希望者を帰国させるために航空機を二機チャーターした。国際線を就航させている大手航空会社のパイロットや客室乗務員は日本に来るのを拒否しているという。日本は、ペストの患者のように忌み嫌われる国になったのだろうか？ 「そのほうがいいわよ！ バカな人間が少ないほうが、もっと笑って過ごせるから」とジュンが言った。

---

* ドナウ河畔の古城で有名な南ドイツの観光地。

僕は、托鉢僧よろしく、持ってきたのはほんのひと抱えの荷物。服を少し、何冊かの本、ノートを取るためのペンが一本と手帳を数冊。ジュンはスーツケースいっぱいに荷物を詰めてきたが、それでも、軽快な足取りはいつもと変わらない。身体を揺すって、電気がかかったような、おかしな歩き方。飲んだときでも飲んでなくても同じだ。僕たちはカルドネル夫妻（シルヴァンとサエ）の家に厄介になっている。大きな木造の家に、六人、八人、十人、そして十二人と、毎日避難民が増えていく。惜しみない無条件の歓待。心からのもてなし。しまいには、いったい何人が厄介になっているのかさえわからなくなる。夜になると、畳の上の座卓のまわりにみなが集まり、楽しく座が盛りあがる。文字どおり憂さ晴らしの酒だ。ボルドーワインが次つぎと開き、日本酒も登場する。たとえば、「獺《カワウソ》の祭り」＊という名前の山口県の地酒。カイウンという柔らかな響きの静岡の酒もある。漢字では「開運」。そうだ、運を開く、幸運を利用すること。北方からやって来て拡散を続ける黒い災禍のなかで、京都という名の晴れ間を楽しむこと。福島からは毎日のように惨憺たるニュースが届く。福島では何万人もの人びとが最悪の事態を避けるべく闘っているのだが、僕たちは、僕たちなりの場所とやり方を見つけたわけだ。つまり、遠くから彼らを支援すること、自分たちは身震いさえせずに。

京都では、実際のところ何もせずに毎日が過ぎていく。僕たちがすることといえばセックスだけだ。

一

地震がもたらすエロチックな影響を語らない限り、地震について何かを語ったことにはならない。周囲のすべてが揺れるときにセックスする！　こんなことを話題にする人はだれもいないわけだが、地震の教訓は、倫理、イデオロギー、社会学、あるいは政治的な、まあ、何でもいいが、そういったものである以前に、何よりもまず、また何にも増して肉体的なものだ。身体が突然、それまでのように反応することをやめ、五感が、これまでなかったほどに震えはじめる（あるいは、震えを再開する）。いいようのない歓びを再発見し、想像さえしたことのなかった快楽を発見する。

このことは言っておかねばならない。この世界を襲った広大な震動は、致命的な電荷を放出すると同時に、エロチックな効果を生んだ。プレートのポルノグラフィー。岩盤が重なりあい、空洞が目覚め、亀裂が開き、移動し、今度は僕たちの体内の空洞に同じ動きを誘発する。肺胞、脳室、心房！地下のエロティズムが突然、地表に浮上し、僕たちを圧倒する。三月一一日のあと、僕はジュンと素晴らしいセックスをする。絡みあい、つながり、口をふさぎ、上と下に、中と外に、腕、手、口、脚だけでは足りないほどに。大地震が僕たちの体内にどのような生理的反応を引き起こすかを、僕は見てとる。地震の激しい一撃を受けたことで、人生の短さとクリスタルのような脆さを、人生の歓びをできる限り速く、できる限り完全に味わう必要性を思い起こしたということだけではない。また、災

＊　山口県の地酒「獺祭《だっさい》」。

禍に直面したために、人がそれぞれ根源的に孤独であり、死ぬべき存在であるという事実に、あるいは自らの人生にどういう意味を与えるべきかという問題に、突然立ち返ることをよぎなくされたというだけでもない（突然、たくさんの人が、感動的で滑稽でもある古来の結婚という方法に救済を求めはじめた。日本最大の結婚相談所オーネットの広報担当であるホン・ウェンガン氏によると、震災後に結婚件数は急増した。東京・新宿の高島屋百貨店では結婚指輪の販売が一カ月で四倍増を記録したという）。

それだけではない。いっときの情交や結婚という戦略を超越して押し流してしまうほどの、さらに強く、古く、深い、別の何かが存在する。地震は人を暴露するのである。地震により、勇気、軽蔑、冷笑、同情、臆病といった倫理的な態度が露見するだけでなく、肉体的、生理的な暴露が生じる。地震は、肉体を、その秘かな負荷、隠れた弱点、潜在力の広がりを暴露する。萎《しな》び、不機嫌になり、自らの長い夜のなかに入っていく人たちがいる。閉じこもり、あるいは干からびて硬くなり、秘密のなかへ逃げこむ人びと。反対に、突然、蔓植物が広がるように、脚の筋肉は光り、顔は輝き、危険をものともせず、それどころか、危険そのものから周りを圧倒するほどの生気を抽きだし、完璧なまでにすっくと垂直に、落ち着きを得る人もいる。あまりに激しく揺れたために、それぞれの身体が、この地上における自分の正しい位置、正確な場所を突然見いだしたかのように。

一

地震はまた、僕たちの視界、重量と質量の知覚、容量に対する感受性にも変化を与えた。胴体を軸に、一対の太腿と天秤のような両腕があるのが、はっきりと感じられる。ジュンがベッドに横たわっている。動かない両脚が見える。光が動けばすぐにも浮きあがって現れる筋肉の束だ。横腹、背中、腰、僧帽筋、三角筋、広背筋——驚くべきスピードで位置を変え続ける直線と曲線の微妙な組み合わせ(彫刻家のロダンがどこかで、シバ神のブロンズ像について、「長い筋肉が付いた脚のなかにあるのは速度だけだ」と書いていた)。僕は急に、ジュンの脚が地面の上を動くとき、足がどこに置かれるかに極めて敏感になった。ジュンが本を読んでいるときには、素早くてほとんど知覚できないほどの睫毛の動き、あるいは、ポケットのボタン穴の不揃いな縁取りが一目で見てとれる。ジュンが立ちあがって、長く優雅な身体を開くと、牝鹿の足のようなくるぶしが見え、その上には、黒く優しげな目から流れ落ちてくる視線がある。僕は、ジュンの首筋を眺めることを覚えた。信じられないほどに美しく柔らかな肌。ブラウスの襟と耳朶《みみたぶ》のあいだのまさにこの場所にしか現れてこない、身体の内側にこめられたすべての柔らかさを感じる。ジュンの隠れた脈拍、秘密の拍動、香水の香りが脈打つ場所…。

三月の甘美さのなかで千の夜が一夜のうちに過ぎる——これが、京都と地震の不思議な結びつきが僕たちにくれたものだった。

その間にも、東北では人びとが死んでいく。

現地の取材から推測される状況は、日一日と陰鬱なものとなりつつある。何キロにもわたり延えんと山をなすガレキ、破壊され、歪み、遮るものさえなくなってしまった景色。東北は、積み重なった自動車の残骸、歪んだ柱、破砕した建物が生い茂る茫漠たる泥土になってしまった。大都市では、浸水した地区とこれを免れた地区とが対照的な様相を呈している。少しずつ生活が戻りつつあるとはいえ、多くの村むらでは水も食料も足りない。だれもが空腹で、寒さに震え（いまはまだ冬）、老人たちがハエのようにばたばたと死んでいく。

僕はジュンと話しあった。方針は決まった。京都での一時の休息はとても快適で活力を与えてくれたが、僕たちはいま、ただひとつのこと、東北へ向かい、海を見据え、人びととの手助けとなること、大災害のなかに飛びこんでいくことだけを欲していた。

こうして東京へ帰着。首都に戻ったときの最初の印象は、あたりの暗さ。街が暗い。東京はすっかり陰に浸食されてしまった。

東京の中心部を循環する山手線。車両内のディスプレー画面には、いつもの広告のお喋りに代わって、運行支障ばかりが延えんと掲示される。
西武新宿線：地震のため一部運行停止
都営三田線：停電のため一部運行停止
山形新幹線：停電のため一部運行停止
都営新宿線：停電のため一部運行停止
湘南新宿線：地震のため運行停止
街の至るところでくり返し表示される同じ内容の文章は、問題が山積していることの証拠だ。僕は、一部運行停止状態の街に戻ってきたのだ。

福島は東京で消費する電力の三分の一を発電している。地震後の保守作業のため、あるいは新たな地震発生に備えての用心から、ほかの原発も停止された。いまや節電が合言葉になった。

消灯したのは自動販売機――明かりが点滅してはいるが、サンプル缶（コカコーラ、ファンタ、CCレモン、カルピス）を後ろから照らしていた大きな蛍光灯は消えて、派手で奇抜なデザインの上に投げかけられていたつるりとした光はもうない。屋外の街頭広告ディスプレーもすべて消灯。二十四時間営業のコンビニの看板も消灯した。いちばん驚いたのは、渋谷のスクランブル交差点だ。毎日、何百万人が行き交う活気に満ちた雑踏、世界じゅうで最もうるさくて最もカラフルな交差点の広告ディスプレーが、すべて消灯している。渋谷の三つの伝説的大画面の明かりが消えているのだ。西武、パルコ、マルイ、ＨＭＶ、タワーレコード——ブランド品が気取った様子でショーウィンドーに並ぶこれらのビルも消灯した。都会のジャングルが喪に服している。

街頭広告ほど目立たないが、同じぐらい象徴的なのが電車の目的地を示した駅の電光掲示板の消灯だ。エスカレーターやエレベーターも多数が停止している。この現実から残酷な教訓がみちびきだされる。街のなかで人が自分の位置を見極め移動するために利用してきたもののすべて、あるいは、高層への上昇や夜と娯楽のさまざまな深み（商店、クラブ、喫茶店、バー）への潜航を可能にしてきたものすべて、そして、弛むことのない活力、伝説的な柔軟性・流動性・移動性を長年にわたってこの街に与えてきたものすべて、東京を近代におけるもっとも強力な都市としてきたもののすべてが、点滅し、縮まっていく。ひとつの種の消滅、米国の社会学者サスキア・サッセンがグローバル・シティと呼ぶ種の消滅を目の当たりにしているようだ。土台が損傷し、基盤が揺るぎ、息を呑むほど高いビルの頂上までが色褪せていく。

一

かつては、光が夜を侵食し、貫き、平然と、休みなく貪り続けていた。穿孔性《せんこう》の大食症にあらゆるかたちをした夜が呑みこまれていった。ところがいまや状況は逆転した。あまりに象徴的な逆転である。何かが暗くなった。システムが全般的な機能不全に陥り、僕たちは、これまで見ることができなかった——あるいは見ることを望まなかった——ものと対峙している。僕たちはきらきら輝く場所を巣作りの場所として選んできたのだが、その輝きの裏にあった陰、黒い部分、僕たち自身の闇。

どんなルールで停電を実施しているのだろう？　どんな基準で節電のための停電実施を決めているのか、だれにもわからない。街灯が全部灯っている通りもあれば、半分だけ、一方の側だけ点灯している通りもある。バランスをなくした道を、停止した動く歩道に沿ってぶらぶら歩く。闇が、部分的に、無作為に、やや混沌と、定着する。東京の中心部のほうが周辺部より影響は少ない。一定圏外へ出るとネオンは全部消灯している。ネオンが消えてランプが点いていることもあれば、逆の場合もある。

電車のなかや教室でも照明が落とされている。街全体に広大なフィルター、カメラの絞りがかかったようだ。現代資本主義文化の眩しく光り輝くモデルがぼやけていくのだろうか？　夜との新しい取引が始まった。

歓び、静寂、神秘。片隅が息を吹き返す。陰の地理が自らの場所を回復し、光沢と物質、花瓶のまわりに漂う闇、棚板の下にうずくまる秘密のほうへと視線を誘う。体制順応主義でなかった谷崎潤一郎であれば、東京の街の真んなかへ挑発するかのように陰が戻ってくるのを喜んだだろう。谷崎が『陰翳礼讃』のなかで書いたように、「美は物体にあるのではなく、物体と物体との作り出す陰翳のあや、明暗にあると考える」＊のであれば、脆く、傷つき、甘美で長い混乱のなかに沈んだこの東京は、かつてなかったほどに美しい。

東京は平静である。東京の街がパニック状態に陥るようなことはまったくなかった。断層の上に建設されたこの広大で垂直な首都には、紙でできた家と、鋼《はがね》のように強靭な神経がある。

日本企業にとってこれほど悪いタイミングはなかった。三月は会計年度の最後の月であり、企業はみな決算と新しい会計年度を準備中だったが、作業の中断を余儀なくされた。投資家が流出し、停電と節電が産業活動の回復を大きく妨げ、暑さがとりわけ厳しくなっている日本では困難な夏が予想される。

商店では、売り場の一部が完全に空《から》になっている。これは、日本を知る者にとっては驚くべき光景だ。日本では、昼も夜も、何時でも、どんなブランドのどんな製品でもほとんどすべてが手に入るからだ。代々木上原駅のプラットホームでは、大きな袋をふたつ提げたふっくらした顔つきの若い女性が、携帯電話のキーを押している。食料と雑貨が詰まったふたつの大きな袋に挟まれ、女性はとても小さく見える。

水の入ったボトル、ティッシュペーパーの箱、鶏のもも肉が買い物袋からはみだして見える。女性は電話している。電車の轟音に混じって細い声が聞こえてくる。

「そう、いま、代々木上原。トイレットペーパーは見つかった（大きな微笑み）。え、何？　おコメ？（大きな溜め息）　わかった。あるかどうか見に行ってみるわ。」

女性は、大きな袋を引き摺るように提げ、階段を降りて出口のほうへ向かう。やっかいな荷物と苦労を背負いこんだ小さな後ろ姿。

一

日本はパニックに陥ってはいない。しかし、不安である。東京では街じゅうが広大な買い物競走を開始したように見える。四月の初め、もっとも需要が多かった商品を七種類、順番に挙げると、

一　トイレットペーパー

＊　谷崎潤一郎『陰翳礼讃』中公公論、一九七五（第二〇刷一九九〇）。

二　ミネラルウォーター
三　インスタントラーメン
四　電池
五　納豆（発酵させた大豆）
六　ガソリン
七　乳製品（牛乳、ヨーグルトなど）

販売個数が制限された商品もあった（僕の住んでいる地区ではミネラルウォーターが一人当たり一リットルだったが、大使館が集中する広尾では二リットル、または三リットルだった）。あちこちで、買い溜めや買い漁りという奇妙な行動が多数出現した。

もちろん、地震にともなう物流の問題、製品の生産と順調な輸送を妨げる道路インフラや工場の破損という状況はあった。地震と津波でもっとも深刻な被害を受けた四県は、日本経済、とくに食料自給に大きな役割を果たしている。カキ、養鶏、白菜など。甚大な被害を受けた東北地方は、日本の全漁獲量の五分の一を揚げていた地区でもある。

しかし、買い溜めや買い漁りは太古の時代からの人間の反射行動である。洞窟時代の本能が浮上する。溜めこむためだけに溜めこむ人たちがいる。備蓄、貯蔵、集積、保管！ 石油ショックを覚えている人、原子力災害の恐怖に備える人、ボトルウォーターの偏執狂、歯磨き粉がなくなる恐怖に脅える人、トイレットペーパー集めの狂人、缶詰に執着する頑固者……。

人びとは非常に規律正しい。不正行為はほとんどなく、盗難も略奪もない。ごく稀な例外を除けば商店の便乗値上げもない。しかし、節電を強いられ、スーパーの売り場が空っぽになった街では、奇妙な雰囲気があたりを支配している。歴史が、不思議なブーメランのように反転した。消費社会の殿堂にいながら、まるで、ベルリンの壁崩壊前の東ドイツにいるようだ。高級品やファッションのデパートは閑古鳥が鳴き、地震のあとの一週間は売上が半減した。人びとは不可欠なもののみに集中する。水、トイレットペーパー、インスタントラーメン。体内に入り、外へ出るもの。不確実性の最中で怯える街が尊厳を保ち続けるための必需品だ。

ハリウッドの映画会社は大災害や洪水の映像が出てくるカタストロフィー映画の公開を中止した。いちばんの打撃を被った映画は、「タイタニック」や「アバター」のジェームズ・キャメロン監督が製作した3D映画「サンクタム」だ。サイクロンで水没した洞窟のなかに閉じこめられた家族が混乱の内に脱出を試みる話で、超大掛かりな特殊効果が呼び物だったが、家族全員が呼吸を止めて潜水しなければならないような悲劇を上映できるときではなかった。僕たちはすでに、水没により大きな犠牲を払っていた。

ビデオゲーム、日本型娯楽の花形であるビデオゲームも打撃を受けた。セガの『龍が如く』(世界終末後のゾンビ状態の東京が出てくる)や同じような種類のゲームは発売が延期され、『絶体絶命都市4』に至っては発売が中止された。後者は、予告編のキャッチフレーズが「地震で壊滅状態にある街からの脱出があなたのミッション」だった! 日本で人気のテレビドラマ『24――TWENTY FOUR――』のファイナルシリーズの放映も延期された。このドラマは日本では非常に有名で、某国会議員に至っては、主人公である連邦捜査官ジャック・バウアーを範にして危機管理をおこなうよう首相に進言したほどだが、ファイナルシリーズはニューヨークにおける核兵器テロがテーマだった。至るところで現実がフィクションに追いつき、フィクションを追い越す。フィクションといっても、とくに俗悪なフィクションの類いだ。ショービジネスの世界は、自らが描き、予告すると謳っていた現実に完全に追い抜かれ、途方に暮れている。世界の終末を娯楽にすると自負していた人びとが、自らの卑怯さの重みに打ちひしがれ、現実を正面から見据える勇気さえない。

観光は死に体だ。行く先を問わず、全国各地で観光客数は半減した。読売新聞によれば、少なくとも八万人が日本旅行をキャンセルした。航空会社は軒並み欠航。惨憺たる状況だ。原発にだれもが不安を感じている。東京では、はとバスの一日当たりの外国人利用者数が五人…という悲惨な数字が発表された。福島に近づくほどに人の姿がまばらになる。かつて強大な戦国大名が争った会津の鶴ヶ城は、江戸時代の瓦を模した新品の赤瓦を葺き、四百年の歴史を持つ茶室「麟閣」があるが、もはやだれも訪れる人がない。日本アルプスを越えて富山と長野を結ぶ道路も、廃道同然の状態にある。この道路沿いには、標高二千メートル以上の地点に高さ十七メートルの雪の壁が続く「雪の大谷」*と呼ばれる奇観があり、昨年は四万人が訪れたが、今年の観光客は六十人だった。韓国、台湾、香港から、日本観光キャンセルの数字が続ぞくと入る。日本を訪れようとする人は、秋までだれもいなくなってしまった。福島からもっとも遠い日本南端の沖縄でさえ、春の陽気が感じられるにもかかわらず、一万件のキャンセルがあった。

さらに残念だったのは、当然とはいえ、犠牲者への哀悼の気持ちから伝統行事である花見が中止されたことだ。今年は、満開の桜の木の下で、桜の花びらの雪明かりのような輝きに包まれ、酒を飲みつつ寝転ぶことはないのだ。加えて、豊穣を願う神道の祭りである川崎の金魔羅《かなまら》祭り**も中止されたと

* 立山室堂平の豪雪地帯にある。立山黒部アルペンルートの除雪によってできた雪の壁の片側が「雪の大谷」と呼ばれる歩行者用通路となっている。

** 川崎市の金山神社で四月におこなわれる祭礼。「金魔羅《かなまら》」は神体である金属製の男根を指す。

いうのだから、これはもう、あてにできる行事は何もなくなったと了解せざるをえない。

有名な雷門の背後に広がる浅草の聖域も、ほとんど人影がない。作家ピエール・ロティ*は、「樹齢数百年の大木が植わった中庭は、樹木のあいだを人が埋め尽くしている」**と描写し、その中庭を見下ろすようにくすんだ朱色の巨大な本堂が建つこの境内を、「絶えることなき巡礼」***に喩えた。参道の商店街には人気《ひとけ》がない。首都でもっとも古い仏教寺院である浅草寺《せんそうじ》も、訪れる人はなく見捨てられたようだ。この場所にたえず漂っている笑いと軽やかな声のざわめきは消えてしまった。絵や仏教の本、あるいは花を売る商店の店主らが、途方に暮れたように辺りをうろうろしている。大きな鳥かごに似た格子造りの四角い賽銭箱からも、投げ入れられる小銭の、硬いけれども木の響きがこもった音は跳ね返ってこない。ハトもすっかりのんびりしている。人を避けてあちらこちらに飛び立ち、提灯や旗竿に止まる姿はもう見られない。翼の唸るような響きも、人の呟き声と一緒に消えてしまった。祭壇の前に立っても、参拝のさいに神がみの注意を引くためにおこなう柏手《かしわで》の音はもう聞こえてはこない。本堂の前、参道の真んなかには巨大な青銅の香炉がある。蓋の上では大型犬ほどの大きさの怪物がにやりと笑っている。香《こう》の匂いのする煙が螺旋状に立ちのぼり、雲のように、怪物と燭台《しょくだい》が絡みあうなかを、伽藍《がらん》の大屋根へと漂っていくが、その周囲には、香炉に線香を立てに集まってくる信徒の姿はない。ただ、本堂の奥、神秘に満ちた奥の間に、神がみだけが――金漆《きんしつ》の祭壇を背にし、穏やかな笑みを湛えた大きな仏像だけが――いまも残っておいでになる。****

一

東北地方へのボランティア派遣は政府機関を通さなければならない。たとえ救援者といえども、食事と宿舎を確保し、監督、保護の対象となる人びとであるためだ。ボランティアへの参加条件は厳しい。食料と寝袋、さらに携帯トイレを持参しなければならない。もうひとつの問題は、ガイガーカウンターを持っていったほうがよいという点だ。最近は線量計と呼ばれている。僕はジュンと一緒に「エレクトロニクス村」である秋葉原に行ってみたが、線量計の陰もかたちも見えない。在庫切れだ。メーカーは増産を急いでいるが、市場に出回るまでには三カ月ほど待たなくてはならないという。店員はさっそく、肩から斜め掛けするタイプ、首や手首に付けるタイプなどを勧める。ネックレス線量計、ブレスレット線量計、ペンダント線量計。線量計が最新流行のアクセサリーになった。

＊　フランスの海軍士官で、東洋滞在の経験に想を得た作品で知られる作家。一八八五年と一九〇〇年の日本滞在の経験から「お菊さん」などの作品が生まれた。

＊＊　Pierre Loti, *«Yeddo», Japoneries d'automne*（『秋の日本』収録作品「江戸」), 1889, republié par Robert Laffont,1991.

＊＊＊　同上。

＊＊＊＊　浅草寺境内の描写は、ピエール・ロティの描いた世界が消滅してしまったことを暗示するため、ロティによる描写を下敷きにしたパロディーの試みである。このため、「大型犬ほどの大きさの怪物」など現在は存在しなくなったものも描かれている。

次から次へと届く悪いニュースを前に、僕たちは意を決した。道路の一部は通行不可能となっており、新たに地震が発生する可能性も高い。ただひとつ確かなことは、確かなことが何もないということだけだ。だれもが、東北へ行くべき時ではないという。

だからこそ僕たちは東北へ向かう。

搭乗開始だ。

僕は、東北へ行く前に今回の災害の映像を無数に見ていた。しかし、これほどの惨状は予期していなかった。

二

国道45号線は太平洋と山岳地帯のあいだを蛇行して進む。五百キロ以上にわたり、日本でも屈指の景勝のあいだを縫い、日本のもっとも美しい村むらを横切って延びる。海と山、湾と岬、岩、小島、暗礁、滝、森が連なる長い歴史を帯びた風景。この地方は十二世紀に金山や馬と贅沢品の交易で富を蓄え、京都と並ぶほどの豪奢と洗練を誇るほぼ独立した王国だった。この地方はまた、詩の想い出に満ちた地方でもある。有名な俳人である芭蕉は一六八九年（ロンドンで作曲家ヘンリー・パーセルがオペラ「ディドとエネアス」を創作した年）の春、東北地方への旅に出立した。芭蕉の最後の作品「おくのほそ道」には、この旅に題材を得た多くの句が収められている。

芭蕉と弟子の曾良は、当時すでに過去の栄華のほとんどを失い、隠者と山賊が隠れ住むといわれていたこの地方に、いったい何をしに出掛けたのであろうか。百五十六日間の旅。ほとんどを徒歩でこなした二千三百キロの行程。疲労、病気、盗難、事故、倦怠、死といった、旅に付きもののあらゆる危険を冒して続けた五カ月間を超える放浪。いったい何のために？　入り江と湖沼のあいだに巣食うように延びる数少ない狭い平地、波に刻まれレースのように繊細な切りこみを描く崖。この景色のなかに足を踏み入れたとき、その理由がわかる。ここでは、道が右へ左へと迂回するにつれ、視点がたえず変化していく。山道、梅の木の香り、突然差しこむ陽射し。敏捷、迅速で、貫通力のある目を持たなければならない。詩人にとっては天国、散策者にとっては息を呑むような魔法である。

しかし、この美しさがこの地方を脆弱な場所にしている。狭く、奥に長く、深い湾。ティーカップの弓形の取っ手のような、馬蹄のようなカーブを描く河口。ここでは、津波は岸辺が作る狭い鞘のなかで圧縮され、信じられないほどの高さに上昇する。

僕はたくさんの動画、画像を見た。みなと同じように、たくさんの写真、ビデオ、取材番組を眺め、ほかの人と同じように画像の洪水に呑みこまれた。しかし、それら画像のどれひとつとして、僕がいま、目の当たりにしている、信じられないような現実を予想させるものはなかった。画像は、偉大な写真家や希有の映画監督の作品を除いて、僕たちを現実から遠去ける。画像は現実との距離そのものから生まれるものなのだ。

たとえば、自然のとてつもない不公平さ、ある地区では樹木が根こそぎなぎ倒されてしまったのに、すぐ隣の地区では奇跡的に温存されているといった、偶然の力と呼べるものについて、画像は何も伝えてこない。ほとんどの画像には時間も地理もなく、こうした残酷さについて何も語ることはない。宮城県石巻市にある一部の地区はそのままの姿で残っているのに対し、その集落の向こう側はすべてが消失し、わずかに残った道路に波が打ち寄せている。四月の素晴らしい晴天のもとで、災禍を免れた地区と壊滅した地区には一様に青みがかった光が満ち、両者のあいだの対照をいっそう際立たせている。

二

僕たちは、レンタルした小型トラックに食料、医薬品、衣料品を積みこみ、まずは仙台方面へ向かう広い高速道路を走った。それから、海のほうへと流れるように下る小さな道路をいくつも通って、少しずつ東北地方を北上して行く。最初は、すべてが正常であるという誤った印象を受ける。整然と並ぶ水田、海岸の岩場に囲まれてうずくまっているような美しい村むら、ところどころに点在する大きな森からは鳥の囀《さえず》りが聞こえ、すべてが平穏と静謐の印象を与える。ときおり、花をつけた葉叢《はむら》の下に小石を敷いた道が延び、道の果てには木造の古い寺。すっぽりと林に囲まれ、日陰の甘い香りのなかに苔むした寺。あたりには神秘がたちこめ、墓地が寺を取り囲んでいる。

そして急に、道がカーブし、あるいは迂回したところで、災禍が僕たちを捉える。突然、すべてが消える。木も、家も、庭も。道路も、ビルも、丘も。見渡す限り波打つように広がる無数のガレキの山。山やまは崩れ、川は底をあらわにし、地面は茫漠たる汚れでしかない。突然、すべての距離が縮まり、同時に無限に弛緩する。視線が捉えるのはガレキばかり、あらゆるものの、かつ何でもないものの断片ばかりであり、視線はそれらに意味やかたちを与えかねている。延えんと広がる褐色の溶解物の上に、発酵した豆腐の匂いが執拗に漂う。茶色い悪夢。すべての物体が茶色に見える。茶色以外の色は世界から消えてしまった。突然、僕たちがいる場所はもはや日本ではない。ほかのどこでもない。この景色にはどんな国の名前も当てはまらない。

ガレキの絨毯。何キロにも、何キロにもわたって続くガレキの山。すべてが押し潰されて平坦に、壊れて平たくなってしまった。このゴミの平地からは、もう二度と何かが立ちあがることはないように思える。垂直方向の動きが地表から排除され、地表はそのもっとも単純な表面に、もっとも平板な表現に還元されてしまった。上へ向かって立ちあがるもの、放射するものはもはや存在しない。ビルの稜線もなければ、矢のように尖った木の枝もない。木も、鋼《はがね》も、すべてが平たく、押し延ばされた。石で打ちのめされ、食い潰されたように。石のように硬い水流が土台からすべてを引き抜き、まるで花冠を押し広げるように、広大な災禍の場所を切り開いた。空へ向かって突き立つもの、突き刺すもの、湧きだすものは何もない。嘔吐を催すほどの平坦さ。人間が地表に押し倒され、町は粉砕された。

心奥から、信じられないという呟きがこみあげてくる。埠頭の土台をなしていた重いコンクリートの固まりは持ちあげられ、数メートル先に投げだされた。ビルや住宅は激しい濁流に沈み、船は防波堤を越えて、建物の壁にぶつかって潰れるか、屋根の上、木の頂、破壊されてもなお優しい庭のなかに止まったまま動かない。この残骸と汚泥の光景を現実に見なかった人にとっては、こうしたすべてはおとぎ話の景色でしかない。そして、この光景を目の当たりにした人自身も、これは現実ではなく暴力的な幻覚だと思いたい気持ちに駆られるのだ。

二

至るところに、電線、流され折れた電柱、海藻が絡まりついた配管。未来からやって来た物体のようにも見える奇妙な根の数かず。風景のなかにはもはや人間的なもの、自然のもの、古いもの、新しいものは存在しない。すべての秩序は、波に流され、廃止された。波は東北地方の一部をポスト工業化時代のマングローブ*林に変えてしまった。

水の勢いで歪んだ線路。地震から一カ月以上経ったいまもなお、電車は線路の真んなかに立ち往生したままか、あるいは壁に突っこんで止まっている。貸し切りバスが積み重なった山、竜骨《りゅうこつ》を上に向けて道路に乗りあげた船、泥のなかに散乱した車。立派な三菱車、大きなトヨタ車、腹が石けんの

＊ 熱帯や亜熱帯地域の河口など、満潮になると海水が満ちてくる浅瀬（汽水域）に自生している植物の総称。

ように円く白い小さなホンダ車、金持ちの車、貧乏人の車、大型トラック、バン、軽自動車。水のロードローラーがこれらすべての車の上を通っていった。潰れ、曲がり、窓ガラスが割れ、車体がくしゃくしゃになった車がある。かと思えば、ある種の優雅さをもって、屋根の上に静かにそっと載ったままの車もある。どの移動手段も、本来自分の場であった自然の要素から引き離され（水に漂う車、宙に浮いた列車、あちこちに散乱した船）、途方もなく巨大なジグソーパズルのピースがバラバラになったように、行きあたりばったりに配置されている。泥土のなかで、悪夢の断片のように、車の外輪がきらめく。ここかしこに、汚れて一部をもぎとられ、書かれた文字も読みとれなくなった看板がいくつか。

僕たちが到着したのは夕方、黄昏の色が低い山やまに吸いこまれるように静かに消えていく時刻だった。沈む夕陽に照らされ、銀色に光る大きな空白が出現したかのようだ。不幸を具象化して影に落としたような一面の灰色が、何千キロ平米にわたって広がる。これはもはや物理的な風景ではない。僕たちは、説明しがたい様相を帯びた町まちが連なる、不明瞭で苦い痛みをともなった地区に入りこんだのだ。

ひとつの音が、この永遠に続く泥炭の上に漂っているような気がする。どちらかといえば陰気な、単調な、尖った音。耳を澄ますと低いざわめきが聞こえる。音にはもはや豊かさも多様性もない。神経を麻痺させるような、起伏のない、平坦で、冷たいざわめき音。何に遮られることもなくなった空気、家並みや町角にぶつかることさえない風。不思議なシューシュー音、ブンブン音、かたちをなくした地上を無限に滑る風の音、消え去った物の無音のざわめき。

夜。僕たちは、犬一匹さえうろついていない、鳥の姿さえ見えない町に到着する。この茫漠たる災禍のなかで、どこに身を落ち着ければよいのだろうか？

二

津波を記述するにはいくつかの方法がある。ひとつは、合理的な外観を描きだすことで事象を報告しようとする、情緒を排した科学的な記述法だ。地震の瞬間、太平洋のプレートが日本のプレートの下に潜りこみ、二十メートル以上の水平移動を引き起こした。同時に、地面が三メートル隆起し、海岸線から百五十キロメートル沖合にある震央に高さ六メートルの水の壁が一瞬のうちに形成され、膨大な量のエネルギーを放出しつつ、海岸へ向かって一直線に押し寄せていく。

その数分後、津波検知システムの海底センサーが過去に観測されたことのない水位を記録する。岩手県の宮古と釜石ですでに四メートル、福島県の相馬では七メートル以上。海洋に設置された約百七十台のセンサーが直ちに慌ただしくデータを発信しはじめる。データを見た技師らは、眼鏡をはずし、またかけ、目をこすり、キーボードを叩く。だれも見たことがない数字だ。水流が膨れあがり、すべてを運び去る。地震発生から十分も経たないうちに、宮古、石巻、鮎川（宮城県）のセンサーは停止。津波の大きさを計測するはずの計器が、その機能を波に破壊されてしまった。前代未聞の出来事だ。破壊が始まったのだ。

最北の北海道から最南の沖縄まで、津波が押し寄せる可能性がある。コンピュータの計算によれば、日本の北部海岸一帯が潜在的な危険地区だ。三月一二日、午前三時二〇分、気象庁は日本の海岸地帯全域に津波の危険があると宣言した。震源の反対側、日本海沿岸の海岸線まで含めて総延長二万九千七百五十一キロの海岸線。不安が極限に達する。

まるで突然、ありえなかったはずのことが現実になったかのようだった。

波が高さ何メートルに達したかを知るのはむずかしい。海岸線全域にわたって設置されていたセンサーが破損したからだ。しかし、機能しているセンサーはものすごい数字を送信してくる。宮古市の

二

姉吉地区では高さ四十メートル以上、同じく宮古市の田老地区、さらに北の岩手県九戸郡野田村ではほぼ三十八メートルに達した。福島の原発では十三から十五メートルを記録。

波がどれほどの速度で到着したか知るのもむずかしい。津波の伝播の速度は水深によって変わるからだ。東北地方の海は深い。世界でももっとも海が深い地域のひとつである。日本の周辺には地球上でもっとも奥深い海溝がいくつかある。千島列島付近で六千八百六十五メートル、日本列島の東部で八千四百九十一メートル。専門家によると、水深線千メートルで津波は時速三百六十キロに達する。津波とは、何よりもまず凄まじい速度である。

海岸から沖合へ五キロの地点では、波の速度は時速八百キロ、つまり飛行機と同じ速度。海岸から五百メートルになると、超特急、つまり時速二百五十キロで走る水の新幹線だ。波頭の白い縁飾りは機関車の白い煙を思わせる。波は列車と同じ速度で進む。海岸から百メートル地点でもまだ、時速百キロで走る自動車並みの速度がある。もちろん、陸地に近づくにつれて速度は急速に低下するが、それでも、津波が浜辺に到達して砕け散るときの速度は時速四十キロに近い。スポーツ好きなジュンによると、「オリンピックの短距離選手の速度」だ。具体的にいうと、津波が迫ってくるのが見えたときには、見ている人間はすでに死んでしまっている可能性が高いということだ。

これは東京にいたときだが、横須賀の近くに津波について非常にたくさんのことを学べる研究センターがあり、僕はここを一日かけて見学した。アジア・太平洋沿岸防災研究センター*である。ここには、オフィスや研究室のほかに、長さ百八十四メートル、深さ十二メートルの細長いケースのようなものがあり、このなかで高さ二・五メートルの津波を人工的に誘発することができる。二・五メートルというと大したことはないようだが、高さ五十センチの津波でも大人が転倒することは覚えておかないといけない。速度があるため、倒れた人はもう起きあがることができない。波が一メートルに達すれば五トンから十トンの衝撃力が加わり、金属板を十分ねじ曲げることができる。高さ二メートルの津波であれば家を破壊できる。

陸地に達して減速していても、津波に襲われた人の腕は折れ、軟骨は潰れ、口は、壁に押しつけられて助けを求める声も声にならず、みるみる泥で膨れあがる。肘は壁で擦れ、睫毛には泥のおぞましい重みが満ちる。

津波を記述するもうひとつの方法は、ガレキの数だけ数字を積みあげていくやり方だ。残ったものは何もないのだが、それでも残ったものの目録を作ろうと試みる。

コロラド大学の地震学者、ロジャー・ビルハムによれば、六十七立方キロメートルの海水が東北を襲った。これは、マンハッタンを水深一・五キロメートルの海底に沈めるのに十分な量である。

二

車両（乗用車、船舶、飛行機、トラクター、タンクローリー車…）を除いても二千五百万トンのガレキが発生した。この数字はまもなく一億トンまで跳ねあがるだろう。ガレキとはいったい何なのか？　それさえも正確にはわからない。粉砕の威力はあまりに凄まじく、ガレキを数えるという作業自体が不可能なのだ。

宮城県では、発生したガレキの量は自治体が収集するゴミの二十三年分と試算している。自治体によっては十六年分、あるいは十八年分…。数分間のうちに十年間、二十年間という長い年月分のガレキが発生した。

海洋汚染を別としても、自動車、工作機械、建物の残骸…そうしたものが津波の引き波に流され、海流に乗って、海底の斜面を転がり、広大な巡回海洋ゴミ捨て場を形成するだろう。ありとあらゆる種類の油や化学物質が金色《きんいろ》に輝く環状の染みとなって、カナダと米国の方角に漂っていく。

＊　神奈川県横須賀市に所在する港湾空港技術研究所（独立行政法人）内に設置されている。

僕がこの行を書いているいま現在も、津波は太平洋を東へと進み続けている。来年には米国の海岸に打ちあげ、さらに南極まで到達する。到達した波は、一万三千キロを進んできたにもかかわらず、おそらくはまだ三十センチの高さを残し、大きな氷塊に亀裂を入れて打ち崩すだけの力を残しているはずだ。

こんな話も聞いた。福島のレストランで出会った地理学者によれば、多くの場所で地形（海岸、入り江、丘…）の位置がずれてしまったため、東北地方の地図はすべて見直しが必要になる。

しかし、津波を記述するためには、さらに奥へ、源へと遡らなければならない。人びとに会いに行かなければならない。男性、女性、子ども、商店主、漁師、職人、企業家、主婦、消防士、兵士、観光客、救援者らに会いに行かなければならない。耳を傾け、言葉を交わし、生き残った人びと、避難してきた人びとの話を聞き、実際に何が起こったのかを理解しようとしなければならない。すると、言葉の流れのなかに、呼吸が中断するのが、沈黙が独特の響きを立てるのが、そして、人びとのなかに入りこんで永遠に住み着いてしまった、見渡す限り続く波のざわめきが、聞こえてくる。

最初に、音があった。

危険はまず音となってやって来る。水がやって来る前に、水のどよめきが聞こえる。まず耳、鼓膜が、恐怖を感じる。沖合で水平線が上昇した。しかし波は、雨のざわめきのような騒音となって近づいて来る。

騒音があちらこちらから到来し、世界が変貌する。雷鳴のようなとどろき、恐怖をまき散らすサイレン、唾を吐くように叫ぶスピーカーの声。消防車の警報が間断なく鳴り続ける。癇に障る甲高い音、すべてを覆い尽くす鋭い風切り音、押し寄せる水の音響上の等価物だ。

一瞬のうちに岩が水に覆われる。波がすべてを呑みこんでいく。スギの木の頂から羽ばたきの音が聞こえる。空を見ると、鳥が何千羽となく群れをなして飛び立っていくのだが、どの方角へ進むべきかわからない様子。鳥たちの大騒ぎの音が波の唸りと混じりあう。「山が動きだしたかと思ったよ」と、歯の抜けた口に笑みをたたえて老婆が言った。

それから、機関銃の連続射撃のような音。店先のガラス窓やショーウィンドウが水圧で次から次へと破裂する。何十発もの音が同時に炸裂する。騒音が膨らんで四方に流れ落ち、砕け散る。海が咆哮する。海が口を開けて到着し、餌を求める。騒音が大河に、瀑布に、濁流になる。

波がもう一度、そしてまたもう一度。

凄まじい大騒動が始まった。町の真んなかに断崖が、深淵が開く。人間のリズムの外で打ち刻まれる不幸の頌歌。水が狂ったように襲いかかり、瓦が落ち、支柱が恐ろしい轟音を響かせて倒れ、屋根が崩れ落ち、壁が割れる。電線がムチのような乾いた音を立てる。風を切って走るケーブルの房、電柱が振り下ろす殺人的な革紐だ。

水流はときには渦をなし、あるいは竜巻状になって、加速しながら回転し、建物を押し潰し、旋回し、そして収縮する。最後には、かすれた叫び声のような音が、大勢の木霊《こだま》と影が棲む洞窟の奥から聞こえてくる。いくつものスタジアムで観衆がいっせいに立ちあがり、スタンド席が崩れ落ち、なすすべもない群衆が罵声を上げているかのようだ。

海はますます激しく襲いかかり、咆哮する。屋根はもぎとられ、膨れ、持ちあがり、舞いあがる。家いえは舫《もや》い綱《づな》をなくした船のようだ。三戸、四戸とかたまって、ぶつかりあいながら砕け、屋根を重ね合わせるようにして押し寄せてくる。家の梁はまるで藁《わら》くずのように、車は玩具のように流されていく。しかし、水の威力はこの程度のものではない。

二

　津波は家じゅうの部屋に流れこみ、鍵穴にさえ侵入し、壁を解体し、畳をはずしてバラバラにする。隙間さえあれば入りこむ。抵抗を見せる建物もあるが、すると波はまわりを取り囲んで、建物が抵抗する分だけさらに勢いを強める。津波の破壊力は、逆えば逆らうだけさらに強くなる。家いえは土台から引き抜かれ、長い漂流を始める。家のなかから人の叫び声が聞こえる。

　最初のうちは、災禍のなかにあっても上席権のようなものが存在する。造りがしっかりした素封家の大きな家はすぐには流されない。しかし、まもなく、こうした家も、大小の石、ポリ袋、タイヤ、破れたタイヤのゴムが裏返しに巻き付いたリムに混じって、同じ喧噪のなかに取りこまれていく。旧家の家屋が、庭の花と植えこみのあいだを、まるで貴族が供を引き連れていくように、静かに流れていく。

　家は地面から引き抜かれるとき音を立てる。水の唸り声も凄まじい。しかし、軋んで砕け散るときの木材は想像もできないような音を立てるのだと、何人もの生存者が、自分が語る光景にいまもまだ怯えたような目をして話してくれた。だれかが呻《うめ》くような、まるで家自体が、話し、唸り、泣きはじめたかのようだった、と。

　それから、人間の発する音声もある。迫ってくる波がようやく見えたときの男たちの怒声、女たちの叫び声、子どもたちの悲鳴――恐怖と興奮が混じりあった声。「ナミ　ガ　キタ！　ナミ　ガ　キタ！」　波が来た！　波が来た！　目に映った光景を信じられず、人びとは同じ文句を少なくとも二度くり返す。「オレ　ノ　クルマ、オレ　ノ　クルマ…」　俺の車、俺の車…。「キョダイ　ダ！　キョダイ　ダ！」　巨大だ！　巨大だ！　そして、波がすぐ目前に迫ったとき、人間の言葉は、いっきに流れ落ちる激流と対照をなすかのように中断し、もはや判然とした意味を持たない呟き音があたり一面に響きわたるだけである。まるで言語が波に打たれ、この世の喧噪が言葉をどこかへ運び去ってしまったかのように。

津波のことを語るとき、人びとは我れ知らず、恐怖に喘ぐような息づかいになる。そのときの波を思いだすだけで、言葉は、たどたどしく意味もわからないただの喋り声に変わってしまうのだ。いまなお、口のなか、唾のなか、舌打ち音のなか、震える歯のカチカチいう音のなかまで、波に追いかけられているかのように。間一髪で津波を逃れたある立派な大学教授は、そのときの光景を僕に語りながら、まるで子どものように口ごもった。息を止め、口を開けて。想像してみてほしい。東北地方の海岸一帯で、同じ瞬間に、何千もの目がかっと見開き、口をあんぐりと開けている。海岸のあらゆる場所で、同じ仰天の叫びが聞こえる。波がもたらした無音の驚愕、頭がくらくらするような単音節。それから、その叫び声は激流のなかにぼこぼこした音を立てて消え、言葉が粉砕されていく。波に流されて、音節は叫び、子音は割れ、母音は吃《ども》る。しまいには、ぶつぶつと呟き、聴きとれぬ言葉を早口で並べ、赤ん坊のように泣くことしかできない。少しでも息を吐けば恐ろしい喘ぎに変わる。言語のすべてが、この沸きあがる水流のなかに囚われて押し潰される。

ドキュメンタリーで使われるカットアップや衝撃のモンタージュといった手法*は、瞬間的には強い印象を与え、恐怖と驚愕の印象を再現することができる。しかし、こうした手法では真実の全体を伝えることはできない。容赦なく満ちてくる黒い波。不可思議な色を湛《たた》え、いぶかしく思われるほど緩慢に近づいてきたかと思うと、突然、唖然とするような速さで襲いかかってくるのだ。

波が来ても、逃げる必要はないと考えて動かなかった人たちがいる。スピーカーの呼びかけも無視して、地震で被害を受けた家の片付けと掃除を続ける。まさにそのとき襲いかかりつつあるものが地震以上に破壊的であり、それに比べれば地震の被害など取るに足りないものにすぎないということを、一瞬たりとも考えずに。波は自分たちの居るところまではまず来ないだろう、そう考えていた人たち

＊ カットアップは、つながっていたカットを一旦ばらばらにしたあとに組み立て直す手法。モンタージュは、視点の異なるカットを組み合わせてつなげる手法。

もいる。

店のなかで、ガラスの破片を片付けている男たちがいた。車のなかで、海面が上昇しはじめるのを不安げに眺める人たちがいた。屋根の修理を始めている老人がいた。子どもを落ち着かせようと散歩している女性がいた。津波の到来を信じることができない、いや、信じようとしない人たちがたくさんいた。ほんとうに来るのか？　逃げようとする人びとの心のなかにも一種の躊躇がある。あちらこちらでみなが同じ問いを呟く。「妻はどこにいるのか？　夫はどこにいるのだろう？　弟は？　息子は？」その瞬間に何千人もの人が自問する。「帰って来るのを待とうか？　迎えに行ったほうがいいだろうか？」この日の悲劇のなかに、何千もの小さなドラマがあった。

「残ろうか？　逃げる必要があるのだろうか？」何千もの人びとが、この問いを心に浮かべたというだけの理由で死ぬことになる。波は、この問いに答えを出す時間を、人びとに与えなかった。

大至急、高い場所へ、山へ、屋根へ、ビルの最上階へ上がるよう指示が出ていた。何度もくり返し。役場の職員が、自分の生命を危険に曝しながらスピーカーで指示をくり返す。赤い消防車がまだ浸水していない地区を回り、避難所へ逃げるよう人びとに声をかける。

二

しかし、状況の展開はあまりに速かった。釜石では、地震の三十分後には町のほとんど全域が水面下にあった。宮城県の気仙沼でもサイレンとメガホンで避難の指示がくり返されたが、すでに遅かった。あたりは水に囲まれ、逃げ遅れた人びとは、すでに死んでいたか、あるいは死ぬことになる。ほとんどの人が溺死のむごい苦しみのうちに。

恐怖の水流は増嵩《ぞうすう》してざわめき立つ。水が殺到して深淵が口を開ける。町の至るところで流れが重なりあい、離れ、遠去かり、合流し、断ちきれ、流れ落ちる。色が変化する。すべてが黒に変わる。波頭を白く泡立たせた力強い美しい波が、人間の土地に入った途端に黒い泥の怪物に変身する。外側が濃く、内側に向かうほど明るくなる、独特の黒色。無数の明るい色の斑点が散らばっているように見えるが、その斑点は、自動車やトラクター、倉庫や柱だった。

消防士が一人、水の上を三十メートルほど流されていくのが見える。流れは建物の二階にぶつかり、割れた窓を消防士もろとも突き抜けていく。トタン板が曲がり、骨組みが崩れ、木材が折れ、金属が呻くように軋む凄まじい騒音のなかで、五百メートル向こうへ流されたかと思うと、こちらへ二キロ逆流してくる人もいる。流れてきた板を筏にしているのだ。そのうちの何人かは、五キロほど先で、ふらふらになってはいたが生存しているのが発見された。残りの人びとは、死んで、海のどこかわからぬ場所に運ばれていったか、残骸の下に永遠に埋もれてしまった。

怪物は前進を続け、刻こくと大きさを増す。粉砕し、切り刻み、呑みこみ、消化し、吐きだし、止まることも歩みを緩めることもない、黒く不吉な水の怪物。町が波の下に沈むとき、身を救うには「速く逃げ、高く上がる」というふたつの動詞しかない。老人は手すりにつかまり、子どもは母親のスカートをつかんで。二階へ、屋根へ、山へ。高い場所にあるものすべてが価値を持つようになる。

相馬市のミヤザキ・ヨシツさんは車の屋根に上がる。周囲では人が走り、もたつきながら進み、足を取られ、泳ぐ。舟を漕ぐようにもがく。町全体が波打つ。ミヤザキさんは、車の屋根に乗ったまましばらく漂流したあと、電柱につかまり、そこから家の二階のバルコニーに、さらに屋根の上によじ上ぼった。片足を軸にくるりと回るピルエットの技と空中ブランコの技を使って避難に成功した。サルが逃げだすときの戦略だ。

河岸にたどり着いた人たちが、安堵の笑みを浮かべる。しかし、ひとりの老女が説き勧める。津波のときには河岸は安全な場所ではない、もっと高く、とにかくもっと高いところへ逃げなければだめだと。一メートル、いや五十センチの違いで命が助かるのだと。

津波はクラゲだ。津波を見ようと津波が近づいてくる方角へ戻るという危険を冒した人は、永遠に液化されてしまう。釜石市では抱きあったまま死んだ二人が見つかった。釜石の恋人たち、最後まで相手を離さなかった。

二

しかし、たくさんの場所で、逃げようとしない人たちがいた。隣人の様子を見て、ほかの人たちがどうするか模様眺めする人。滑稽に見えるのが心配なのか、あるいは、ただたんに危険が見えないのだ。最初の波が到達するまで待つ人もいた。最初の地震のあとに職場を出て、我が家に被害がなかったかを確かめるため自宅のある海岸地帯まで下りた人たちもいた。理解できる反応だが、そのせいで犠牲者がさらに増えることにもなった。役所の指令どおり高台にある避難所まで歩いて上ぼることはせず、車を使ったために、路上で水に囲まれてしまった人たちもいた。Uターン、フルスピードでバック、あちこちから浸入してくる巨大な水の手を逃れるために何度も方向を変える。車のなかに閉じこめられてしまえば、もう逃げる術はない。数分のうちに溺れ、あるいは恐怖のあまり心臓発作を起こして、死んでしまう。

高齢者と子どもは移動が遅く、スムーズに避難ができない。とくに老人。津波の犠牲者の半数は六十五歳以上だった。ほとんど全員が溺死。というのも、老人は移動に困難があるだけでなく、耳の問題があるからだ。警報が聞こえないのだ。寝込んでいる人、寝たきりの人もいる。風邪をひいた人、脳出血を患った人、横になっていなければならない人。病人、身体障がいのある子ども。こうした人たちは、ベッドの上で、車椅子に座ったまま、死んでいった。まさにベッドに釘付けになって、遠くへ流されていった。

逃げて避難所まで上がることができた場合でも、津波は追いかけてきた。場所によっては海岸から六キロの内陸まで波が浸入してきた。むくみ、膨れ、腫れあがった遺体が、海岸から二十キロも離れた沖合で見つかることもあった。東北地方全体で、指定避難所のうち百カ所以上が波に襲われ、なかには完全に水没してしまった避難所もある。安全な場所にたどり着いたと思っていた人たちが何百人も、生き延びられるはずだと信じていた場所で溺れ死んだ。

僕たちは福島県沿岸部のある小さな食堂にいる。この町で現在も開店しているただひとつの食堂だ。地震からこのかた、地元の人びとは日本や外国のジャーナリストの相手をするのに慣れたはずだが、それでもまだ語り足りないことがある。それに、僕たちは二人だし、言葉がわかり、酒飲みで、通訳のために話を中断する必要もない。津波はまだ僕たちのまわりにあるのだ。水流のように、言葉がとめどなくあふれ出てくる。

人びとは語る。語り、さらに語り続ける。ときには目に涙を浮かべ、手を震わせて。僕は聞かなければならない。僕が途中で投げだしてはいけない。人びとは投げだしたりしないのだから。人びとは言葉が尽きるまで語り続ける。無秩序に、気持ちが高ぶるにつれて語る言葉も激しく、僕に話しかける。

津波に襲われるとき、目安であったはずのものがすべて暴力的に抹消されてしまう。平静を保とうと、渦に巻きこまれながら太陽を探す人がいる。太陽は、どちらが上でどちらが下であるのかを知るための視覚上の羅針盤だ。下には水と泥が、そして上には大気と表面と生命がある。

二

宮城県南三陸町では、波に取り囲まれた内壁にぶつかってもがき苦しむ男性の姿があった。男性は怯え、叫び声を上げたかと思うまもなく、白い壁に沿って漂う黄土色のぼんやりした塊となってしまった。窓の近くのカゴに寝かされていて、父親の目の前で数秒間のうちに窒息死した赤ん坊もいた。ある女性は、渦に巻きこまれながら携帯電話を取りだし、息子を呼んだ。口にはもう水がいっぱいで、閉じることさえできない。がっしりとした長身のある若い男性は、壁から床へ、床から天井へと、ボール球のように押し流されていくのだが、もはやそれは人間の残骸でしかなかった。別の男性は、着ていたジャンパーがふくらんでエアバッグとなり、これが救命胴衣となって水面に身体が浮いて助かった。そして天井と屋根のあいだの空間がもうひとつのエアバッグとなり、数時間にわたって呼吸することができた。奇跡がふたつ重なったのだ。柱の木、壊れた家から外《はず》れて浮いてきた丸太、流れてきた樹木、あるいはトラックの運転席につかまった人たちもいる。彼らはこうやって偶然に助かった。

どの人も、身体を、叫び声を、そして渦のなかでの緩慢な断末魔を物語る。水が騒ぐ、塩水が目に入る、貝殻が口のなかに入り歯のエナメル質にあたって砕ける。泥がマフラーのように巻き付き、流れる水が首を絞める。目が見えない。息が詰まる、息ができない。かすれて錆びついたようなしゃっくりが出る。肺が停止する。泥を嚥下《えんげ》する。あの上のほうには、あんなにも青い空が、くるくる回って遠去かっていく。死に瀕しながら、遠くのほうで、カラスの鳴き声かサルの叫び声が聞こえる。

この世のつねで、一目散に避難する人もいれば、英雄的に振る舞う人もいた。後ろ髪を引かれる思いを振りきって避難場所へ向かう人、あるいは、近所の女性や子どもをおぶってから避難しようとする人がいた。

圧迫され、押し潰され、引きずりまわされた身体があった。いくつもの叫び声が、波のように右から左から押し寄せ、重なりあう。あちらからも、こちらからも、死んでゆく人たちの叫びが上がり、それらの叫びは合流し、増幅して、数限りない呻き声となる。突然、何か硬いものにぶつかる。壁か、柱か、人間の身体か、死んでいるのか、生きているのか、もはやわかりようもない。腕と脚、丸まった肩、物にしがみついた手が渦巻くなかで、黄色い顔が、目をぎょっと見開いて真っ直ぐこちらへ向かってくる。とにかく水を飲みこんではいけないのだが、抗うすべもなく、水を飲みこむ。水は身体の開口部に襲いかかり、あらゆる場所から浸入してくる。大量の泥を、物体を、髪の毛を、どろりとした粘液を、虫を、がぶがぶ飲みこむ。吐く、息が詰まる。困惑した様子で、あるいは自嘲するように、「三、四日間は尿が黒かった」と語る生存者もいた。

ほとんどの人は息も絶え絶えで、放心状態だった。一歩も前へ進めない。躓き、よろめき、立ちあがり、倒れ、また立ちあがる。二度と立ちあがれない人たちもいた。立ちあがれなかった人びとは、ゆっくりと、やさしげにと言ってもいいくらい静かに、しかし容赦なく、水に運ばれていく。振り返って後ろに目をやれば、一面の海。無力症、衰弱による死。死は、信じられないほどゆっくりとやって来る。

二

高い場所（屋根や近くの丘）へ逃げた人たちを、音や、蒸気、煙が追いかけてくる。空さえも、宙に満ちた埃のなかに溶解していく。さまざまな音が高みへ上ぼってくる。音も泥の満ち潮を逃れようとしているのだろうか。少しずつ色が飛び去り、灰色の煙になって空へと移動していく。

津波は、緩慢に動く黒い膜になった。ビロードのように滑らかだが、光沢はなく、ペストのような致死性を帯びた膜。この膜は、どろりとした泥に混ざってどこへでも滑りこんでいく。ネオンも照明もなく、匂いと動きだけが残った夜のように濃密な液体のなかに、すべてが取りこまれ、取り戻され、運び去られ、解体されていく。茫漠と広がる溶液。

この塗料のような液体のなかに取りこまれた物はすべて、生き物さえもが、石のような重みを帯びる。人びとが助けを呼ぶ、水流に揉まれるように手が現れ、消える。手が真っ黒になった、年老いた一人の女性の姿が見える。頭が水面に浮かび、そして沈んでいく。杖を振っていた右手が、消える。住民が叫んだ。「アア、オワリ　ダ、ナニ　モ　カモ…」何もかもが終わりだ。老女は永遠に、死者の孤独のなかに逝ってしまった。

約二万人が死亡あるいは行方不明となった。

岩手県大槌町では、住民のほぼ二人に一人がいなくなった。

宮城県名取市では、八百二十遺体があちこちに散乱した状態で見つかった。樹木の上のほうの枝に引っかかっていた遺体もあった。

九万五千戸の建物が津波で、あるいは、そのあとに発生した火災で消失した。数十の集落と村落、十六の町が津波で壊滅した。南三陸町をはじめとするいくつかの町は完全消滅した。南三陸は被害がもっとも大きかった町だ。この町にあったものすべてが消えてしまった。町全体が波に揺すられつつ移動し、沈み、壊滅した。何千戸もの家屋が呑みこまれた。数百あったビルも、ひとつとして残っていない。

二

東北沿岸は数回にわたって津波に襲われた。ひとつの津波が数波に分けて襲ってきたともいえる。津波は均質ではない。おおざっぱに水の壁という呼び方をすることもあるが、実際はそういうものではない。光輪のような水蒸気の雲をともない、たくさんの刃《やいば》を付けた刃物のようになって進んでくる。

最初の刃は二十から三十センチの高さだ。つまり、たいした高さではない。戦争と同じで、まずは斥候《せっこう》を送りだすのだ。速度が落ちても、津波のエネルギーは接近するにつれて増大する。減速するにつれて、後方からやって来る波が前方に位置する波の力を増大させるのだ。津波が威力と緩慢さというふたつの印象を同時に与えるのはこのためだ。水流のエネルギーは、海岸に到達したときには二倍あるいは三倍に増えている。

多くの地区で（千葉県旭市…）、もっとも多くの犠牲者を出したのは第三波だった。住民らは最初の二波が通過したあと、最悪の事態は去ったと考えて外へ出ていた。自分たちの不幸を眺めるにわか観光客のように、海岸にも人が集まっていた。まさか、自分の人生の最後の光景に立ち会うことになるとは思ってもいなかったのだ。この人たちはみな、津波に呑まれてしまった。

遺体のなかにはTシャツを七枚も着ていた人がいた。理由は簡単で、あまりに胸が痛む話だ。一日当たりTシャツ一枚。次の波が押し寄せてくる前に家へ戻り、少なくとも一週間は避難所暮らしを強いられると予想してTシャツを日数分重ね着して避難しようとしたのだ。そして次の波がやって来て、二度と家からは出られなくなった。

波は、押し寄せて、引く。呼吸のように、浜辺を進み、そして後退する。人びとは波と戯れ、遊ぶ。子どもたちは波が砂の城を取り囲むのをわくわくして待つ。若い女性は、波が足下までやって来ると、怖がっているような叫び声をあげて男性の気を引く。波は、子どもの頃の遊びや恋のときめきの仲間だ。笑い、欲望、くすぐりと結びついた波。

しかし、津波は違う。被災したどこの沿岸地区へ行っても、津波が向かってくるときと同じ方向に倒れている標識もあれば、逆の方向、波が引いていくときの方向にねじれた標識もある。鋼《はがね》できた指が水の力と向きを指し示しているかのようだ。ガードレールも同じだ。枝切れのようになって内陸方面を指して倒れている箇所もあれば、沖合へ向かって曲がり、反り返っている箇所もある。いまもなお、波に忠誠を尽くしているのだろうか。

津波が引くときも、その威力はなお非常に大きい。土台から引き抜かれて海へ向かって漂いはじめる家いえもある。黒い水流の上を漂うマッチ箱のように。

ナイフの一撃を食らったことのある人ならわかる。ナイフの刃は、斬りつけられたときよりも、引き抜かれるときのほうがはるかに痛い。人びとの視線は沖合に釘付けになる。あれほど猛だけしく襲いかかってきた海が、今度はこんなにもゆっくりと引いていく。この緩慢な後退は、これを見つめる人びとにとっては新しい責め苦だ。生き残った人びとは、ひどい寒さのなかで何時間ものあいだ、自分たちの町のすべてが、そして自分たちの人生のすべてが流れ去っていくのを目の当たりにすることになる。

二

生存者のほとんどは、海岸から充分に遠く、充分な標高がある場所までたどり着いたことで津波を逃れた人たちだ。陸が海と手を組むことのなかった内陸の高みである。そうした高みは、普通は詩人や歴史家、権威あるオブザーバー用の張りだし席なのだが、暫しのあいだ、何もかも失った市井の人たちの居場所となって、人びとはそこから見つめる。かつて、王侯や将軍は、軍事上の理由と象徴的な動機から丘の頂上に城を築かせた。しかし、こうした壊滅状態にあっては、支配や制圧といった印象を与えるものはもはや何も存在しない。人びとがこれほど高くまで上ぼったすえに、その高みから見つめることになったのは、自分たちの生活を襲った破壊のありさまでしかなかった。

夜になると、光景はさらに痛ましく、人びとの胸を締めつける。火が大きなオレンジ色の尾を描き、黒煙が暗い空に上がっていく。青みがかった水面は現実とは思えないほどに美しい。寒い。人びとはフードをかぶり、町が燃えるのを見つめる。

そして一晩じゅう、余震が続く。再びすべてが揺れる。残っていた建物を避難場所としていた生存者たちは、建物が崩れ落ちるのではないかという不安に襲われる。波は、ゆっくりと引いていく。あるいは、論理的にはありそうもないことなのだが、なおも広がり続ける。

人びとは日の出を待つ。もう二度と朝が訪れることはないように思われたが、ようやく訪れた朝は白い霧に包まれ、どう見ても霧と露の布をかぶせた墓のようだ。青空をもう一度見られると信じる人はだれもいない。

二

　夜、雪、そして朝、雨。たくさんの人が膝を震わせている。あの高い所、斜面の上は、風が吹いて眠るには寒すぎる。同じ場所でまた一夜を明かすことを考えただけで悲しく、気持ちが沈む。高台にある空き地に人が集まっている。破裂した配管から水が出ているからだ。喉《のど》が渇いた。腹が空いた。赤ん坊が泣く。混乱のなかで不思議な連帯が生まれる。タバコを融通しあい、洋梨を分けあい、順番に子どものお守りをする。平地に下りて、自分の人生の残骸を見つけようとする。

　陸地も海もガレキに埋め尽くされている。もはや何がどれかも認識できない。名付けようもないほどの惨憺たる光景。浮遊する世界の情景、裏返しになって悪夢に変わった版画。すべてが、原初の無用な状態に還元されてしまった。すべてを失った人びとと同じほどにすべてを喪失した風景。人びとはこう自問自答する。

　水はここまで上がってくるだろうか？　たぶん。
　また波が来るだろうか？　おそらく。
　救援がもうすぐ来るだろうか？　わからない。
　政府が金を出してくれるだろうか？　ありえない。

　水の上に浮かぶ物体、火、目に沁みる濃い煙。だれもが海を見つめる。海が勝利を収めた。海が、その千年の力をもって、すべてを運び去り、すべてを奪還した。「灰から灰へ」*（一三九頁）の液体版だ。すべてが海に連れ戻された。全面降伏。

海は、激しく、速く、怒り狂うように圧倒した。そして今度は、ゆっくりと、後退を続けながら支配する。引き潮のなかでは、すべてが汚水となる。水煙さえ立たない航跡、どんより澱んだ王国。壊滅状態が勝利する。

水位が下がるのを待って屋根の上で数日間を過ごした人たちがいた。もっと低い場所では、波が引いたあと、濡れてぼろぼろになった服をまとい、呆然とした様子の人びとが、破壊されて穴だらけになった町に取り残されていた。澱んだ水のなかで、遺体に取り巻かれて、二日のあいだ、救助を待たなければならなかった人たちだ。

三

僕たちは小型トラックのなかで眠った。万が一に備え、少し高台の平地《ひらち》を選んで。だれもが余震を恐れている。海も油断できない。すべてが油断できない。東北では、夜になるとみな、神経過敏になる。その晩、僕には、カエルの鳴き声でさえ恐ろしい唸り声に聞こえた。

ジュンはトラックのドアに鼻を押しつけ、両脚を曲げて腹に引きつけるようにして眠った。身を守ろうとしているかのように。旅と昨晩の長い会話で僕たちは疲れきっていた。生存者が語ってくれた話が、一晩じゅう、脳裏から離れなかった。

東北地方の地図をめくってみる。昨日は長い旅でくたくたで、訪れた町の名前さえ気にとめなかっ

＊（一三七頁）「土は土に、灰は灰に、塵は塵に（earth to earth, ashes to ashes, dust to dust）」。英国国教会において、埋葬の儀式で唱えられる一節。

たのだが、どうしたわけか、今朝になったら町の名前をどうしても思い出したい。ジュンが指で地図上の一点を指す。南相馬、人口七万人。いま残っているのは、そのうちの何人だろう？

いい天気だ。朝七時、空にはヘリコプターが飛び交っている。僕は小型トラックから降りて足を伸ばす。目をやると、あたり一帯に、どうしても馴染むことのできない壊滅した町の光景。

左手には、大きなゴム長を履いた人びと。向こうの高いところでは、男性が一人、屋根の上で忙しく働いている。親しみを感じる姿だ。下手では、ガレキが散らばった低地でトラクターが二台、屋根にくくりつけたロープを使って、半分水没した家を川岸まで引きあげようとしている。ちっぽけな、取るに足らない、しかし感嘆に値する人びとの活動が僕に元気をくれ、気持ちを癒やしてくれる。遠くのほうで、ライトバンがスピーカーでアナウンスをしながら巡回するのが聞こえる。今日はどこで食料と必需品が配布されるかを住民に知らせているのだ。

ポット、コーヒー。なつかしい朝の匂いが漂ってくる。草と露。熱くて黒い液体のせいだろうか、それとも、右手に見える、黒焦げになった車の残骸が散らばる土手のせいだろうか、僕は、昨日被災者から聞いた話を思いだす。一晩じゅう、脳裏から離れることのなかった話。地震に遭遇すると、長いあいだ、一種のめまいが残るが、それと同じように、壊滅を語る言葉、壊滅の痕跡を残した人びと

三

の顔は簡単には忘れない。ずっとあとになってからも、会話のふとした拍子に、何かの動きを目にした瞬間に、このときの言葉や顔を思いだすことだろう。僕は町へ、というより、町の残骸へと続く小さな坂道をたどって、高台から下りる。

人生において、災禍の只なかを歩くことはめったにない。四月の末、破壊の跡はいまだ生なましい。大気のなかに、空気の質のなかに、割れた板、曲がった屋根、地面から引き抜かれた鉄塔のくっきりした鋭い形状のなかにそれが感じられる。人間が再び手を入れ、かたちを与えて、災害が残した混乱を秩序と合理性らしきもののうちに収束させるだけの時間はまだなかった。混沌が至るところで我が物顔にのさばっている。慎みなく、猥雑、滑稽で、おぞましい。

足が粘土のような泥のなかに沈む。地面はもはや地面でなく、どこへ行っても足下から崩れ去っていく。残存する家いえの正面は、紙のように穴が開き、段ボールのように歪んでいる。青瓦を冠した和風の黒っぽい木造家屋が右側に傾いている。心臓発作を起こした人が、身体を傾けた状態で永遠に止まってしまったかのように。別のもっとモダンな造りの家は、キノコみたいに見える。下のほうが広がって（波がコンクリートを侵食して、バターのように溶かしてしまった）、屋根だけが花冠のように残っている。一階は波にさらわれ、二階だけが残っているキノコのような家、帽子のような家を僕はたくさん見かけた。イグチダケの家、アンズダケの家、壁にどっぷりと水を含んだ海綿のような家。先端がロウソクの芯のように燃えて丸くなった家いえ。

火災で燃え尽きた広大な国のようにも見える。

僕は歩く、災禍のなかを歩く。小さな塊、大きな塊、細かな断片、すべてが混じりあい、蓄積する。鉄、コンクリート、プラスチックの切れ端。すべてが粉に、灰に、砂に還元されて。海岸、ガレキに覆われてどこまでも続く海岸。建物が、皮を剝がれたように、臓物を外に晒している。住居だったのか、倉庫だったのか、名のある建造物だったのか、あるいは屋上、事務所、住宅の母屋だったのか、どれと言い当てることができないほどずたずたになった建物、建築物が続く。泥と液化したコンクリートが迷路をなし、そのなかで錆びた金属の骨組みがもつれあう。金属と建材が入り混じって作る混乱。いまそこに見てとれるのは、これらを地面に投げだして容赦なく押し潰した、信じがたいまでに獰猛な力の痕跡だけだ。

ホテルのロビーに車が何台か突っこんで止まっている。僕はなかに入る。階段と手すりに挟まれ、コンクリートと鉄のなかに嵌めこまれてしまった車がある。階段を上ぼろうとしたのだろうか。海が車をつかみ、二階まで引きあげ、柱にあてて押し潰し、コンクリートと石、鉄とガラスの破片でできた、ありえないような作品を一瞬のうちに造りあげた。どこの現代美術館でもすごく人気が出るに違いない作品。外へ出る。打ち砕かれて大きな骨組みだけになったホテル。窓らしきもののなかにカーテンのようなものがぶら下がっている。窓ガラスは全部割れている。

三

漁網が、傾いた電柱に巻きついている。流れてきた家がスーパーの建物に突っこんでいる。トラックのボンネットの上を、屋根瓦の上を（屋根から落ちてきた瓦だろうと思ったのだが、じつは、僕たちが屋根の上を歩いているのだ）、木の幹の上を歩く。絡みあった梁と鉄線、どこから来たのか、何に付いていたのかもわからないケーブルを跨ぐ。

物を、写真を、家族を捜す人びとがいる。歩きまわる人、泣く人。「ここに家があったのに！」一人の女性が、布切れが散らばる一面の泥を前に、啜り泣きながら言う。襖と畳は引き抜かれ、柱と部屋の骨組みが剝きだしになっている。すべてがメチャメチャだ。本が一冊、地面の上に落ちて、めくれたページが見える。本のタイトルは読めない。泥のなかに永久に埋もれてしまったのだ。床の間の下のほうは、上の棚から落ちてきた額で隠れて見えない。飾り物を置くための凹《くぼ》みであったはずの床の間も、いまはどろりとした泥溜りにすぎない。その後ろには、倒壊した土塀、倒れた大きな桜の木。桜は、頂を小さな石の池の上に落とし、その幹は真んなかでふたつに折れている。

こうした光景を前に、人は立ち止まり、見つめ、そこにあったものを再現しようと試みる。ここは庭であったに違いない場所。滑らかな石がいくつか、庭の輪郭を微かに残している。ここは台所。流し台のタイル、蛇口、配管でわかる。僕は津波が通った跡をたどろうとしてみた。波はここから家のなかに浸入し、中庭を横切り、裏口から出ていった。竜巻のような勢いで水が入り、出ていった。そして、また別の裏口を開け、もうひとつの中庭ともうひとつの家にぶつかり、今度は玄関口から出ていった。しかし、こんなことにはもうどれほどの意味もない。すべてが流れ去り、もはや前も後ろもなくなってしまったのだから。

石の上に稲荷神社のキツネの像が、無用で、手持ち無沙汰な様子をしている。神社の鳥居が残っているのだが、その向こうには、小さな参道も、茂みも、木立も見当たらない。参道の敷石だけが、なんとか見分けられる。庭の静かな安らぎも、神社のもの憂げな気配も、永遠に消えてしまった。

現在もなお、すべてがいまにも崩れ落ちそうな印象を与える。木の柱にひっかかったままの鋼板がある。「立ち入り禁止——危険」。ガレキでさえ危険なのだ。

すべてが脆く不安定に見える。松の葉が一本落ちれば、すべてが崩れ落ちるかもしれない。

三

今日は四月二八日。三月一一日から数えて四十九日目。仏教の伝統によれば、四十九日は死者の魂が来世に旅立つ日だ。四十九日間、遺骨は骨壺に納められて家のなかに保管される。魂が四十九日間にわたってさ迷い続けたあと、来世で生まれ変わることができるよう、この日、骨壺は先祖代々の墓所に運ばれる。道路沿いの寺でらには、花を飾った大きな横断幕と銀紙で包んだ竹竿がたくさん置かれている。

これら寺院のほとんどは津波で破壊された。石巻市内の普誓《ふせん》寺では墓が五百基、流された。至るところで、車が墓石の上に載り、波に飛ばされた墓碑が散らばっている。

経を読む声が流れ、人びとが香を焚く。ひびの入った墓、ぽっかりと開いた墓穴、何かが突き刺さった納骨堂、灯籠や幟《のぼり》、香炉や青銅でできた蓮の常花《じょうか》が入り乱れるなかで、人びとは挨拶し、祈り、お辞儀をし、思いに耽り、黙禱し、故人に茶を注ぐ。

死者の名前が石や板塔婆《いたとうば》に彫りこまれ、傍らには新しい切り花と線香が供えられている。祭壇は、桃色と白、黄色の花ばな――キク、ハス、ハシドイ――に飾られ、花に囲まれるように犠牲者の写真が並ぶ。参列者がござの上に身体を丸めて座っている。自衛隊、警察、消防署の隊員らが参列しているところもある。制服のせいで雰囲気がさらに厳かなものとなっている。捜索隊や救助隊はいまや家族だ。

南相馬市をあとにするとき僕がとったメモは、消え去った建物の目録だ。

銀行――閉店
食品店――閉店
眼鏡店――閉店
書店――閉店
ファミレスチェーン「デニーズ」――閉店
小さな蕎麦屋――閉店
衣料品店――閉店
DVD、CD、ビデオのレンタル店――閉店
日産――閉店
資生堂――閉店

タイヤ工場——閉鎖
携帯電話のａｕ——閉店
作業服のワークマン——閉店
花屋、果物屋、八百屋——流失

三

僕たちは、道路でなくなってしまった道路へ戻り、なんの風景かもわからなくなってしまった風景のなかへと出発する。

海岸のとある町。赤いトラクターが転覆し、竿を手にした男たちが、紙や、段ボールや、鉄屑《くず》が散らばった泥のなかを捜索している。暑い。僕たちは車を停めて水を配る。僕は救助隊員のケンジと話をした。ケンジはこの町の出身でまだ若い。白いヘルメットの下からボサボサの髪がのぞき、墨のように真っ黒な瞳が印象的なほどにきらきら輝いている。ケンジは津波発生からいままでずっと現場を見てきた。

ケンジによると、三月一一日の津波で二十三の駅が流された。どれほどの混乱と散乱が発生したか想像がつく。至るところが水なのだ。岩手県陸前高田市などいくつかの町では役場と警察署も破壊された。つまり、通常、人びとの生活の司令塔となっている場所が、少なくとも混乱し、最悪の場合には消滅した。人びとが避難するのを助けるため最後まで海岸近くに残っていた警官や役場の職員が多数犠牲になった。

臨時の遺体安置所には遺体が何百体も安置されはじめているという。たいていの場合、体育館が安置所になっている。普通は、走ったり、投げたり、飛び跳ねたりする敏捷な身体を迎える体育館に、突然、水で膨れあがった遺体がまとめて運びこまれる。プラスチックの袋やカバーに包まれた何百もの遺体。火葬場は満員になり、氷袋を詰めた籠《かご》に遺体を納めて安置所に保管しなければならなくなる。一日に六十体もの遺体を荼毘《だび》に付す火葬場もある。壁の前で順番を待つ死者の列。死者が列をなしている。

墓地は、墓石に突っこんで動かなくなった車や船でいっぱいになり、死者を弔う場所さえない。畑や、崩れた家の残骸が積みあげられた場所で、ガレキを使って遺体を燃やす。

最初は、地震警報が頻繁に発令された。携帯電話で警報が鳴ると、すぐに捜索をやめ、高所へ、丘の上へと避難する。発見される遺体の数は次第に減っていく。遺体発見の報が伝わると、もしや自分の家族が見つかったのではないかと、数世帯の人びとが急いで集まってくる。今朝、若い女性二人の遺体が桜の木の下で発見された。地面の上に仰向けに横たわって。亡くなってすでに長い時間が経ち、腐敗が始まり、水よりも冷たく、口を開いたまま。ついさっきもタンクの底に、最期の格好のまま硬直した遺体が十体ほど積み重なって見つかった。海は、獲物にした犠牲者をこんなふうに集めることもあるのだ。

僕の後ろで突然、ショベルカーが動きはじめた。大きな機械仕掛けの腕がカニのハサミのように空気を切り裂き、ガレキの山のなかを掘り進んでいく。一台、また一台、とてつもなく大きな機械が凄まじい音を立てて動きだす。掘削機の音が聞こえたら、もう希望はないということだ。耳を聾するような轟音を立てて動く機械を前に、ほんとうにもう生存者がいないようにと、思わず祈らずにはいられない。

埃と泥にまみれ、一日じゅう、マスクを付けて作業をしなければならない。人びとは弱よわしく、小さな声で話す。まるで、そこにいるだけで疲労困憊してしまうかのように。

三

いちばん辛いのは臭いだ。泥と死んだ魚が混ざりあった、神経を麻痺させるような臭い。

泥は「ヘドロ」と呼ばれる。津波のあとに残る特別な泥だ。

ヘドロのなかには、運ばれてきたすべてのものの臭いが含まれている。自動車、ブリキ缶、飛行機、船舶、家屋、人体、魚。ヘドロは家のなかのあらゆる場所に、家具のなかに、洋服ダンスのなかにまで入りこんだ。言いようのない悪臭を発する、澱んで、ほとんど腐りきった暗く卑しい泥。

塩と大豆、泥土、沖積土が混じった生卵の臭い。泥と塩、魚と海藻、焦げた金属と干からびた木材が放つ、信じられないほどの黴臭さ。

黄褐色の臭い。真んなかはいくらか脂っぽくて青白く、塩気があり、すえた臭いがするが、外側は柔らかくて苦く、丸みを帯びている。鉛のように重く、寝かせた肉のような、肥沃で、堅牢、しつこく、執拗で、尽きることのない臭い。身体をゆっくりと上がり、喉を襲い、鼻のなかに潜入し、舌の上で溶け、むかつくような吐き気に変わる。

手を洗っても臭いは取れない。寺院と墓地の残骸のなかで、この悪臭が線香の香りまで覆い尽くす。

沖合の空気を少し吸いたくなった僕は、海辺まで歩いて行った。立ち話をしたバスの運転手は、一週間前から新しいバスを運転して（前のバスは津波で壊れてしまった）、ガレキのなかで作業をする救助隊員や作業員を運んでいるらしい。四十年間、駅と港、港と駅を結ぶ同じ道を運転してきたのだが、いまでは、通りの角を曲がろうとするたびに道を間違えるという。思い当たる目印がもう何もないのだ。

それから、十人ほどの救助隊員とすれ違う。全員、同じ白い作業服を着て、緑の手袋をはめ、ビニールの長靴を履き、ゴーグルとマスクを付けている。フードをかぶった姿は巡礼僧のように見える。茶色い長い棒を使って災禍を測量し、境界線を引きにやって来たかのようだ。救助隊員らは太腿まで水に浸かって池や岸辺を捜索する。いまはもう、救出すべき物も人も何も残っていない。遺体を見つけ、運びだす。それだけだ。つねに十人が一体の遺体に対応する。消防団員が遺体を抱え、持ちあげ、粘土のような泥のなかから引きだし、メチャメチャになった墓地のなかに応急設置された火葬場へと運んでいく。奇妙な葬式だ。棺《ひつぎ》は泥で、飾りさえない。

船舶に装備された高倍率の双眼鏡で遺体が発見されることもある。現場にヘリコプターが急行して発煙筒を投下し、遺体が漂流している地点をおおまかに示す。死亡を確認したうえで（心臓を聴診し、瞼《まぶた》を開き、脈拍を調べる）、ヘリコプターが遺体を宙づりにして安置所へ搬送する。

多数の遺体が、波に流され、あるいは何トンもの泥とガレキの下に埋まって、二度と発見されないままとなるだろう。日本製や米国製のロボットが動員され、海岸の岩場のどんな小さな隅も掘り起こし、凹《くぼ》みのなかに入りこんで捜索する。人体とそれ以外のものを区別するため、高度なソナーやカメラを使う。不吉で、高度に技術的な探査。数週間が過ぎると、遺族は最悪の事態を甘受する。犠牲者の写真を選んで額に入れ、あるいは服を選び、葬儀を執りおこなう。

犠牲者の多くは、波の威力で衣服を引きさらわれてしまった。裸の遺体、ボロをまとった遺体、特定はむずかしい。僕はケンジにタバコをすすめる。突然、言葉が出なくなったのを感じたからだ。ケンジはゆっくりとタバコを吸い、黙り続ける。それから一気に話しだした。海岸で、ガレキのあいだに挟まれ、ジャンパーを顔に巻き付けた男性の遺体があった（身を守ろうとしたのか？　それとも、水が立て続けに責め苦を与え、窒息させ、押し潰そうとしたのだろうか？）。波によって半分裸にされ、打ちのめされて。波にズボンをもぎとられ、肋骨を折られて、海岸に放りだされた人びと。この波の、なんと慎みのないことか。

あまりに損傷が大きいか分解が進んだため、地面に打ちあげられたときには、文字どおり、ほつれるようにぼろぼろになってしまう遺体も多い。残された僅かな手がかりから身元を特定する。たいていの場合、救助隊員が手がかりにするのは携帯電話だ。流行の最新の携帯電話が、皮肉なことに、身元特定につながる最後の印となる。警察はつい最近、生存者のＤＮＡから死亡者の身元を特定するため、数万の唾液サンプルを集めたデータベースを構築すると発表した。応急に設置されたあちこちの仮設役場を生存者が訪れ、白い皿に唾を落とす。死者の顔に名前を与えるために。

しかし、さしあたっては、海水に洗われすぎた皮膚がむっとするような臭いを放つなかで、だらりと締まりのなくなった身体、水で膨れた胸、大きく盛りあがった腹を見る作業が、耐えがたいほどに続く。とりわけ、溺死者の顔面、目が白く、頬が袋のように垂れた、腫れあがった顔。

ケンジは僕にもう一度タバコの礼をいうと、仕事へ戻るべく歩きだしたが、ふと踵《きびす》を返して戻り、話を続けはじめた。言い残したことがあったのだ。犠牲者の家族はみな知っていることだが、長く水のなかに浸かっていた溺死者の顔を流水で洗ってはいけない。水の勢いで額に穴が開き、頬が、鼻が落ち、唇が削げてしまう。死者を葬る前に身体を洗うときは、死者の顔を、手で静かにこすらないといけない。ケンジはよく知っている。母、そして弟と妹が溺死したからだ。

四

僕たちは海岸線沿いに道路を走りはじめた。信号もなければ、標識もない。目印はすべて消えた。道路に引いた線も海が輪郭をぼかしてしまい、完全に消えてしまった箇所さえある。ところどころ、黄色または白色のぼんやりした痕跡が、木霊《こだま》のように漂っている。車道であった場所の名残を縁取るように赤いコーンが両側に並んでいるのが、まるで尖った帽子をかぶっているようで、悲痛という印象しか与えないその風景は、そこだけとぼけた感じに見える。

ときおり、道路が美しくなる。果樹や木立、被害を免れた家いえが周囲に現れ、道路が、いわば優しくなるのだ。そして、いきなりまた、この優しい景色がもうひとつの景色へと一瞬のうちに入れかわる。前に進むことが不可能であるかのように、世界が入れかわるのだ。

泥とガレキ、そのほかには何も残っていない場所がある。小型トラックのカーナビは始終役に立たない指示を出す。ナビが僕たちをみちびく先は、寸断された道路、もはや存在しない道筋、見つけることができない町ばかりだ。

四

道路では装甲車の隊列や軍用車とすれ違う。米海兵隊の支援を受けた日本の自衛隊だ。ジュンが、今朝、東京から来たジャーナリストから譲り受けた新聞を僕に見せる。新聞によれば、東北地方には現在十万六千三百人、ヘリコプター九十機、飛行機五百四十一機、船舶五十隻が展開している。つまり、僕たちは戦争地帯にいるのだ。ヴォルテールはリスボンの大地震に寄せた詩のなかですでに、「自然界の力、動物、人間、すべてが戦争状態にある」と記した。「走り寄れ。このおぞましい廃墟を、ガレキを、残骸を、この不幸なる灰を眺めよ…。崩れ落ちた大理石の下に重なりあう女や子どもを、散乱した手足を…。」「歓びは飛び立ち、影のように過ぎ去る。われわれの悲しみ、後悔、喪失は数限りない。」**

*　ヴォルテールは十八世紀の啓蒙主義を代表するフランスの作家、哲学者。一七五五年一一月一日のリスボンの大地震の翌五六年三月に「リスボンの災禍についての詩」を発表した。この地震では津波や火災による犠牲者も含めて数万人が死亡したとされ、欧州全体に大きな衝撃を与えた。ヴォルテールの世界観にも大きな影響を与えたといわれる。

**　Voltaire, "Poème sur le désastre de Lisbonne"（リスボンの災禍についての詩）, 1756, republié dans "*Mélanges*"（雑稿）, Gallimard(Bibliothèque de la Pléiade), 1961.

もう少し北上して松島湾の島じまが見えはじめたときも、ヴォルテールの詩がまだ僕の頭のなかを駆けめぐっていた。芭蕉は松島湾に到達したとき、景色のあまりの美しさに息を呑み、句を詠むことを一度は断念したが、促されてこの有名な句をものしたという。

松島や
ああ　松島や
松島や

僕はこの逸話を信じたことはない。松島は確かに日本三景のひとつに数えられる景勝ではあるが、芭蕉は比肩する者がないほどの俳人である。四十七歳の芭蕉は俳人としての技量の絶頂にあった。芭蕉が美しい景色を前に無力であったとは思われない。

物資をいっぱいに積みこんだ小型トラックを運転しながら、僕は片方の目で道路を、もう片方の目で右手に広がる素晴らしい眺望を追う。芭蕉のことを思いだしたのは偶然ではない、ということに僕は気づいた。並外れた美しさを前に、あるいは大災害を前に、いったい何を書くことができるのか？旅の間じゅうずっと、この問いが僕をさいなみ続けていた。

語ることへの欲求、証言したいという抗いがたい気持ちを感じた途端に、この欲求は躊躇《ためら》いや抵抗に突き当たる。こうした躊躇いや抵抗がどこから来るかといえば、体験したことと、この体験についてなすことが可能な——いや、不可能かもしれない——語りのあいだに、あまりに大きな不釣りあいがあるためだ。語りはじめた途端に息苦しさに襲われるのは、人間の理解や想像の限界を超えた、といわざるをえない現実を語ろうとするからである。僕はロベール・アンテルムの著作『人類』の冒頭を思いだす。ここでアンテルムは、「人間が見てはならないもの」*を見た人間にとっては、言語がいかに不十分で役に立たぬものに感じられるかということを述べている。

宮城県松島町に入るとき、僕たちは最悪の事態を想像していた。ところが、松島町の被害が比較的小さいことに僕たちは非常に驚かされた。もっとも、松島町から数百メートル東に位置する東松島市では六百五十人の死者が出ている。ひどい数字だ。これほど近い松島町で被害が少なかったのはどうしてなのか？　道路端でガレキを片付けていた女性が説明してくれたところによると、松島の風光明媚の源である松林に覆われた二百六十ほどの小島が湾を守ったのだという。これらの小島が、津波にいわばたくさんの区切りを入れ、津波が町に正面衝突するのを防いだのである。

---

* Robert Antelme, *L'Espèce Humaine*（人類）, Editions de la Cité Universelle, 1947. ロベール・アンテルムは二十世紀のフランスの作家。ナチの強制収容所を体験したアンテルムは、戦後発表した著書『人類』のなかで、収容所での言語を絶する体験を綴った。

防波堤、護岸壁、堤防、囲い、テトラポッド、型枠に流しこんだコンクリートブロック、砂浜に打ちこんだ杭、こうした軍事的でコンパクトな護岸構造物がなしえなかったことを、ここかしこに散在する小島の船団が、ただその配列の妙により、複雑に入り組んだ海岸線の加護を受けて成し遂げたのだ。

こう考えたとき、僕は自分の問いへの答えを見つけた。小島を並べるように、河口をかたち作るように、先の尖った、白い、あるいは黒い音符が波のごとく打ち寄せるように、荒削りであると同時に入念なメモを、小刻みに書きとめていくこと…。ああ、松島や！

災禍のなかで書くこと。地震と津波により主な電力源が使用不能となり、印刷所も打撃を受けた。

混乱のなかで、むかしながらの方法に戻って仕事を再開したジャーナリストもいる。石巻日日新聞の社員九人は、水に浸かった図書館や崩壊した倉庫など可能な限りの場所で紙を回収し、電気スタンドの灯りを頼りに、一日じゅう、手書きで記事を書き続けた。宣伝ポスターの裏、木炭デッサン用のアングル紙、包装紙、ストーンペーパー、五線紙、木から作った紙、コメから作った紙、布から作った紙、ありとあらゆる種類の紙に、マジックで活字を真似て記事を手書きした新聞は、どの号も一部しかない。そして、この急ごしらえの新聞を、ボートで、自転車で、徒歩で（芭蕉のように！）、避難所に運ぶ。人びとが、読み、聞き、話し、議論し、証言し、生き続けていくことができるように。

現代のジャーナリズムにはこうした大災害が必要なのではないかと、思わず夢のようなことを思ってしまう。変化に富んだ文体、手書きの仕事への回帰、苦労して足で稼ぐ取材！　この素晴らしい作業——緊急に、状況に即して書くという作業——の成果である壁新聞のうちの七部が、ワシントンにあるジャーナリズム博物館「ニュージアム」に所蔵されている。

翌日の正午ごろ、僕たちは気仙沼市内に入った。ジ、シ、ン、、ツ、ナ、ミ、、カ、サ、イ、——気仙沼の三重苦だ。どこへ行ってもだれと話しても、この三つの言葉が口に上ぼり、あたりに響く。地震、津波、火災。

ここでは波は六〜七メートルの高さに達し、気仙沼湾は津波で十メートル浸食された。十メートル……。七分間も経たないうちに、すべてが終わっていた。あまりに速い災禍だった。

際限なく続く残骸、余震、火災。町は二日にわたって止むことなく燃え続けた。あちらこちらで火災が発生し、爆弾のように爆発する。二日のあいだ、燃え続ける一面の海。アクム、悪夢だった、と年老いた郵便局員が呟く。

気仙沼は日本の十大港湾のひとつだった。通りには、カキの貝殻や死んだイワシ、漁網が散らばる。この地方の繁栄を支えてきた製鋼所や漁港は灰燼に帰し、僕の足下には奇妙な寄せ集めが広がる。海水の塩で錆びつき、水流で歪んだ建物の梁の横に、死んだ魚が一匹。僕たちは、イワシが散乱するなかを、逆流する津波が残していった貝殻の上を、歩く。

港は、文字どおり地震によって破裂し、津波によって粉砕した。ジグソーパズルのピースをばらすように、つながっていたはずのコンクリート板が地震でばらばらにはずれ、埠頭は何キロにもわたって寸断され、大きな亀裂を跨ぎながら歩かなければならない。亀裂の奥には光る海が見える。あちこちに、まるで波を逃れて避難してきたかのように、船が陸地に打ちあげられている。あらゆる論理の逆転。船は、通り道にあった建物を大きく抉りとって、海岸からはるかに遠い場所まで運ばれていった。

僕の目の前には明神丸がある。手すりを越えて岸壁から数メートル先に打ちあげられた大きな白い船。船底の下のコンクリートが歪んでいる。町のなかでわずかに傾いて静止し、巨大な船体で道路を塞いでいる。三百七十九トン、全長四十八メートルのマグロ漁船だ。オレンジ色の棒を携帯し、白い

四

ヘルメットをかぶった警官が港を巡回している。動かなくなったこれら超大型漂流物の監視にあたっているのだという。気仙沼の北にある岩手県大槌町では、湾内を巡る遊覧船だった百九トンの「はまゆり」が民宿の屋根に打ちあげられた。はまゆりを被災の記憶として保存する案も出たが、結局、クレーンで屋根から降ろされ解体された。津波が逆流するとき、獲物を持ち帰るかのように攫《さら》われていった船もある。さすらい続ける迷い船。一カ月経ったいまも三百六十隻以上が見つかっていない。沖合百キロ地点を漂流している船もあるという。碇をもぎとられ、泥とガレキの海をいつまでも浮遊している船、壁に突っこんで動かなくなった船、木の頂にひっかかった船、岩の角にぶつかって大きな穴が開いた船。

僕は港をひと回りした。広大な港だ。ほとんどだれにも会わなかった。海から百メートル内陸に入ったところでも、波の勢いは弱まっていなかった。凄まじい威力。建物の角は歪み、激しい水の勢いを受けて歩道の縁石が溶けてしまっている。埠頭のすぐ近くにあった水族館は津波で破裂し、ホールだった場所にはガラスとコンクリートの破片が散らばっている。僕はそのなかを歩く。あったはずの展示写真がなくなり、科学的な説明を記した文字も消えて、もはや理解不可能。リアスシャークミュージアムでは、青い壁の上をぴったりと這うように波が押し進み、建物の端から端まで大きな傷跡を残した。だれかが、建物の横腹に巨大な指を押し付けたかのようだ。波の思い出がいまなお石のなかで脈打ち、石を揺らめかせている。

いちばん衝撃を受けたのは、海からほんの五百メートルの場所にあった笹が陣の気仙沼小学校だ。校舎のどの階へ上がっても、時計がすべて同じ時刻を指して止まっている。僕は六階まで上がってみたが、階を上がるたびに、一五時三三分を指して止まっている時計と鉢合わせした。白い文字盤に時刻が封印されている。階をつなぐ階段の先には、動かなくなった時計の針。時間はもはや動かない。

さらに少し北上すれば陸前高田市がある。日本百景にも数えられる国の指定名勝のある町だが、津波は公式ランキングなどに頓着しない。すべてを破壊し、びくともしないはずの堂どうたる鉄筋コンクリートの建物までが粉ごなになった。この町では住民の十人に一人が死亡した。多くの地区が、凄まじい激しさで全壊した。

日本酒の蔵元であった酔仙酒造も流れに呑まれた。波は酒蔵の壁に穴を開け、貴重な美酒が詰まった緑色の樽を運び去った。五キロ以上も離れた場所で樽が見つかったという。下水処理場は瞬く間に跡形もなく消え去った。市役所、消防署、スポーツセンターは残ったが、残ったのはほぼそれだけだ。いずれにせよ損傷がひどく、残った建物もすべて取り壊して建て直さなければならないだろう。

四

海岸では、津波を防ぐはずの防波堤が粉ごなになっている。セメントのテトラポッドも、岩の防波壁も、金属の梁も、すべてが砕けて飛び散り、巨大な砲弾、鋼《はがね》の矢、石の弾丸となって町を突き抜けていった。水の投石器。狂った弾道。町を守るはずのものが破壊を増幅した。

コンクリートも、石も、木材も、鉄も、瓦も、流体のローラーに抗いえたものは何もなかった。屋根がそのまま落下し、まるで地面の上に直かに寺院の屋根を据えたかのようだ。わずかに残った建物も、下の階の窓はすべて割れている。ときおり、ふたつのガラスの破片のあいだに住人の呆然とした顔がのぞく。自分の過去がいくらかでも残ってはいないかと、探しに訪れた人だ。

至るところに白いプラスチックのケース、木の板、そして木の枝とワラの山に変わってしまった住宅。ありとあらゆる物質、大きさ、かたち。散乱した無数のガレキが作る広大なミカド・ゲーム*（一六五頁）だ。どこを見てもガレキだらけなのに、手を伸ばして取り分けることさえできない。

家具、タイヤ、古い木製の食器棚、洋服ダンスの上に付いていた飾り細工、椅子、死んだ馬のように車輪を宙に泳がせ仰向けになったトラック。僕は、スペイン内戦下での爆撃の惨禍を描いたピカソの大作「ゲルニカ」を想う。町の風景が突如、戦争により解体し、鋭角が、突端が噴出する。ピカソの観察は正しかった。災禍のあと、曲線は消滅する。世界に存在していた丸み、柔らかさ、ふっくらした肉付きはなくなり、鋭利な刃《やいば》しか残らない。

学校の勉強机がある。カーペットの切れ端、鋼《はがね》の薄片、アルミの管がある。何キロにもわたって、腐った魚の臭いがする。海水に満たされ、海水の痕跡、重み、臭いを残している重いガレキ。目がチクチクして鼻水が出る。一つひとつのガレキの上に薄い埃の膜が積もっているように思える。石綿があり、すべての上に放射能が降った。それに加えて、たくさんの有毒物質。腐敗しつつある豚の枝肉もいくらかある。

ガレキの山は高さ数メートルに達している。これらすべての物体を突然一緒くたにして、泥と塩の信じられないような寄せ集めを作って運んでいった水流の威力が想像できる。水はすべてをしゃぶり、削ぎとり、呑みこみ、その跡にヨーグルトの器、ジャガイモの皮、魚の骨、果物の芯を残していった。

そして、いつでも、どんな場所にも、自動車がある。畑の真んなかに一台、池のなかにまた一台。自動車の戦闘がおこなわれたのだろうか。泥の堆積物のなかに垂直に突っこんだ車が一台。寺の境内にも一台。フロントガラスが石燈籠にぶつかって割れている。もう一台は、できもしない交尾をするためのように電柱に巻きついている。水のなかに尻を突っこんでいる車もあれば、鼻先を突き立てた格好で、屋根の上、木の上に載ったままの車もある。ゴヤの絵に出てくる怪物の口のように、ボンネットをぱっくりと開けて。幻覚を見るような光景。幻覚を見るようなという言葉は、この場合に限っては少しも誇張ではない。現実がふらつく。豚の鼻をした音楽家や、女性に跨ったネズミがいつ現れてもおかしくない。*

このガレキをどこへやったらいいのか？　ゴミ焼却場は破壊されたか、損傷している。いずれにしてもガレキは試算さえ困難なほどの量だ。管理するにはむずかしく、除去には費用がかかり、除染は厄介である。現時点で保管が可能とみられるのは全体の半分に満たない。ガレキは高さ五メートルに山積みにされている。五メートルというのは自然発火を防ぐための上限である。公園、競技場、子どもの遊び場、保育園までがガレキの保管場所となっている。幼稚園がゴミで一杯なのだ。

ブルドーザーがものすごい轟音と埃を立てて、すべてを押しやっていく。クレーン、ウォッシャーノズル、バケットホイールエクスカベータ。巨大な掘削機、機械の恐竜たち。先史時代の生き物が地中から、空からやって来て、灰の煙が舞いあがるなかで動きまわる。

*（一六三頁）　ミカド・ゲームは四十一本の竹ひごを使う。竹ひごを落として無作為にばらけさせ、重なりあった竹ひごを一本ずつ、ほかの竹ひごを動かさないように取りだしていくことを競う遊び。

*　ゴヤは十八世紀後半のスペインの代表的画家。「豚の鼻をした音楽家」「女性に跨ったネズミ」を描いたのは十六世紀フランドルの画家ヒエロニムス・ボッシュ。

ピンク色のマットレスが一枚、限りなく続くグレーの廃墟のなかに。ボクシングのトロフィーがひとつ、あまりにも儚《はかな》げで、場違いな存在。ずらっと並んだ小銭入れ。汚れ、泥だらけになって。なかは空っぽだ。家宝の宝石、旅の思い出、写真のアルバム、リュックサック、保険証、包み紙に入ったままのチョコレート、運転免許証……。

くしゃくしゃになった紙切れ。

こうしたすべてのものが一緒くたに置かれている。裁判で有罪判決を受けたかのように。現実生活の意味を剝奪され、しかし同時に、このうえなく強く、圧倒的な、物質としての現実の重みに差し戻されて。

そして、その上に花や、ロウソク、線香が供えられている。ロウソクの灯りの下に、子どもの玩具《おもちゃ》、人形の影。一軒の家に人形がひとつ、ひとつの人形に影がひとつ。人びとの生活の小さな断片。

それから、かたちをなくして正体不明としか言いようのなくなったものもある。自分が見たガレキ、垣間見たガレキ、積みあげられたガレキ、横切ったガレキ。これらすべてのガレキの正確な明細書を作ることは僕にはできない。それをするには一生が必要だろう。自然発生して決して書きやむことのない本、アリたちが作る本だ。

その間も、僕は歩く、歩き続ける。僕は書き続ける。これらのものの消滅に随伴するように、ただ書き続ける。

陸前高田市には数万本の松があった。この地方は白砂の浜辺とクロマツが続く海岸で知られていた。海岸から三〜四百メートルのところに、二キロにわたって七万本の松林があったのだが、何も残っていない。

いや、ほとんど何も残っていない。松の木が一本、ただ一本、生き残った。高さ十メートルほどの、木肌の黒い、茫漠たる災禍の跡を前に孤独に立ち続ける一本の松。いまはもう、海からの距離はたった五メートルだ。この松のまわりには砂と木屑で作った砦が築かれている。水流がこの松を再び襲うことのないようにするためのバリケードだ。多くの人びとが助けを必要としているなかで、人びとは一本の松を救うために力を注いでいる。この松はまさにシンボルになろうとしている。松を保護するため、高さ二メートルのフェンスを設置しようという話もある。海水や石油、津波がまき散らした化学物質が松の根を痛めるおそれがある。波しぶきも松にはよくない。下のほうの枝は裂けて、ほつれ、波の痕跡を残しているが、その数メートル上のほうでは、マツカサとマツ葉がすっくと上を向いている。

陸前高田の松原は三百年前に砂防林、防潮林として村びとらが植林したものだ。太平洋からの激しい雨風が、木の幹と枝が作る堂どうたる防壁に当たって砕け散っていった。しかし、津波はここでは高さほぼ十メートルに達し、数秒のうちにすべてを壊滅させた。あちこちに散らばった死んだマツの幹が、衝撃のすごさと戦闘の激しさを物語っている。幹は、荒れ狂う水流により真っぷたつに折られ、ねじれ、塩に貪られている。

人びとは、感嘆するほど粘り強く、こうしたシンボルを守ろうとする。昨日、岩手県山田町では、波をかぶった樹齢三千年の梅の木が花を咲かせた。*ラジオでニュースを聞いたとき、僕は踊りだしたいほどの嬉しさを感じた。

その晩、梅の開花を祝うべく、小型トラックのなかでジュンは福島産のワインを開けた。シャルドネ種一〇〇%、二〇〇九年物。名前は「Soie《ソワ》 et《エ》 Mûre《ミュール》」。絹と桑《くわ》の実。果物と花の香りが漂う美しい名前だ。

五

僕たちは北上を続ける。気仙沼市内をもっと北へと進む。今日は避難所に寄って、食料と衣類、とくに水、それから医薬品を届ける予定だ。

沿岸の一帯には、海とは反対側の山際の岸壁に身を寄せるようにして――高く切り立った岩壁もあれば、横に長く延びた岩壁もある――、数えきれないほどの避難所と仮設住宅が急ごしらえで設置されている。避難所の位置と不足物資のリストを掲載したウェブサイトをジュンが見つけた。僕たちが選んだのは、幹線道路からいくらか離れたところにある避難所だ。どれを選んでよいのか戸惑うほどたくさんの避難所がある。十三万人が、津波で避難を強いられ、原発の恐怖で住む場所を逐われたのだ。

＊ 岩手県の天然記念物に指定されている臥竜梅。

目的地に到着したのは正午近く。避難所になっているのは公民館の催事場だが、空いた場所はひとつもない。ひとつ屋根の下に、千枚の布団。通路にも、階段にも、窓縁《まどべり》に幅があるところでは、そこにも布団が敷かれている。一日に配給される食事は三千食。トイレはもう機能していない。このため携帯トイレを使うのだが、とても大きなポンチョを頭からかぶり、肩からくるぶしまで覆いながらみなの目の前でトイレの上にしゃがむ。つまり、プライベートな空間がまったくないのだ。車のなかで一日を過ごす人もいる。ガラスを新聞紙で目隠しして薄っぺらな砦を作り、日差しと人の視線から身を守ろうとするのだが、新聞にはほとんどいつも震災の記事が掲載されている。残酷な皮肉だ。すぐ横の体育館も、避難所として大急ぎで開放され、埃のなかで百人ほどの子どもが走りまわっている。

人びとが長いあいだ、とくに心配したのは寒さだった。避難所の近くに国が設置した暖房付きの応急仮設住宅には千世帯を超える入居希望があり、希望者はくじ引きという新しい試練に直面した。仮設住宅の入居者を決めるのには抽選をおこなう。しかも、ものすごい数の入居希望がある。避難所を出て、だれも人のいなくなった旅館に居を定めることを選んだ人もいる。この場所で、壊れた自分の家のガレキをストーブにくべて暖を取るのだ。

これからの心配は梅雨の雨と夏の暑さ、夏の熱帯のような気候だ。節電がおこなわれている現状では、扇風機があっても減速運転となるだろう。日除けとして、窓に段ボールをあてる準備をしている。

だれかが、日陰を作るためにドアの上に蔓植物を這わせることを提案し、蔓植物の名前を言った途端、あたりに爆笑が起こった。名前は「朝の栄光」。別のだれかが、避難所の名前をこれと同じ「朝の栄光」にしようと提案すると、ますます大きな笑い。津波で一文無しになり、暑さに脅かされ、悲惨のなかで笑う、フクシマの被災者たち。

人びとは一日に二、三回、川へ水を汲みにいく。汲んできた水を鍋に入れてガスレンジで沸かし、子どもの身体を洗う。数キロ離れた場所まで、食料や薪、炭を自転車で取りにいくこともある。一日に数回バスが迎えにきて、避難者を仮設浴場へ連れていく。食事は、パン、缶詰、ビスケット、レトルトパックだ。

避難者は救援物資に埋もれている。日本全国、外国からも物資が届く。企業からも、個人からも。洋服、本、玩具がある。カーテンの後ろに新品の冷蔵庫やクーラーが並んでいる。避難所の一角に、何百本もの緑茶のボトル、新品の靴、アレルギー予防マスク、コメ、食用油、菓子類が積みあげられている。日中のほとんどの時間は、世界じゅうから届く救援物資の整理にあてられる。

僕たちは、持ってきた日用品、食料、水、衣類を受付で引き渡した。年配の女性たちが黒い網ブラジャーに大喜びしている。クスクス笑いながら、比べあって取りかえっこをしている。だれもが避難所での暮らしに死ぬほど退屈しているのだということがすぐにわかる。ボランティアが老人たちに折り紙を教えている。ツル、扇、花など。紙を折ったり、切り抜いたり。紙の娯楽。スポーツ界やテレビのスター、軍楽隊が慰問に訪れ、広い体育館での単調な生活に彩りを添える。天皇皇后両陛下が慰問に来られるという噂が流れる。両陛下はしばらく前に別の避難所を慰問された。両陛下は、那須の御用邸の職員用浴場を避難者に開放した。両陛下はほんとうにおやさしい。

食事と娯楽を与えられ、囲いのなかに入れられて、避難者はまるで人間の家畜のようだ。ひとつの避難場所から別の避難場所へと、点てんと移動を強いられた人もいる。友人宅から学校へ、ホテルから体育館へ、民宿へ。原発の町、宮城県女川町では、福島の住民は原子炉の爆発で町を逐われてここに避難したのに、なんと、この町の原子力発電所が避難所になった人もいる。

避難所ではいろいろな話が飛び交う。東京の皇居に近いプリンス・ホテルに避難することになった幸運な人たちのことはだれもが知っている。建て直しのため閉鎖されることになっていた高級ホテルだ。慈善か宣伝かはわからないが、すべてを失い、寒さと恐怖と放浪の日々を何日間も送ったあとに突然、世界でもっとも値段の高いホテルのひとつに招かれ、デラックスな部屋、フィットネスルーム、スパの渦巻き風呂のなかに身を置くことになった人びとが驚いた様子は、容易に想像がつく。いや、もしかしたら、そうしたものは何も目に入らず、ぼんやりと倦《う》むような気持ちを抱き、何トンもの泥の下に埋もれた人びとのことだけを思ってホテルの廊下をさ迷い続けているのかもしれない。

しかし、大部分の人びとにとっては、体育館や中学校の硬い木の床の上で、毛布の数が足りない中で、インスタント麺を食べる生活が続く。各人が、囲いこむようにして自分の領分を作っている。椅子を重ねて壁を作るのだが、そのなかはつねに狭すぎるスペースしかない。子どもたちはビデオゲームをしている。年寄りは青いビニールシートの上に横になり、もう二度とそこから動かないように見える。人で混みあっているこれらの場所から、ひどく大きな無気力感が漂ってくる。

部屋の真んなかにテレビが一台。まわりには椅子が一ダースほど並び、百の瞳が貪るようにこれを見つめている。夜は午後十時に消灯。朝は体操。日中になると喧嘩が起こる。ストレスで血圧が上がる。血液の濃度が上がり、水分不足から心臓発作が起きる。急性胃腸炎や湿疹、肺炎を患う人は数えきれないほどだ。泥のなかに混じった化学物質や海岸のひどい泥沼のなかで繁殖するバクテリアの吸入により、こうした病気が蔓延している。瘴気《しょうき》を恐れ、老人は床を離れない。三月から五月にかけて発生した死者の三人に一人は肺炎が死因だった。ある医師の言葉を借りれば、津波が人びとの肺のなかまで浸入したのだ。

それでも、生活が戻りつつある。至るところで同じような話が聞こえてくる。町を再建すべきか、それとも、ほかの場所で出直すべきか。「建物を取り壊すだけでも金がかかる。取り壊しの費用を自分らで負担したら、再建の資金は残らない」と、役場の職員がいう。漁師たちは、新しい漁船（少なくとも五百万円。つまり五万ユーロ）を買う方法について何時間も議論を続けている。金の話がたくさん出る。震災後、年金を受けとっていない人びとも多い。後家暮らしの老女が政府をこき下ろすのが聞こえる。

原発からの避難者は、さらに特殊な状況に置かれている。怒りと諦めの感情が入り混じる。言葉の端ばしに、強い疲労感と大きな困惑が感じとれる。人びとの話によれば、原発の周囲の状況は日ごとに明確になると同時に不透明になりつつある。いつ終息するかわからない大災害であるという事実が明確になると同時に、メディアのブラックアウトがますます厳しくなりつつあるというのだ。いつ家に戻れるのか、いつか戻ることが可能かどうかさえわからない。五年後、十年後、たぶん、もっとずっとあと…。人びとはすでに、もう戻ることはないだろうと思いはじめている。「死ぬためなら戻れるかもしれんなぁ？」と、農家の男性が目を潤ませていう。

ある漁師は、放射能汚染水の海洋放出を許可した人びとに対する強い怒りをぶちまけている。「家は建てかえられる。船は修繕できる。だけど海はどうだ？　だれが海を修理するんだ？」水道水が出ないため、何週間ものあいだ、自宅の浴槽の水を飲んで生き延びた人もいる。人びとが津波のことを語るとき、目にはまだ恐怖が残っている。語るのをやめた人たちもいる。

死んだ息子を思い、一日じゅう、泣き続ける女性がいる。「もしスピーカーの警報を聞いていたら…、もし山へ上がる時間があったら…。」女性はぶつぶつと、自分の悲痛を延えんと呟き続ける。もし…、もし…。女性が語る言葉はすべて「もし…」で始まり、確率と推測で世界を作りあげて、失った息子の代わりにしようとしている。仮説の世界、見込みの牢獄のなかで続く堂どう巡り。女性は夜になると完全な放心状態に陥る。呟く文章が変わる。今度は「わからない…、わからない…」といつまでもくり返すのだ。女性は残った人生のすべてを、こうやって過ごすのだろう。長い、果てることのない悲しみ。

午後一〇時、消灯、静寂。いびき、かすれた咳、子どもたちのひそひそ声がときおり聞こえてくる。僕たちは避難所を出て小型トラックに向かう。避難所の戸を閉める前にもう一度後ろを振り返る。いま、突然明かりがついたとしたら、いろいろな物やかたちが積み重なるようになって見えることだろう。小さすぎる布団の上で縮こまった足、すぼめた肩、曲がった肘、しわくちゃな老女や背中を丸めた子どもたち。気難しげな顔、悪夢の訪れ、開いたままの口、反芻と夢のなかをさ迷い、天井をじっと見据える目があるのが、暗闇のなかでさえわかる。唸るような呼吸の音が聞こえる。

避難所の入口の外に、かなり高齢の老人が座っている。白髪が月の光を受けて光る。老人は茶葉を一枚噛みながら、孤独な夜に、何かをゆっくりと語っている。さまざまな想念の痕跡を、思い出の残骸を、言葉を、噛むように。老人は僕たちを見てにっこりする。避難所の強制的な消灯が嫌なのだ。あとで裏口からなかに戻るのだという。

翌日、出発の前に、僕たちは束の間の仲間たちに挨拶するため避難所へ寄った。朝の美しい光のなかで、僕は昨晩とは非常に違う印象を受けた。最初に目に入ったのは、にっこりしながら自分のボトル水を年配の男性に差しだしている小さな男の子だ。温かい、お互いへの思いやりに満ちた、そしていくらか絶望の入り交じった慎ましい生活が、静かに動きはじめている。

昨晩の老人は、今朝も同じ場所に座っている。外で夜を明かしたのだろうか？　いや、そうではない。老人は僕たちに気づいた。おはよう、おはよう…。月明かりを味わうために夜更かしをして、朝露を愉しむために早起きをするのだという。模範とすべき賢者の知恵。

遠くのほうから、はっきりと、賑やかな歌声が聞こえてくる。女性たちが数人、洗剤を泡立てたバケツのなかにブラウスを浸し、そのまわりで歌を口ずさんでいる。老人は頭を上げて、耳を澄ます。その瞬間、老人は見違えるほどに、濡れて毛がぼさぼさになった野兎にそっくりだ。あの、釣鐘草の花のあいだに立ち止まり、蜘蛛の巣を通して虹を見上げていた野兎に。*

突然、老人が歌いだす。洗濯をしている女性たちが歌うテンポの速い瑞みずしい歌を、今度は老人が口ずさむ。老人の指も、見えないギターをつま弾くかのように自分の上着の袖をこすって歌う。老人が口ずさむ歌はとても優しく、美しく流れて、朝の静寂のなかに祈りのように広がっていく。

老人は感受性と力に満ちみちている。老人の息は歯磨き粉の爽やかなミントの香りがし、ワイシャツの襟からは洗剤のライラックの香りが漂ってくる。老人は、洗濯をしていた美しい双子の姉妹のところへ行って、ちょっと話をしてくるという。そうすれば今晩、姉妹が二人とも床に来てくれるかもしれないからなぁと。ジュンが笑いだす。老人は再び、なぜるように優しく、そしてとても力強く、歌を続ける。老人の絹のようにしなやかな力が恩寵のように僕たちを包む。老人は地震の埃と津波の泥のすべてを、僕たちから遠去けてくれる。

---

* 本書冒頭に引用されたランボーの詩「大洪水のあとに」に描かれている野兎。イワオウギと釣鐘草とのあいだに立ちどまり、虹に向かって祈りを捧げた野兎である。

芥川龍之介の文章を読んだときの思い出が、僕のうちに急に甦った。僕は東京に戻ってから、この文章を日仏学院の図書館で探しだした。「大正十二年九月一日の大震に際して」である。大正一二年九月一日の関東大震災は、地震の激しさという点では僕たちが経験した今回の地震をさらに上回るものであった。最初の揺れが続いた十四秒で横浜市が消滅した。日本でもっとも大きな都市のうちのふたつ（東京と横浜）が、地図から抹消されてしまったのである。

芥川は、何もかたちをとどめぬ丸の内の焼け跡を歩き、このうえなく暗い気持ちに苛まれていた。濠の石垣が崩れ、崩れた土は丹のように赤い。その土の前で、芥川は突然、濠の水の上から「思ひもよらぬ歌の声*」が起こったのを聞く。

「歌ってゐるのは水の上に頭ばかり出した少年である。僕は妙な興奮を感じた。僕の中にもその少年に声を合せたい心もちを感じた。少年は無心に歌ってゐるのであらう。けれども歌は一瞬の間にいつか僕を捉へてゐた否定の精神を打ち破つたのである**。」

今日、月光の下で白髪を銀色に光らせていた気仙沼の避難所の老人は、水から頭を出していた少年のことを僕に思いださせた。老人は、この少年なのだ。少年は変わっていなかった。少年は、その声と身体と欲求を持って、まわりを取り巻く腐れゆくもの、運命の過酷さ、体育館の厳格な規則、催事

五

場での強制された暮らし、弔いの黒い蝶へのきっぱりとした抵抗を保って、そこにいる。この名状しがたい混沌のなかからさえ、軽やかな旋律が——そうした旋律を聞くことはもはやあるまいと僕たちが考えはじめたまさにその瞬間《とき》に——立ちのぼりうるのだ。老人の存在が示していたのは、この事実だった。豊かな胸をした黒髪の二人の洗濯女の深い歌声が、遠いかなたに聞こえる。そして、その声に耳を傾ける老人。これらの人びとこそ、芥川がそのきらめくような文章のなかで、「猛火も亦焼き難い何ものか***」と呼んだ存在であった。

あたりを取り巻く破壊は凄まじく、凄まじいがゆえに証明の結果は明らかである。この災禍のなかから、いくらかの音楽がまだ湧きあがりうる。そして、僕たちは救われるのだ。

---

* 「大正十二年九月一日の大震に際して」、芥川龍之介『芥川龍之介全集第四巻』筑摩書房、一九七一（第一一刷一九七九）。
** 同上。
*** 同上。

六

旅の最後の行程。今日の目的地は福島県旧田村郡都路村（現田村市）だ。立ち入り禁止地区である避難指示区域との境界をなす村だ。

郡山で高速道路を降り、県道47号を経て国道49号へ。県道57号沿いに有名な温泉郷の斎藤の湯をかすめ、三春ダム。しばらく美しい湖沿いを走る。もう夕方に近い。桜並木が続く。桜の輝くような満開が始まっている。花びらが束をなして僕たちに付き添い、僕たちを守ってくれる。いったん県道40号に入ったあと再び方角を変え、都路村をめざす。

道路は桜の植わった山やまのあいだをうねるようにして続く。福島は桜の国だ。どこへ行っても桜の木がある。地名のなかにも桜がある。三春ダムがあるのはさくら湖。つまり「桜の湖」。それから三春滝桜。つまり、「三つの春が来る国の滝のようなしだれ桜」。吹きガラスのように軽やかで、おぼろげで、繊細な香りを漂わせる、うっとりするほどに美しい呼称。微かに塩と海藻の匂いも混じる。

桜は今日、人間のざわめきとは無関係に、絢爛と、輝くばかりに、真っ盛りに花を咲かせている。

牧歌的な風景が続く。しかし、崩れ落ちた屋根が地震の衝撃を物語っている。福島県に入っていちばん先に目につくもののひとつは屋根だ。住宅に裕福な佇まいを与える瓦屋根だが、その多くが地震で損傷している。瓦が滑り落ち、屋根は青いビニールシートや砂袋で覆われている。福島の家いえの頭上に、まさに空が落ちてきたのだ。

小型トラックのなかで聴くラジオ福島は、各地の放射線量を伝えている。よその局が今日の天気予報を伝えるのと同じだ。現代の、新たに始まりつつある新世界のニュース、放射能の気象情報だ。

五月一日における一時間当たりのマイクロシーベルト値は以下のとおりだった。

南会津　〇・〇八
会津若松　〇・九八
郡山　一・五二
白河　〇・六二
福島　一・六四
飯舘　三・一七

南相馬　〇・五二
浪江・下津島　一〇・五
浪江・赤宇木　一七・八
いわき　〇・二五
那須　〇・一九
白石　〇・一九
仙台　〇・〇九

原子力発電所は、もしこういう表現が可能であるとすれば、この地方の震央だった。賃金、不動産収入、直接税、間接税などのかたちで町に金をもたらす肺であり、ある意味で町の誇りでもあった。すべてが然るべく機能していた。発電所が稼働し、煙突から煙が上がり、経済活動はフル回転していた。自販機からは昼も夜も、水、炭酸飲料、緑茶、ウーロン茶の入ったプラスチックのボトルが落ちてきていた。

ところがいまや、発電所はもう町のものではなく、世界じゅうのものになってしまった。決して許容すべきではなかったことのシンボルとなってしまった。発電所には、労働者や技師だけでなく、手袋をはめ、長靴を履き、ヘルメットをかぶり、マスクを付け、頭から足まで戦闘服を着た兵士たちがいる。発電所は、致死性の息と体液を大気中、地中、海洋中に絶えまなく吐き続ける怪物となった。地上においても、空においても、海においても、呪われた存在となった。

子どもたちはどこへ行ったのか？

午後四時。学校から帰ってくる子どもたちの笑い声が聞こえ、お喋りに興じる若い母親たちがいるはずではないのか。暖かな夕暮れのなかで頭を上げて空を眺め、日没前の陽射しを味わいながら散歩する人びとがいるはずではないのか。

走っている車といえば、埃を舞いあげ、砂利を軋ませながら走る自衛隊の車だけだ。安心感より不安をかき立てる車。

ときおり、年配の女性が通る。徒歩か、自転車に乗っていることもある。買い物した品を重そうに抱えて。生きるための食料は運ぶ人にとっての重荷でもある。農家の女性らしく帽子の替わりに手拭いをかぶっている。背負った竹籠が空っぽのこともあれば、服や食料が入っていることもある。町へ下りる途中か、反対に山へ戻るところだ。山のなかにも、水も電気も来なくなってしまった。まだ残っている品を買いに隣村まで下りてくるのだが、なにしろ、残っている品はほとんどないのだ。避難所で物資を受けとることもある。そして、弱よわしい後ろ姿を見せて山へ戻っていく。

声をかけると話をしてくれる。三階建ての建物ほどもあった高い津波、至るところで発生する火災、建物の爆発、崩れ落ちそうになった建物。三月一二日の原子力発電所での大爆発は数キロ四方で聞こえた。住民の強い不安、矛盾した情報の錯綜、ガソリンと食料の枯渇、行政当局の混乱、姿の見えぬ原発会社の経営陣、万一の場合に備えて村むらの周辺に配備された軍隊（保護するため？　避難させるため？　秩序維持のため？）。これからどうなるのかだれにもわからない。ただひとつわかっているることは、できるだけ速く、できるだけ遠くへ避難しなければならないということだ。「原発のときはね、することはひとつだけだよ。できるだけ遠くへ、できるだけ速く逃げないといけない。」僕にそういったのは九十歳の老女だ。冗談を言っているのではなかった。

それから、何十台ものバスが、避難する人びとを乗せて四方八方へ走り去っていった。町が狂った羅針盤になったようだ。避難所に到着したら、放射線被曝のスクリーニング検査を受けなくてはならない。納入業者が区域内に入りたがらないから、商店やレストランは次つぎに閉店し、報道関係者までが逃げだす。被曝が怖いから、食料や医薬品の搬入ができない。

六

まもなく飯館村へ到着。避難指示区域外にあるにもかかわらず、驚くほど高い放射線量が記録されている呪われた村だ。村の入口には趣のある小さな神社があり、朱色の鳥居と尖った屋根が見える。「日本でもっとも美しい村」*と書かれたプラカードが立っている。整然と並んだ家は小学校の教室に机が並んでいるかのよう。こざっぱりした小集落。丘の中腹にはこじんまりした墓地、たくさんの温室や庭や野菜畑。タカミ・ハウスという名前の民宿の前で車を停める。ネコ一匹いない。どちらを見ても畑には人っ子一人いない。

飯館村は山に寄り添うように延びた盆地の村だ。その地形が村の魅力だったのだが、それがいまや最悪の悪夢になってしまった。原発から絶えず放出される放射能が北方約四十キロ地点で山にぶつかり、まるで罠のように手前に控える盆地に蓄積する。ホット・スポット、フランス語で「ヒョウのまだら模様」と呼ばれる地点だ。線量計の示す値が数分間で〇・三マイクロシーベルト／時から三・二マイクロシーベルト／時まで跳ねあがる。日本でもっとも美しい村のひとつが、もっとも危険な村になった。

道路沿いに地方選挙の立て看板が並んでいる。奇妙な光景だ。地元の政治家の顔。血色がよく、ネクタイをして、髪をきれいになでつけ、お決まりの微笑を浮かべている。どの政治家の微笑も同じな

---

* 飯館村は二〇一〇年一〇月に「日本でもっとも美しい村」連合に加盟した。

のだが、にっこりしているはずの顔が、この光景と状況のなかでは次第に歪んで見える。

地元の果物と野菜の美味しさを宣伝する看板もある。「オイシイ　ヤサイ　ガ　タベタイ。」おいしい野菜が食べたい！　真っ赤に熟れたイチゴと束ねたニンジンを描いた素朴できれいな絵が、突然、辛辣な皮肉に見える。「ニンジンは煮えすぎちゃったわね」とジュンがいう。

右手にも左手にも水田が広がる。しかし、今年は田植えはおこなわれないだろう。農家の人がまだ何人か残っている。年配の農夫が近づいてきた。僕たちがここにいるのを見て驚いた様子だったが、水田のことを詳しく話してくれた。いまがちょうど田植えの時期だが、水田の準備ができていない。水が入ると放射能が地中に浸みこむからだ。まあ、まだ放射能が浸みこんでいない、としての話だが。畑や菜園の場合は、風で地表の土が吹き飛ばされて放射性物質が土地の低いほうに溜まるため、栽培はできるのだという。ただし、問題になる場所が下へ下へと永遠に移動していくだけだ。

酒とキノコと牛肉が村の名産だった。フランスの原産地呼称統制*に相当する「飯館村牛」ラベルの牛が飼育され、一頭の価格は百万円（九千ユーロ超）を付けた。ラベルルージュ**だ！　ところが、この飯館村牛が原発の爆発後は忌み嫌われる存在になってしまった。買い手がつかないのだ。タバコ栽培も有名だった。飯館村のタバコは、映画「愛のコリーダ」がヒットしたあとに主役の藤竜也が出演する広告で人気が出た「キャスター」の原料として使われていたが、爆発のあと、こちらもたちまちストップしてしまった。

あたりには、食料の入った袋、電池を詰めた箱、ボトル水、マスク、老人用のオムツが置かれているのが見える。別の農夫が僕たちの立ち話に合流し、自分の持っているガイガーカウンターを示す。カウンターの示す線量は一時間当たり三・一五マイクロシーベルト。農夫は腕を後ろに振って、自分の背後の、低地に止めてあるトラクターを指す。土壌が汚染され、手のほどこしようもない。コメ袋からも畑に残ったキャベツからも雑草が生えだした。豊かな農家がたくさんあった飯舘村が、一面の荒野原《あれのはら》になりつつある。

二人目の農夫が説明しはじめる。悲しくてたまらないのだ。牛乳も、ジャガイモも、キャベツも放射能に汚染されている。食べられる野菜は何もない。地面に穴を掘って牛乳を流しこむ。きりがないほどたくさんの牛乳を。ホウレンソウは目方が軽くなるように乾燥させ、それから廃棄する。「わかるかね。一年の半分、一生の半分をホウレンソウ作って暮らしている人間が、作ったホウレンソウを

＊　フランス国内の限定された地域において伝統的製法により製造された農作物に認められる呼称。
＊＊　フランスの農産物の品質保証ラベルのひとつ。

地面に埋めるか、燃やさなきゃならねんだ。」疑問がひっきりなしに浮かんでくる。補償金はいくらもらえるのか？　だれが払うのか？　いつになったら作物をまた売れるようになるのか？　野菜を全部処分しろというのか？　汚染されているとは限らないではないか！　いつまで雇い人に給料を払えるのか？　どれくらいのあいだ持ちこたえられるだろうか？

「政府も県も東電も、何年ものあいだ、わしらにはいつでもセーフとしかいわなかった。全部がセーフ、セーフ、セーフだった。」年老いた農夫は英語の単語を使う。外国語で発音すれば安全性の信頼度が高まるかのように。ハイテク技術と国際的保証というお墨付きに輝く言葉を使い周囲が嘘をついてきたという事実に、ようやく気づきはじめたかのように。それから日本語で、「ゼッタイナイ」という。絶対ない。「みな、わしらには、事故は絶対ない、絶対にないと言った。わしらにはいつもそう言った。何度も何度もそう言った。」

また別の農夫が会話に合流する。この農夫は雌牛を四十頭飼っていて、自分の「家族」と呼ぶ。その家畜を殺して、作った野菜も全部廃棄せよといわれたのだ。農夫は、激しい怒りをあらわにして数字をあげる。ペットが七百匹、豚が十三万頭、鶏が六十八万羽。これら何十万もの動物が避難指示区域内に置き去りにされ、水も餌も与えられぬままに死んでいく。断末魔が数時間も続く。夜、何キロも離れたところまで、動物が唸り続ける声が聞こえるのだ。

原子力発電所の周囲では奇妙な生活が始まっている。新しい決まり、新しい習慣、新しいお守り。農民たちは首にガイガーカウンターを二〜三個付けて歩く。ガイガーカウンターが胸の上でぶらぶら揺れる。会話のなかでは放射能の測定単位であるミリシーベルトやマイクロシーベルトという言葉が飛び交い、まわりから聞こえてくるのは、何日に線量がいくらだった、という話ばかりだ。

もはやだれ一人、行政を信頼する者はない。農夫の一人が、「被曝について聞かされることはもう何も信用しない」と力をこめていう。それから、「地面に穴でも掘って叫びたいよ」と、唐突な、強い言葉を吐きだした。

僕たちはまた車に乗って道を進み、村を通過する。赤信号。だれもいない。

学校には人気《ひとけ》がなく、家いえの戸は閉まったままだ。ところどころにチューリップの植わった花壇が見えるが、もうだれもその花を見る人はいない。

飯館村は、もう通過するだけの場所だ。

自動車で、窓をしっかり閉めて。

マスクを付けた男性が一人、スーパーから出てくる。頭に素早くフードをかぶる。飯館村の最後の映像。ひきつった気持ちを抱え、車のスピードを上げて村を離れるとき、さっきの農夫の言葉が脳裏に甦ってくる。セーフ、セーフ、セーフ。

少し行くと、だれの姿も見えなくなる。道路の状態が変わる。ところどころ、アスファルトが一メートル以上も盛りあがっている。道路が、中央分離線に不思議なほどにぴったり沿って、縦方向にふたつに割れている。日本人の測量技師が説明してくれたところによると、日本では道路を二段階で建設する場合が多く、そのせいで、中央の白線沿いに亀裂が入るかたちで道路が真っぷたつに割れるのだという。紙を裂くときと同じぐらい簡単に、石でできた道路のリボンが巨大なハサミで切られたような印象だ。

屋内待避区域内では、六時間車を走らせて姿を見たのは全部で五人きりだ。ビラを配っているように見える男性が一人、庭の草むしりをしている老女が一人、そして、父親と母親、うれしそうに泥のなかを歩きまわっている三～四歳ぐらいの男の子の三人家族。事態は明白だ。ほとんど全員がこの区域を離れたのだ。

あたりが少しずつ暗くなる。国道２８８号から、葛尾村《かつらお》を通る国道３９９号へ。近道になると思

六

ったのだが、そこから先は地震で凸凹《でこぼこ》になった細い山道だ。照明灯は傾き、濠ほどの幅のある側溝が、真っ暗な深淵のように道路の両側に現れる。トウゲ。曲がりくねった峠道。僕たちの小型トラックは唸りながら勾配を上ぼっていく。耳がキーンと痛い。運転席でもジリジリと緊張が高まる。自動車のフロントガラスが水滴で曇る。しかし、窓を開けるのは問題外だ。ここは屋内待避区域のど真んなか。３９９号は悪魔の道、原発から半径二十キロの円周沿いに進む道だ。

退避指示区域——火災の現場に接近するようなものだ。半径二十キロの円周（退避指示）、その外側にさらに半径十キロの円周（退避勧告、屋内待避指示）。半径二十キロと三十キロのあいだに位置するこの道路沿いには、ほとんどだれもいない。

退避指示区域——蛇のとぐろに喩えることもできる。退避指示区域の境界線が、海から山のほうへと少しずつ移動していく。最初は半径三キロ圏内だったが、そのあとすぐに二十キロ圏内へと拡大された。これに対して米国は、事故発生当初から八十キロ圏内からの退避を勧告した。五月初めに米国エネルギー省と日本の文部科学省が共同で発表した地図を見ると、少なくとも福島第一原発の北西に位置する南北五十キロ、東西二十キロ圏内は退避指示の対象となるべきだった。

退避指示区域——秘密が同心円状に世界を侵食していく。原発から発散するこの暗闇と謎のアウラ*（一九三頁）

のなかで何が起こりつつあるのか？　動物たちは野垂れ死にし、家いえは廃墟と化し、あるいは廃墟となることに抗いつつ、永久に先送りされたまま決して捉えることのできない時間のなかに沈んでいく。しかし、廃墟がどのようなものであったか、あるいは、廃墟とならずに残っているものがどのようなものであったか、それを伝えることができる人はだれもいない。カメラの目もなければ、証人もいない。そこでは沈黙の反響が無限に続くだけだ。その沈黙をわずかに破るものがあるとすれば、それは、死にかけている仔牛の鳴き声、あるいは、そうした状況のなかでもなお、出産という大きな命の仕事に耐えている雌牛の鳴き声。

ここへ何をしに来たのだろう。薄暗い幻のような世界、この世のあらゆる歓びの外に置かれた不幸の領域。ときたま、アナグマに似たタヌキが現れ、信号の下へと姿を消す。今朝、あとにしてきた気仙沼の光景と比べ、リズムも光も信じられないほどに異なると感じるのは、疲労のせいだろうか、それとも緊張のせいか。後片付けをし、愚痴をいい、生活し、清掃する人びとの、ささやかな、しかし生き生きとしたざわめきがあたりに響く廃墟とガレキを、懐かしくさえ思う。

動物界に属するすべての生き物と植物界のありとあらゆる種が、恐ろしい予感のなかに溶解していく。そうだ、僕たちは退避指示区域の論理のなかに入ったのだ。意識しないままに、知覚できないほどに少しずつ、強い恐怖が僕たちを捕捉した。とてつもなく大きな恐怖がときおり、突発的に沸き起こり、制御できない。あたりには沈黙しかない。何かが狂ってしまった。いったい何が狂ったのかはわからないのだが、何かが狂ったという印象があまりに明確かつ明白に存在するため、それを感じずにはいられないのだ。その印象は、空気のなかに、稀にしか聞こえなくなった音のなかに、逃げだそうとするかのような自動車の軌道のなかに、だれも訪れる人のなくなった森の非人間的な空白のなかにある。隠蔽された、秘密の、非合法の世界。隔離が支配する世界。もはや、だれ一人として立ち止まることなく、窓を開けることも、隣人に話しかけることもない。何かが醸成し、発酵する。名前のない何か。僕たちのまわりがすべてその何かなのだ。

双葉町、富岡町、浪江町、大熊町、南相馬市、飯舘村…。すっかり忘れてしまう前に、これらの町の名前をしっかりと記憶にとどめておいてほしい。不在の思い出だけが響く虚ろな名前の町まち。日本に新しく登場した幻の町だ。

都路村。境界線の町。住民はほとんどいない。こうした、人が住まなくなった村に到着したときに受ける印象を表現するのはむずかしい。まず、巨大な沈黙がある。深く、際限なく続くように思われる沈黙。僕は耳が聞こえなくなったような気がした。カラスの鳴き声、自動車のエンジン音、犬の吠

＊（一九一頁）アウラ（aura）はラテン語で、ある物体や物質から発散する非常に微妙な雰囲気を表す。

え声、そうした音がかつて存在したことなどなかったかのようだ。風さえも消えてしまった。

建物のかたちが影のように漂う。ドアが開いたままの喫茶店、置きっぱなしになった自転車。人気《ひとけ》のない駅の前で空っぽのタクシーが一台、決して来ることのない客を待っている。真っ暗で、ぼんやりとかすむ家いえ。常夜灯のように光り続ける電灯の弱よわしい光輪。町全体が、並外れて非現実的な印象を与える。それほど遠くない場所に、黄色い点がいくつか、夜の暗闇のなかで光っている。そこはもう避難指示区域のなかだ。避難指示区域の入口には木造の仮宿舎が建てられ、軍用トラックが配備されている。黄色く光っているのは住民が避難するときに消し忘れた灯りだ。その灯りはいま、昼も夜も燃え続ける。人が住めなくなった町の、変わることも役に立つこともない目印。

人の住めなくなった町。もはや道路地図上と死者の記憶のなかにしか存在しない町。残ったものは恐怖しかない。僕たち自身さえ、中途半端でぼんやりした状態にあり、生きているのかどうかさえ、もはやはっきりわからないのだ。

七

そして、僕たちは帰途についた。

旅の起点に向かって戻りつつあるいま、深淵が旅の起点と終点とを隔て、口を開けたように思われる。小型トラックのなかには、まだたくさんのボトル水と缶詰が残っている。損壊した狭い道路で何度となく道に迷い、予定したすべての避難所にはたどり着けなかった。僕たちは、この旅から――あたりに広がる恐ろしいほどに動きを失った災禍の場所への旅から、そしてすべてを埋めて覆い尽くす沈滞のなかへの旅から――、無傷で戻ることはできない。

何千もの人びとが死んだ泥の平原、そのあちらこちらに青いビニール袋が見える。ガレキの撤去が始まったのだ。ガレキの撤去には何年もかかるだろう。高台のほうには、ピンクのビニールが木の枝に巻き付けられているのが見える。道路の亀裂が塞がれ、点検作業が済んだ印だ。低地のほうには、延えんと広がるガレキの山のあいだを縫って、茶色い泥のマントの上に色とりどりの釘を刺したかのように、黄、赤、緑の旗が何百本も立っている。各家屋の状態と処理法を示す旗だ。災禍の跡に鍼療法を施しているようにも見える。

緑色の旗――温存
黄色の旗――ガレキを除去
赤色の旗――解体

人間が、混沌を打ち破るため、直線を引き、曲線を描き、風景をゆっくりと再構成している。切りとり、配置し、整理する。敗北の混乱の跡に秩序らしきものを再び構築し、意味らしきものを与えるために、人間はガレキの山の上に小旗を立てる。白い旗、青い旗。こうして人間が自ら創りだそうとする勝利は滑稽なほどにささやかだが、だからといって価値がないわけではない。泥と殺戮と闘うべく、小さな布切れでできた旗が詩と幾何学模様を織りなしていく。

支援のため、日本じゅうから各被災地に、何百人ものボランティアが貸し切りバスで到着する。どこへ行ってもバスは同じ動きをくり返し、どこへ行っても人びとは単純で一見無意味な動作をくり返す。僕たちが休憩した石巻では、ボランティアが数十人、白い作業服を着て、ゴム長靴を履き、ヘルメットをかぶって、慈恩院の墓地を丹念に清掃していた。いとおしげで、やさしい動作を何度もくり返し、どんなに小さい彫像であっても、どんな彫石《ほりいし》であっても、そこに刻まれた仏たちの顔を一つひとつ拭っていく。

少しずつ、しかし素早く、見失った道筋をもう一度たどりはじめること。時間をつなぐ紐を結び直し、しっかりと張り直すこと。大災害によりすっかり弾力を失い、がたがたになり、弛みきってしまったものすべてを、もう一度手に取り、たぐり寄せ、そこに人間のかたちを与えること。すべてをもう一度始めるための力を、そのための、信じられないような、考えられないような、しかし抗いがたい力をガレキのなかから抽きだすこと。

悲壮感から、ガレキの山から脱けだすこと。敗北主義、運命主義のコメントを無視すること。ガレキを除去し、何か新しいもの、飛躍するものにクラッチを入れ、前進すること。

津波が流し去ったのは家や車だけではない。人びとの記憶のすべてが津波により押し流され、その無数の断片が、地面に散乱する写真のなかに、アルバムやカタログのなかに、学校のノートのなかに、ばらばらになって見つかる。僕たちのまわりで、何人かの人が辛抱強く探し続けている。虚ろな目つきで呆然と何かを見つめている人。たえず何かを呟き続けている人。売り物はなく、すべてを自分で探しださなければならない、少し変わった蚤の市に来たかのようだ。

すべてを失った人、過去のすべてが粉ごなに、無数の断片となってしまった人にとって、一枚の写真は大きな意味を持つ。家族の写真を、友人の写真を探す。自分に多少とも関係のある写真を一枚見つけたときは、なんという感激！「グループ写真でもいい。顔が見たいだけだ」と、妻の写真を探す老人がいう。老人が妻の写真を見つけだす可能性はあまりに小さい。しかし、そうした写真の一枚一枚が、話をし、描き、語る機会となる。人と話をすることで、自分の過去をもう一度構成し直す。ばらばらになった人生の区画を集めて整理し直すのだ。

ガレキのなかから回収した写真をきれいに拭いて集めているボランティアがいる。ぼやけて、カビが生えた写真が、ビニールシートの上や箱のなかに並べられている。ふたつに折れた写真、端が折れた写真、しわくちゃになった写真もある。しかし、それでも写真はちゃんとそこにあり、ボランティアの女性がきれいに拭き続けている。女性は僕に生まれたばかりの赤ん坊の写真を何枚か見せてくれた。にこにこ笑って、まるまるとして、ぽっちゃりとして、楽しそうで、波の下でさえ愉快でたまらない様子。

ボランティアの若い女性は、黒い髪を首筋の下のほうで丸くまとめている。ゆるく波打つほつれ髪が、色白の卵形の顔を優雅に引き立てている。白い顔には真っ黒な瞳がふたつ。女性の名前はリエコ。リエコは結婚式の写真を一枚手に取り、積みあげた写真の山の上に載せる。輝くように美しい新婦、ぼさぼさ頭の若い新郎。写真の裏には墨で日付が書きこまれている。一九六七年。写真はひどく傷んでいるのに、水をかぶった墨が消えなかったのはどうしてだろうかと僕は質問した。リエコによると、それは墨が上質なせいだ。おそらく松煙《しょうえん》と麻子油《ひましゆ》を原料にした素晴らしい墨。リエコは中国で、ハイビスカス茶に香をつけた米粉を煎じて原料とした墨を見たが、その墨は、半年ものあいだ水に浸してもまったく傷まないといわれているという。

リエコは東京の都立中央図書館で働いている。墨については話しが尽きない。リエコがさっきの写真を持ちあげて空のほうへかざすと、いくらか青味を帯びた光を受けて写真の墨はいまもなお震えるように脈打ち、赤い光沢を放つ。墨に使われる色素のなかには、火傷の痛みをやわらげ、イヌの咬み傷に効くものもあったという。嘔吐や吐き気の治療に用いられるものもあった。僕がさっき、ガレキの山の上で黒い手帳にメモを取っていたのを見たリエコは、そういう種類の墨を使ったらよいと笑いながら奨めてくれた。とてもいい助言だ。僕はすぐにメモする。

リエコは、見つけた書類をすべて、辛抱強く丁寧に分類する。こちらにあるのは卒業証書の山、あちらにあるのは契約書の山、もうひとつの山は税金の書類だ。しかし、リエコがとくに丁寧に取り扱うのは写真だ。乾かし、汚れを取り、整理する。洗濯バサミ、歯ブラシ、淡水を浸した布を使って、軽く叩くようにして表面を拭う。少しずつ線がはっきりし、色が現れる。たんなる洗浄をおこなっているのではないことがはっきりと感じとれる。動作による治療。水によって、水を使うことで、水が奪ったものを取り戻すのだ。リエコはそれをすっかり理解している。整理し、新たな構図を定め、解釈する。ほつれ毛が頬にかかり、美しい、あどけない顔をしたリエコは、ランボーの詩のなかの子どものようだ。「まだ水の滴っているガラス張りの大きな家では、喪服姿の子供たちが不思議な絵の数々に見入った。」*リエコは、書き付けられた言葉の断片と墨の輝きを頼りに、破壊されたものに、より人間的な顔を与え直そうとしている。

リエコが正しいのだ。何よりも、澱んだもの、腐敗したものに屈しないこと。大災害を明らかにするとの触れこみで実はこれを覆い隠してしまう、惜しみなくあふれるばかりの叙情主義にも陥らないこと。状況の全体像を示すといった試みを控えること。状況を総括しようとすれば、状況は逆に遠かっていく。仰ぎょうしい言葉（死者とガレキに詩を捧げるような行為。排泄物の上にバラを供えるのと同じだ）、あるいは諦め（死者の枕元で嘆き続けることをやめないような態度）のいずれにも陥らないこと。この光景から、この光景のなかに生きる老若の人びとから範を得ること。悲嘆のなかにありながら、現実を確認する技術と、日常的なるもの（毎日の生活の動作、顔、言葉…）を積みあげていく統計的とも呼べるささやかな行為を実践する人びとを前に、僕たちは感嘆を禁じえない。こうした行為をおこなう人にとっては、どんなに小さなガレキもきわめて大きな意味を持つのだ。

「待てば海路の日和あり」という諺があるように、僕が小型トラックのほうへ戻りかけたとき、そうした人びとのもうひとつの例証が、運命的にも僕の目の前に飛びこんできた。赤い野球帽をかぶり、赤いチョッキを着た老人が、向こうのほうで何かを探している。老人は僕を呼び止める。ガレキのなかでジャズのレコードを探しているのだが、どうしても僕に見せたいものがあるという。地面の上に、剝がれた壁板が置かれている。

はい、なんでしょう?

もっとよく見るようにと老人に促され、僕は身をかがめる。目に入ったのは、波に洗われた木の板。洗いざらしになったその板の上に見てとれるのは、木の色と富士山の絵、そして、富士山のまわりに描かれた一艘の漁船と数本の松の木。陳腐なテーマだ。しかし、巨大な怪物かと思われる波が張り窓を破り、壁板を持ちあげ、雷鳴のような轟音とともにそれを押し流したとき、その波の凄まじい力によって、割れたガラスの一枚が、この壁板に描かれた絵の上にぴたりと嵌めこまれ、磨りガラスの下に富士山の繊細な姿をそのまま残したのだ。

＊『ランボー全詩集』宇佐美斉訳、ちくま文庫、一九九六（第十一刷二〇一二）。本書冒頭に引用された詩句と同じく、「大洪水のあと」からの引用。

七

老人は笑う。富士山！　日本の象徴！「日本一の山*」。老人は全身で笑い、偉大な画家たちの名前を次つぎと挙げる。北斎！　富嶽三十六景！　広重！　ゴッホ、モネ、マネ…、それからセザンヌも忘れてはいかん。セザンヌはサント＝ビクトワール山の絵を八十枚も描いた。老人は、壁板を見つけてすっかり興奮し、金《きん》をかぶせた歯や白い差し歯が並ぶ口をいっぱいに開けて笑う。この災禍のなかにあって、老人の姿は美しい。笑いは老人に信じられないような力を与える。僕たちは、すべてが壊滅した風景のなかで、何事もなかったかのようにジャズや絵画の話をする。一時間ほどが経ち、老人が最後にもう一度笑って立ち去っていったとき、僕はこの大災害について、それまでのように考えることをやめていた。

このような老人にとって、津波がいったい何だというのか？　老人の笑い声がまだあたりに響く。老人にとって、死は何ほどのものでもないのだ。

東京への帰途につく前に、僕は波に抗って残った建物に上がった。その上からは、崩壊したたくさんの住宅が、いや、それらの住宅が消えてしまったのが、すべて見渡せる。遠くのほうに、ぼんやりと、唯ひとつ残った目印のように、もうひとつの鉄筋コンクリートの建物。家いえは崩れ落ち、潰れ、原型をとどめない。空を背景に、ぽっきりと折れた何本もの大木。

最後にもう一度、僕はガレキの山に目をやる。景色はもはや読みとり不可能であり、このため、視線は見覚えのあるかたちを見つけてその上にとどまる。屋根の尖った棟、自動車の白い車体、いつも同じかたちだ。しかし、親しみを感じさせるものはもはや何も存在しない。すべてが、びっくりさせるような、不安を呼び起こす様相をしている。海は、かつてだれも見たことなかったような不思議な風景を刻みこんでいった。

鉄、コンクリート。そのまた向こうに鉄。そしたまたコンクリート。そして鉄。泥。見渡す限り、壊滅した風景。

鉄、段ボール、コンクリート、銅、紙、ありとあらゆる物質の細かい破片。風景に魅力と地方色を与え、人を魅了する特色をかたち作っていた小さな起伏はすべて黒い波の下に消え去った。剝ぎとられた現実の皮のように、ただガレキだけがあとに残る。

＊ 文部省唱歌「ふじの山」の一節。

重苦しい民俗趣味はいっさい存在しない。僕たちは、ロマンチックな廃墟のまさに対極にいる。興味をそそるもの、オリジナルなもの、色鮮やかなもの、奇矯なもの、民俗趣味的なもの、刺激的なものは何も存在しない。ここにはだれもいない。訪れることの不可能な場所を訪れる人はない。観光地巡りもなければ、旅行記もありえない。絵になる風景を愛でる人も、大災害見たさの観光客も、言葉を失う。自分たちがいつも目印としてきたものを奪われ、風景のなかを通りすぎながら、風景に触れることができないのだ。

東北地方をあとにしつつ、僕は、東北に残る人びとのことを、そして、僕より前に東北を訪れた人びとのことを思う。旅の途中で平泉に到着した芭蕉は、現代まで伝えられている芭蕉の最高傑作のひとつとされる句を詠んだ。「ナツ　クサ　ヤ／ツワモノ　ドモ　ガ／ユメ　ノ　アト」。そよぎ立つような、完璧に彫琢された三行十七音節。

夏草や
兵どもが
夢の跡

平泉は、十二世紀には藤原一族の本拠地として、日本でもっとも絢爛を誇った都市のひとつであっ

七

た。それから五世紀後、芭蕉が平泉を訪れたときにはもはやその跡形さえない。注釈者の多くは、芭蕉はこの句において、消え去った栄華への秘かな郷愁と流れ去る時への哀惜――短いだけになおさら胸を突くような哀惜の念――を表現していると解説する。時が流れ、戦《いくさ》が起こり、すべては荒れ果てた。城は廃墟と化し、館は打ち捨てられ、いにしえの兵に代わり山賊があたりを跳梁跋扈《ちょうりょうばっこ》する。雑草がすべてを覆い尽くす。

現代の硬直した大きな解釈機械が直ちに作動しはじめる。廃墟を嘆き、美化する。芭蕉の句の外国語による翻訳のなかには、まったくもって余計で有害な形容詞を加えたものがある。夏草は、「しおれ」あるいは「ひからび」、「夢」は、ぼんやりした空しい「夢想」に変わる。死が徘徊し、忍びこみ、僕たちの生命の詩を占領する。悲しみが支配する。日本を訪れた作家マルグリット・ユルスナール*は、日本が、過去の名残りに輝くゼラチン固めの状態のままで残っていないことに失望し、「死んだ兵たちが抱いた夢のうちで残っているのは、夏草だけである」と芭蕉の句を読み解いた。つまり彼女にとって芭蕉の芸術とは、かつて栄華を誇った一国の廃墟を眺め、荒れ果てた国への哀惜の念を表現することに尽きるわけだ。

---

* フランス二十世紀の女性作家。代表作は「ハドリアヌス帝の回想」など。

芭蕉をこうした死につながる芸術観で説明しきってしまうのは、芭蕉への無理解そのものである。芭蕉は反対に、この句を通じて、中国の豊かな詩歌の伝統、いまは荒れ果てた、過去の栄華の場所を訪れる詩人の伝統に自らを連ねる。具体的にいうと、芭蕉は中国の詩人、杜甫を思い浮かべている。紀元七世紀、中国古典詩の黄金時代であった唐代のもっとも高名な詩人、杜甫である。日本のもっとも高名な詩人が、中国のもっとも高名な詩人を引用しているとすれば、その詩の真意について熟考してみるのは当然ではないか。

芭蕉が思い浮かべた詩は、杜甫の詩のなかでも日本でもっともよく知られた作品である。ただし、僕の知る限り、フランス語には翻訳されていない。「チュン・ワン」、すなわち「春望」。その名のとおり、悲嘆のなかにあって春の力を謳う詩である。「国は破れたが、山河はいまもそこにある。春が訪れ、廃墟となった城の上で草が再び青あおと茂る。[*]」

杜甫はわがままで、独立独歩の気性であり、フランスでただ一人、杜甫の作品に関心を寄せた偉大な中国研究家アベル＝レミュザ[**]によると、「反骨の人」であった。杜甫には「洗練の華《ツー・メイ》」という呼び名もあった。日本では「詩聖」、詩の聖人と呼ばれる。こうした呼称からもわかるように、杜甫は放《ほう》擲《てき》や遁世の詩人からはほど遠い。中国の古典をそらんじている芭蕉が、東北の荒廃した風景のなかで杜甫を思ったのは偶然ではない。

何世紀もの時を越え、芭蕉は杜甫と語りあう。中国と日本のあいだで、今日に至るまで決して絶えることのなかった対話である。奥の細道をたどりつつ、芭蕉は、自分の師に倣って、その足跡をたどり、自分の見聞したことを師に伝えているのだ。師よ、たしかに国は荒れ果て、混沌が支配している。しかし、師が見たのと同じように、草木は青く茂っている。

芭蕉の詩は、嘆きの悲歌でも虚無への頌歌でもなく、また、僕たちを待ち受ける崖、僕たちの運命である消滅についての老人の陰鬱な嘆きでもない。芭蕉の詩はまさにその対極に位置する。すべてが崩れ去ったあとに、この「野ざらしの骸骨」――芭蕉は自らをこう呼んだ――は、草と夏に賭ける。芭蕉に詩的な快挙があるとすれば、それはこの点にある。はるか彼方から幾世紀を横切ってやって来た広大な何かが、再び息づきはじめる。杜甫を引用することで、芭蕉は非常に古い記憶を一所《ひとところ》に集めようとする。情緒的なイメージや大災害の民俗趣味的描写からほど遠いところで、芭蕉は、筆を運び句を書きつけることで、記憶と文化を媒介として、肉体と思考が再び循環できるような空間を見いだそうと骨を折るのである。

＊　「国破山河在　城春草木深」。芭蕉による引用は「国破れて山河あり、城春にして草青みたり」。
＊＊　ジャン＝ピエール・アベル＝レミュザ（一七八八～一八三二）。フランス十九世紀初めの高名な中国研究家。

芭蕉のことを考えながら、僕は、洗濯女たちの歌を口ずさんでいた農夫を、ガレキのなかで写真を拭っていた東京の図書館の司書を、ジャズを口ずさみながら僕にセザンヌの話をしてくれた赤いチョッキの老人を思った。赤いチョッキの老人は、風雨に曝されていつ消えるともわからない美しい絵が残った木の板を、ガレキの下から見つけたところだった。

こうした人びとには、フェンシング選手や潜水夫のような忍耐強さがある。災禍に無感覚になるのではない。反対に、運命論や諦観主義、巧妙な合理主義、頑迷な道徳主義といった、災禍の不健全な影響から自らを守る内面的な力を持っている。彼らも、ほかの人たちと同じく疑いや煩悶を抱いているのだが、殺戮の真っ只なかにあって、だれも真似ることのできない自分だけのスタイルを決して見失わない術を知っているのだ。地理が失われ、時間が大きく乱れ、多くの命が奪われたなかにあって、各人が自分のやり方で、忍耐強く、あたりの風景から少しずれた構文を、自分の構文を書きこんでいく。そして、この自分自身の構文を書きこむ行為こそが、僕たちの一人ひとりにとって決定的に重要な意味を持つのだ。彼らの動作の一つひとつに、生命が、神秘的に、そして感動的に立ち現れてくる。

あたりをガレキが埋め尽くし、新たな災禍がいつまた見舞うかもしれぬなかで、彼、彼女らは決して自分の生き方を変えない。閉ざされてしまったものは何ひとつなく、すべてがなお開かれている。草があり、草が伸びる。夢があった、そして夢の跡があるだろう。死はすべての終止符ではない。

第Ⅲ部

ハーフライフ（半減の生）、使用法*（二一一頁）

一

東京帰還。

ついさっき、南から北上してくる桜前線がテレビに映った。起点は沖縄。花と鳥たちの明るいざわめきが東京へ接近してくる。反対に、北からは、目に見えない災厄、放射能汚染という災厄が、じわじわと南下してくる。福島から首都の周縁まで、おそらくさらにその向こうまで、桜前線とは逆方向に、少しずつ下降してくる原子力の霧。日本列島を北上するピンクと白の桜前線は、まさにそのライバルだ。ひとつは、花弁の微かな香り、満開をなす彩り、キジや子スズメの囀《さえず》りをともなってやって来る、感覚的で具体的な線。もうひとつは、目に見えず、匂いもなく、知覚することのできない、幼虫の群れのように陰険な何か。

いくつもの新しい言葉が出現した。それらの言葉は空気中に広がり、だれもが、まるで殺人物質であるかのようにその名を口にする。詩的でグロテスクでもある名前の付いた微粒子が、あふれるばか

一

りにメニューに並ぶ。セシウム、トリニチウム、ストロンチウム、核分裂生成物（ヨウ素、ジルコニウム、モリブデン）、放射性希ガス（トリチウム、キセノン、クリプトン）、さまざまな同位体、放射能毒性源…。これらは、非常に新しく、また非常に古い物質でもある。未来的な呼称のようだが、じつは、古めかしい慣習と化石のような論理に由来している。つまり、珍妙で、いくらか厳めしくもある分類体系をなす名前を選ぶことが必要であり、そのためにラテン語（カドミウム、パラジウム、サマリウム）やギリシャ語（アルファ、ベータ、ガンマ）を持ちだし、地球や月に祈りを捧げ（セレン、テルル）*、神に助けを請うのだ（ネプツニウム、プルトニウム）**！

これらの言葉が、描写のしようもないほどの大騒ぎをしながら、数字の一団を従え、意味不明の謎文字となって押し寄せてくる。テルル１３２、テクネチウム９９…。ラップ・ミュージックのグループの名前みたいだ。言葉がウィルスにやられてしまった。語尾が数字に変わり、痰のように吐きださ

*（二〇九頁）「半減の生　使用法」は、フランスの小説家ジョルジュ・ペレックの代表作『人生　使用法』に想を得たタイトルである。「半減の生」の仏語原文「la demi-vie」は、英語の「ハーフライフ」と同じく放射性物質の「半減期」を指すが、一般的には「半分の人生」と解釈することができる。

*　セレンとテルルは類似点の多い元素であるため、ギリシャ語の「セレネ（月）」を語源とするセレン、ラテン語の「テルス（地球）」を語源とするテルルという呼称が付いたという。

**　元素ネプツニウムは同じくローマ神話の海の神ネプトゥーヌス、プルトニウムは同じくローマ神話の冥界の王プルートーに由来する呼称。

れる。半子音だか半母音だかどっちつかずの名前（ヨウ素）、道化師みたいにひょうきんな名前（ジルコニウム93）、革命家か空威張り屋みたいに仰ぎょうしい響きの名前（ストロンチウム89、アメリシウム241）。世界は記号と罠でできた複雑な宇宙に変わる。

僕の気に入った名前があるとすれば、ニオブ95。辞書には、「光沢のある灰色の金属で、可延性があり、空気と接触すると青みがかった色を帯びる」とある。原子炉の燃料棒被覆管の材料となるジルコニウム合金に使われている。もちろん、非常に毒性が高い。ニオブという名前にピンときた。ギリシャ神話に出てくるタンタロス王の娘、ニオベが語源だ。ホメロスの叙事詩「イーリアス」によれば、ニオベは自分の子どもたちの美しさをあまりに自慢したため、子どもを殺され、自分も岩に変えられてしまう。原子力の技師も、ホメロスをもう一度読んでみるべきではないだろうか？

東京の北のほうでは原子炉が順繰りに過熱する。いちばん熱いのはどれか？　一号機、二号機、それとも三号機？　さあ、カードを揃えてください。原子炉が三基、露天状態で沸騰している。どの原子炉も、新たな大地震、台風の通過、強めの余震を引き当てる可能性がある。この三枚のカード当てゲームには使用済み核燃料貯蔵プールというやつも付いている。このプールについてはほとんど何もわからないのだが、原子炉よりもさらに、――これ以上不安を与えるということがありうるとしての話だが――不安を呼んでいる。というのも、原子炉と違ってプールは格納容器のなかに入っていないのだ。第四号機のプールは不安定な状態にある。結論をいえば、これらすべての施設がいつ爆発あるいは崩壊するかわからない状態にあり、現在のところ、感心するほど根気強く放射性物質を放出し続けている。今年の夏は暑くなるだろう！

さらに奇妙なのは、福島で、四月の新学期から子どもたち三万四千人にガラスバッジ（外部被曝の積算線量計）を携帯させるという予告が出たことだ。発表によれば、事故収束に向けてすべては順調に進んでいるはずなのだが、それにもかかわらず、放射性物質というビタミンの過剰摂取がないかを確認するためだという。福島の南、東京に接する千葉県では、子どもたちは帽子をかぶり、手洗いとうがいを励行しなければならない。そうこうしているあいだ、世界のあちらこちらで、学識豊かな月給取りの専門家が原子力発電を放棄すべきか否かを議論している。

余震も続いている。回数は減り、震度もいくらか弱まってきたとはいえ、ときおり親しげに挨拶を送ってよこす。この、いつ機嫌を悪くするかわからない地面の上で生活するのは、大きなクマの腹の上に乗っているようなもので、かなり不安だ。クマが寝返りを打てば、僕たちは腹の下で押し潰されてしまうだろう。

しかし、人はどんな状況にも慣れるものだ。たとえば、東京へ戻ったその翌日早そう、夜なかに数回の余震があった。まずはお決まりの、洋服ダンスのハンガーがカチャカチャいう苛いらするような音。次に、ネズミが何かを齧《かじ》り、屁理屈をこねているような音。ネズミは壁のなかを走りまわる。窓が小刻みに震え、カーテンまでが不安そうに見える。ジュンは、ぶつぶつ悪態をついたかと思うと寝返りを打ち、横向きになってまた寝入ってしまう。

しばらくすると、再び余震。今度はもう少し強い。明け方の最初の光線が射しこむなか、揺れはすぐには止まない。窓ガラスが震えてきらめき——ガラスのカタカタいう音——反射光が乱れる。震動は、空間のあらゆる点から点へと移動し、部屋から部屋へと音のシャトルが往復する。棚の稜線が震え、畳が持ちあがるように揺れる。頭上では瓦がパチパチ音を立てる。夢を見ているのか、あるいは目覚めているのかももはや判然としない。夜だ。僕は水上の小舟のなかにいる。海が荒れる。僕はジュンをそっと抱きしめる。けりを付けなければならないのだとしたら、音楽に乗って死にたい。僕たちは水の流れに乗って踊る。タンゴの次はワルツ、平泳ぎの次はクロールだ。僕たちのまわりには、前へ後ろへと揺れる船のような建物。

地震が苛立ちはじめる。花瓶が倒れ、窓縁《まどべり》にあったマダガスカルの小像がひっくり返る。僕たちは眠り続ける。

一

地震の揺れに乗って、遠いむかしの思い出が夢のなかに甦ってくる。時間がぶつかりあい、跳ねあがり、転倒する。時間が蝶番《ちょうつがい》から外れて飛びだす。地面の震動と同時に、時間のなかでも震動が発生する。言葉にされたことも、考えられたこともない不思議な万物の照応。その晩、僕は、余震が引き起こすパチパチ弾けるような音のなかで、フランスの大西洋岸の町、サン・マロを思いだしていた。子どもの頃に僕のまわりにあった舗石を敷きつめた並木道、くねくね曲がった小路。コルヌ・ド・セール通り、ヴィエイユ・パレット通り、クロワ・デュ・フィエフ広場、エストレ通り、ピ・キ・ボワ通り…。プティット・エルミーヌ通りも見える。*オオカミの小さな鼻面を集めたようなかたちのキンギョソウが咲き乱れ、テンと夏毛のオコジョが跳ねまわっている。夜風、波しぶきの潮の匂い。いくつもの小路が、階段を駆けあがったと思うと、生木のムチを打ち下ろすように駆け降り、ジーグ**を踊り、平手打ちを繰りだし、飛び跳ね、カヴァリエ通りからヴィクトワール通りの曲がり角まで、チョコチョコ歩き、それからケンケン跳びで降りてきたと思う間もなく、小走りに、メヌエット通りへと向きを変える。

そのとき、地震がいきり立つ。

---

* 「プティット・エルミーヌ」は「小さなオコジョ」の意。「コルヌ・ド・セール（牡ジカの角）」「ピ・キ・ボワ（水飲みカササギ）」など田園や動物を彷彿とさせる通りの名前が並ぶ。

** ジーグは十七世紀、バロック期のテンポの速い舞曲。

家全体が震える。上も、下も、伸縮する筋肉のように、ボキリと軋む骨のように。家全体が躓《つまず》き、煽動し、宣言する。ありがたいマントラ*の呪文を唱えながら、ぶるぶる身体を震わせる病人だ。ポタム　アム　クラム…　カラバン　クレタ…　タナマン　アナングテラ…。頭上のどこかでシャンデリアが狂ったように揺れ、まるで笑っているかのようにガチャガチャ音を立てる。あそこに、アントナン・アルトー**が見える。都庁の屋上に上ぼった。荒れ狂う海に飛びこむのだ。ジャズピアノを弾き、ピストルを発射する。八分音符が加速し、風車のようにくるくる旋律を奏でる。この災禍のなかでなんという音楽！　瓦が落下し、鎧戸が舞いあがる。屋根が坂を転がり落ちる。雪崩のようだ。夜のなかに響きわたる三発の詩の祝砲…。

目が覚める。もう日が高い。ジュンはベッドの端に腰かけ、足をブラブラさせている。にっこり微笑んで、片手を頬にあて、もう一方の手は膝の上に置いて。おはよう、よく眠れた？　ジュンはネコのように伸びをする。ほんとにぐっすり眠ったわ。そりゃあよかった。

人は慣れる、慣れるものだ。僕たちは地震を、余震を飼いならす。地震と余震は僕たちの生活の、夢の一部となり、この次のときまでは、おとなしく、従順に、僕たちに服従する。

一

ある英語の新聞は、昨晩の地震を「reasonably strong quake」、つまり「道理をわきまえた程度に強い」地震と評している。別の新聞では「decent shaking」となっている（品位をわきまえた揺れ、ということか?）。次の地震で、reasonably strong な屋根の破片が顔にぶつかってこなければよいが。マグニチュード四や五ぐらいの余震は、いまでは愉快なリゴドン***舞曲だ。

それに、多くの人が脱出を奨めるときに、この街に残ることにいくらかの誇りもある。おもしろい偶然があった。二〇一一年六月一六日、電車のなかで、一九七六年のちょうど六月一六日にリチャード・ブローティガンが書いた詩を読んだ。「起床！」という元気のいいタイトルが付いている。

僕は目覚ましを朝九時にかけたが
そんな必要はなかった。
朝七時半の地震に

---

* 「マントラ」はサンスクリットで「真言」を意味する。

** アントナン・アルトーは二十世紀前半のフランスの詩人、演出家。言語を超えて身体性を奪回する「残酷演劇」を提唱した。「ポタム　アム　クラム…　カラバン　クレタ…　タナマン　アナングテラ…」は、アルトーが晩年、精神病院に収容された時期（一九四三〜四六年）に書かれた意味不明の音の連鎖からなる「グロッソラリア詩（異言詩）」。Antonin Artaud, *Oeuvres complètes, tome IX, Les tarahumaras - Lettres de Rodez*, Gallimard, 1979.

*** リゴドンも、ジーグと同じくバロック期のテンポの速い舞曲。

起こされたから。

夢の深みから
僕は突然ここに連れ戻されて
ホテルが揺れるのを感じた。
この三〇〇三号室がいまにも
三十階下の
新宿の交差点に
なってしまうのではないかと思ったほど。

こっちのほうが格段に
目覚まし時計よりすごい！＊

イケアの横浜店では、スピーカーで地震警報のアナウンスが入った。そして数分後に、「失礼致しました。先ほどの地震警報は誤りでした。横浜市に警報は出ていません。どうぞ、ごゆっくり買い物をお続けください」。了解、了解、ゴユックリ…クダサイ。ゆっくり時間をかけろ、ということだ。

ビジネスの世界では、このアナウンスの米国版が大流行りだ。「Business as usual」。善良な市民のみなさん、ゆっくりおやすみなさい！　何が起こっても、ビジネスの慌ただしいペースが乱れることはないのですから。政界、大学、広告、テレビ——神聖不可侵の金融市場はもちろんとして——これらの世界の忙しい人びとがみな、この大災害のあとも何とかして自分たちのペースを守ろうとしている。まるで、何も起こらなかったかのように、起こりつつあることが何もないかのように。まるで、社会の、行政の、勤労の、中央集権の、金銭の、大きな仕掛けが支配を再開し、その支配力を強めようとしているかのように。

一

働きなさい、善良なる市民よ！　隊列に戻りなさい。われわれに任せておきなさい。あとはわれわれが全部やりますから。夜になったら家へ戻りなさい。閉じこもりなさい《コンフィーネ》！　放射性物質はみなさんのところには到達しません。みなさんは、究極的に《インフィーネ》、どうしもないバカ《コンフィーニ》とは申しませんが、閉じこも《コンフィ》って《ーネ》いなければならないのです。その間にも桜の木は、無言のまま、数えきれないほどの花を咲かせ

＊ Richard Brautigan, *"It's time to wake up", June 30th, June 30th*（『六月三〇日、六月三〇日』収録作品「起床！」), Delacore Press, 1978. 米国の詩人リチャード・ブローティガンは一九七六年五月から六月にかけて日本に滞在した。滞在中に書いた詩が同詩集にまとめられている。

ようとしている。そう、桜は満開、見事に。輝くような、まばゆいほどの明るさを放射して。放射といっても、桜が放射する明るさに致死性のものは何もない。街全体が白い点で覆われ、それらの点のそれぞれが、まるで無限へと向かって開いた穴のようだ。

しかし、僕たちは、何も知らされていないわけではない。むしろ、その反対だ。テレビ、新聞、電波、インターネットからあふれるほどの情報が入ってくる。データの波が、津波と同じほどの激しさで打ち寄せてくる。一般市民にとっては、そうしたデータはもちろんのことながら何の意味も持たず、専門家でさえ、データにどういう意味を与えていいのか苦慮している。僕が訪れた東北の村むらでも、謎めいた、まったくもって解読不可能な数字に埋め尽くされた掲示板を見かけた。こうした掲示板は、古代ギリシャのドドネの王座の威厳も古代ケルトのドルイド教の冠も持たぬ、新しい大きな樫の聖樹*である。農夫らがその聖樹の下に集まり、自分たちの不幸の症状、あるいは運命を予告する徴《しるし》を読みとろうとする。しかし、そこに記されているのは奇妙な診断結果である。欠陥を特定せず、影響を隠蔽しようとする傾向がある。治療法は決して提案されない。

マイクロシーベルト、ミリシーベルト、ベクレル、ラド、レム、レントゲン…いくつもの放射能単位の球を操《あやつ》る曲芸を見せられているようなもので、さっぱりわけがわからない。ある日の海水中の放射性ヨウ素濃度は法定上限値の三千三百五十五倍、翌日は四千八百三十五倍。しかし、これはいったい何を意味するのか？　二号機のヨウ素１３４の濃度が「正常値の一千万倍」であったため、原発から作業員を避難させる。数時間後に、計測値は間違いであったとの発表。濃度は「正常値の十万倍」だった。ほっとひと安心する。ところが、数日後（あるいは、数日前だったか）には、発電所の沖合で水揚げされた魚のヨウ素１３１の濃度が一立方センチ当たり二十万ベクレルだという。法定上限値の五百万倍だ。フランスの週刊誌ヌーヴェル・オブセルヴァトゥールは、「魚にとって非常に憂慮される状況である」という、なんともうまいタイトルを付けていた。

いずれにしても、こうした数字にはもはや何の意味もないというのが真実なのだ。単位を次つぎと入れかえて何の説明もなしに発表される数字、矛盾と概算と推測に満ちたこれらの数字が示しているのは、僕たちが、計測も計算も不可能な次元に入りこんだという事実だ。計器が壊れた、あるいは故障したから、はたまた、数字が、そうした値を計測するはずの機械を破壊してしまうほどの高い水準に達したから、というだけではない。あまりにも多くの数字が氾濫することで、おびただしい量の情

＊　ギリシャ神話においては、ドドネの地にある樫の木は天王ゼウス神の聖木として崇《あが》められていた。また、古代ケルト人のドルイドと呼ばれた神官が司る宗教においても、樫の木は同じく聖樹であった。

報が提供されながら、どの情報も不十分なものでしかなくなってしまうという離れ業が成立し、その結果、日々深刻さを増す状況の現実を包み隠すことができるからである。これらの数字は、そのままでは、ヒッタイト、マヤ、エジプトなどの象形文字のようなものでしかない。シャトーブリアンはこれら象形文字について、「永遠に秘密を守ることの保証として、砂漠の唇の上に押された封印のように思われた[*]」と書いた。

確かな事実がひとつある。発電所から五キロの地点では、線量計の警報音が鳴りやまないためスイッチを切ってしまう人がたくさんいる。原発の作業員のなかには、四日間で年間許容量の限界まで放射線を浴びる人がいるという。おそらく過小評価されている公式数値によれば、環境放射線量が四百ミリシーベルト、場所によっては千ミリシーベルト以上のピークを記録している地点もある。二百五十ミリシーベルト以上を被曝すると（二百五十ミリシーベルト未満で人体にどういう影響があるかということについては予断できない。判明するまでにおそらく何年もかかるだろう）、吐き気、嘔吐、細胞の損傷、骨髄の変質といった最初の病的異変が現れてくる。もっと具体的な例を挙げてみよう。放射能に汚染された水溜りのなかで穴の開いた長靴を履いて歩いた三人の作業員が、病院に緊急搬送された。足の指に火傷が現れたからだ。こういった話を聞くとようやく、事態がつかめはじめる。

これらの数字を前に、いったい何をどうしたらよいのかわからず、その結果として、行き当たりばったりの対応をすることになる。三月一四日、厚生労働省は、原発作業員の被曝許容限度を五年間で百ミリシーベルトから、なんと年間二百五十ミリシーベルトまで引きあげた！　じゃあ、基準というのはいったい何の役に立つんだ？　基準違反をおこなうためにあるのか？　四月に入ると、厚生労働省はさらにすごいことをした。子どもの被曝上限値を年間二十ミリシーベルトに引きあげたのだ。この数値は、フランスの原子力部門の作業員の被曝許容上限値だ（国際放射線防護委員会の定める上限値でもある）！　政府はその後、親やさまざまな団体の圧力を受けてこの引きあげ決定を取り消すが、この経緯を見れば、どんな犠牲を払っても原子力部門を守ろうとするときに陥るシニシズム**の深刻さが見てとれるというものだ。なんの防護もない子どもを、もっとも危険度の高い場所で働く原子力の専門作業員と同水準で扱おうとする。そう簡単にできることではないが、政府はこれをやってのけたのだ。

一

事故後に内閣官房参与に任命された原子力の専門家、小佐古敏荘氏が、猿芝居を容認できないといって辞任する。ところが、その二日後、辞任の理由を説明するために予定されていた記者会見が、守秘義務を名目に取り消された。いったい、これ以上に悪い事態が明るみに出る可能性があったのだろ

---

* François-René de Chateaubriand, *Mémoires d'outre-tombe, 1809-1841*（墓の彼方からの回想　一八〇九～一八四一年）, republié par Gallimard, 1947. シャトーブリアンはフランスの十九世紀の作家。

** 社会風習や道徳などを冷笑・無視する態度。

うか？　同じく、原発反対のデモに参加した俳優の山本太郎がテレビの人気番組から降板させられた。両者は同じ犯罪をおかした。つまり、欧州の原発作業員と同じ水準の被曝基準を福島の子どもたちに適用してはならないと発言した罪である。こうした裁きはまさに、ロートレアモンが「汚物、子どものように熟考しないもの」*と呼んだ類いのものにほかならない。

困惑せざるをえない状況にこっそり蓋をすべく情報を薄めてしまうには、いくつかの方法がある。もっとも普通におこなわれる方法は情報の非開示である。たとえば、原子力発電所にはカメラがあちこちに設置されているにもかかわらず、映像情報はほとんど流されない。二号機と四号機の爆発を撮らえた録画があるはずだが、いったいどうなったのか。一度も公開されたことがない。

発電所に貯蔵されている核燃料の正確なトン数もわからない。

三号機のなかにあるＭＯＸ燃料（プルトニウムを含んだもっとも放射能毒性が強い核燃料）の正確な量もわからない。しかし、東京電力の日本人か、ＭＯＸ燃料を納入しているアレバ社のフランス人なら、提供できる情報ではないのか。

炉心の状態も、炉心の位置もわからない。

三月に派遣された米軍の放射能被害管理専門部隊**百四十人のミッションの結果もわからない。

四月に太平洋に放出された放射能汚染水一万五百トンの放射能濃度もわからない。

爆発により拡散した核燃料のトン数もわからない。

CTBT(包括的核実験禁止条約)の国際監視網による大気中の放射性物質計測結果もわからない。

そしてリストの最後を飾るのは、国会の事故調査委員会に提出された原発事業者による発電所関連資料のなかに、マジックで塗りつぶされて読みとり不能になった箇所が含まれていた事実だ。

一

情報が開示される場合でも、情報はつねに小出しに、心理的準備の段階を踏んで発表される。ほんとうの数値はすぐには公開されない。高い塔の内側をどこまでも昇り続ける螺旋階段のように、数値は絶えず上方修正される。あるいは、調整済みの「平均値」を公開し、放射能のピークには触れなくて済むようにする。例の「茹でガエルの逆説」というやつだ。カエルを熱湯に投げこめば、飛び跳ねて逃げだそうとするが、カエルを入れた水をゆっくり熱していけば、カエルは動きもせずに数時間後に死んでしまう。原子力は、途方もなくスケールの大きい騙しごっこだ。カードを一枚持ちあげたとき、そこに垣間見えるのはもう一枚のカードだけ。示しつつ隠す、情報開示と銘打ったその瞬間に、情報を見せるのと同じ動作によって情報を隠蔽する。これが、決して自分が負けになる賭けをするこ

＊　イジドール・デュカス『ロートレアモン全集』石井洋二郎訳、筑摩書房、二〇〇五。ロートレアモンが本名のイジドール・デュカスの名前で発表した「ポエジー1」よりの引用。

＊＊　米海兵隊のシーバーフ(化学生物兵器事態対応部隊)。

とのない、この残酷なゲームの掟である。

しかし、情報をごまかすもっとも確実な方法は、情報を隠すことではなく、ほかの多数の情報と同時に開示することだ。報告やコミュニケが支離滅裂に放出され、明確な説明もなく技術用語だけが飛び交うなかでは、どれほど学識豊かな人も途方に暮れ、どれほど辛抱強い人も諦めてしまう。インフォーム*するのだ。つまり、実際に何がどのように起こったかという事実を言うのではなく、事実に形を与え、偽の説明のなかに絡めとる。コメントで筌《うけ》を作り、次から次へと出てくる報告（そしてそれをめぐる論争）が水汲み水車のように回り、無数の説明が泡《あぶく》の雲をなして、そのなかに事実を捕まえ、沈めてしまおうとするのだ。

あるいは、情報を提供する側の人びとも何もわかっていないというのが真実なのだ。これはありうることであり、ある場合においてはほぼ確かである。原子炉を冷却する？　方法がわからない。放射能汚染水を除去する？　どうしていいかわからない。修理する？　お手上げだ。被曝の危険性？　いっさいわからない。食品汚染？　様子を見よう。結果、影響、後遺症？　話題を変えよう。災禍の発生から何カ月も経っていながら、状況について、とくに放射性降下物について、確かで、信頼できる、少なくとも理解可能な情報さえ、提供することができないのだ。

反対に、縮小させる、過小評価する、時間を稼ぐ、最小化する、役に立たないがただ目立つだけの大きな包帯を見せびらかす、ということならできる。失敗はない。シェーマ《図式》を使って（シェーマティック《おおざっぱな》という言葉の意味が突然理解できた）、熱のこもった証明らしきものをおこない、「ただちに健康に影響はありません」という予め決まっている結論にみちびくのだ。「人の健康にとっては危険な被曝水準である」という文言が、政府の発表のなかに出てきたことがあるだろうか。

一

この分野での栄冠が、WHO（世界保健機関）の緊急被ばく医療協力研究センター長でもある山下俊一長崎大学教授（二〇一三年四月現在、長崎大学大学院教授、福島県立医科大学副学長）の頭上に輝くことは間違いない。山下教授の発言をいくつか拾って読んでみるだけで、心底笑いたくなる、いや、吐き気を催す。いちばん気が利いていたのは、「放射線の影響は、じつはニコニコ笑ってる人には来ません。クヨクヨしてる人に来ます。これは明確な動物実験でわかっています」というやつだ。つまり、放射能を恐れることが放射能そのものよりも有害ということだ。したがって、山下先生の療法は簡単明瞭かつ効果的である。**Be happy, don't worry****という歌の文句を実践しさえすればいい。ま

＊　「インフォーム（情報を提供する）」という言葉の語源は、ラテン語の「イン・フォルマーレ」。すなわち「フォーム（形）のなかに入れる」、「形を与える」の意。

＊＊　ジャマイカのレゲエ歌手、ボブ・マーリーのヒット曲「Don't worry, be happy（くよくよするな、幸《しあわ》せでいろよ）」より。

るで、「私はいかにして心配するのをやめて水爆を愛するようになったか」（水爆を原発に置きかえる）と歌うキューブリックの映画のストレンジラブ博士*のようではないか。笑わなきゃいけない！　心配はやめだ！　明るく、得意げに、輝くばかりに放射能を発する原発を愛する術を学ぶこと！　言っておくが、山下博士は福島県の放射線健康リスク管理アドバイザーでもある。実際のところ、かなり笑わせられる話ではないか。

長年にわたって重要な情報を隠し続け、大災害が起これぱもっぱら、空ぞらしく、ともかく人を安心させようとするだけの言葉を積みあげて対応するのだから、一部の尖鋭な環境保護団体が主張する「原子力発電は諸悪の根源である」というイメージを嘘と決めつけるのもたやすいわけだ。もちろん、これはすべて、統治し、保護し、母親のように世話をしてやっている住民たちにとって良かれと思うからである。僕は今晩、寝る前に、金子光晴の『絶望の精神史』を読む。元気づけのためだ。ヨーロッパと東南アジアで放浪の生活を送った金子は、祖国を持たない流浪の詩人であった。コンセンサスを拒否する金子は、自分を「むかうむきになってるおっとせい**」と位置づけ、「悟りすましているようで勘定高い」人びと、「僧服をつけた狼たち***」を馬鹿にしていた。

こうした混乱が強い不安を生み、卑劣な行為を助長する。突然、幕が開き、仮面が落ちたかのように。文明の隠れていた姿が現れる。

人は正気を失う。四月一日、無職の二十五歳の青年が発電所の敷地内へ侵入を図った。エープリルフール？　いや、ほんとうだ。もっとも驚かされたのは、発電所敷地内にいまでも人が入りこめるという事実だ。青年は第一発電所では入口で追い返されたものの、第二発電所への突入には成功し、その後逮捕された。

一

レストランやホテルのなかには、福島からの客を受け入れないところが出ている。福島の周辺地域では、避難者を避難所に受け入れるにさいして、被曝していないことを証明する放射線検査証明の提出を求めるケースがあった。この証明はもともと住民を安心させるために県が発行を始めたものだが、逆効果を生んでいる。つまり、通行許可証になってしまったのだ。たとえば福島のある病院では、放射線検査証明を持っていなかったために、八歳の女児が皮膚の治療を受けることを拒否された。被爆者（広島と長崎の原爆被災者）が再び出現している。

＊　スタンレー・キューブリックの映画「博士の異常な愛情」（一九六四）より。
＊＊　金子光晴『金子光晴詩集』清岡卓行編、岩波書店、一九九一。「おっとせい」よりの引用。
＊＊＊　金子光晴『絶望の精神史』講談社、一九九六。

社会的な死が進行しつつある。雇用も、結婚も（遺伝子の突然変異の影響を受けた子どもが出生することへの不安）、すべてが被曝（爆）したかどうかに左右される。福島ナンバーのトラックがガソリンスタンドの利用を拒否された。発電所のある地区のナンバープレートを付けた車が落書きされる。福島ナンバーの車の運転手に、通行人が大声で出て行けと怒鳴る。子どもたちが、通りがかりの子どもに向かって「バイキン！」と叫ぶ。街は住民の心のなかまで汚染されている。

二

　何もかもがあまりに速く動く。すべてが揺れ、すべてが跳びあがる。かれこれ一カ月以上、僕はひどいアレルギー性鼻炎に悩まされている。正真正銘の日本の花粉症。鼻がやられて、どうしても治らない。三月一一日の大地震とその影響が、生理学的症状と震動をともなって身体の内部にも現れたかのようだ。僕も、地面と同じように、揺れ、震え、身震いし、くしゃみをする。僕も、原子力発電所と同じように、鼻水を漏らし、垂らし、さまざまな流体、粒子を拡散させ、あたりに噴霧する。

　夜には奇妙な夢を見る。ビルがねじれ、大きな岩盤が動きだしたかと思うと、赤いワンピースを着たとても美しい少女が現れる。少女は口を開け、僕に話かけるか、何かを歌おうとするのだが、少女の口からは、粒子と染色体のつながった鎖が延えんと吐きだされて辺りをさ迷い続けるばかりで、音符にも言葉にも変わらない。寒い。言葉は失われた。僕は、凍りつくような感覚を覚えて夜なかに目を覚ます。

翌日、地下鉄に乗って座席に腰をかけると、隣に、車両の揺れに合わせるように居眠りをしている老人がいた。老人が何かを呟く。僕は耳を澄ます。老人は、放射性物質の拡散、放射能汚染の拡大、新たな爆発の危険について何か呟いている。何度も同じ言葉をくり返し呟いているのがはっきり聞きとれる。「チンボツ…。タイヘン　ナ　コト　ニ　ナルダロウ…。ニホン　ハ　チンボツ　スルゾ。」大変なことになる、日本は沈没する。こうやって、原子力発電所は僕たちの夢のなかにまで入ってくる。大災害が僕らの想像の世界を占領する。フクシマは少しずつ、心象風景を生みだす腐植土のなかに染みこみ、僕たちの生命の内奥に潜りこんでくる。粒子、分子、微粒子…僕たちの身体に置きかわって身体を無力化しようとする、炭のように黒い寄生虫だ。

状況を少しでも明確に把握するため、僕は、福島の発電所で働いている人たちに会うことを試みた。会うのはそれほど難しいことではない。東京に住んでいる人もいれば、健康診断のため東京に来る人もいる。しかし、彼らから話を聞くのはそれほど容易なことではない。日本ではシュヒギム、守秘義務というのがしっかり守られている業界がある。原子力業界ではとくにこれが強い。見ざる、聞かざる、言わざる――仏教の三猿の原則は原子力の世界の原則でもある。「見ない」「聞かない」「言わない」のだ。

しかし、なかには話をする人もいる。金をもらって話をする場合もあるが、おぞましい、ほとんど伝えることが不可能な事実の重みから解放されるために話をすることもある。ただし、ライトモチーフのように必ず求められる条件がひとつある。決して名前を出さないこと、身元を突きとめる手がかりとなる身体の特徴や、衣服、地名、家族については決して触れないという条件だ。話したことがわかれば、たちまち失職する。これら作業員の証言をもとに、部分的、断片的にではあるが、僕は福島の発電所で起こったことをたどり直すことができた。

二

三月一一日、地震発生時、発電所内にいた職員は目に見えない力で壁に押しつけられた。転倒した者もいる。突然真っ黒になった屋内で、手当たり次第何かにつかまってようやく身体を支えていた者もいる。発電所内は地震と同時に停電した。地元の電力生産のかなりの部分を担い、四十年間にわたって首都の光の氾濫に電気を送ってきたこの発電所としては、残酷な運命の皮肉だ。避難口を示す長方形の誘導灯だけが緑色に光っている。照明が少しずつ戻り、蛍光灯がまばたきをするように点滅する。スピーカーから避難指令が流れる。人びとが押し、叫ぶ。「逃げろ！　早く！　外へ出ろ！」清掃作業がおこなわれていたタービン室でも、あるいは職員が服を着替えていた更衣室でも、みなが避難口へ向かって走る。

十五分後、発電所の職員は西出口に集合した。数千人が、避難場所として指定された近くの丘へ向かう。黄色いヘルメット、オレンジ色か白色の防護服、青い作業着――さまざまな色の無数の小さな点が丘の斜面を上ぼっていく。

上ぼる。できるだけ速く、できるだけ遠くへ。途中、ガラスが割れ、地面に深い亀裂が走っている。粉ごなになったガラスを靴で踏みしめ、竹林をかき分け――避難する職員らが通った竹林はなぎ倒されたようになる。人びとの喘ぎ、スポンジのような地面の音、踏みしだかれる草の音が聞こえる。

その日、福島第一では六千四百十六人が働いていた。うち五千五百人が下請け会社の社員だ。点呼を取る。二人足りない。この二人が見つかったのは二十日後、四号機建屋の地下だった。名前は小久保和彦と寺島祥希。福島第一の最初の犠牲者になった。二十四歳と二十一歳だった。

発電所を離れて家族に合流する許可が出た。道路はひび割れして渋滞がひどいため、みな、車を諦めて徒歩で帰途につく。発電所から数キロ地点、大熊町にある原子力災害対策センターの建物にも亀裂が入り、停電して通信手段も途絶えた。どこへも連絡できない。津波が来る前に、すでに緊急時の手続きが機能しなくなっていた。発電所に戻ろうとした制御室の責任者は道路の損傷に阻まれ、発電所に到着したのは一週間後の三月一八日だった。

二

発電所の敷地内にある免震重要棟に急ごしらえの緊急時対策本部を設置する。二階建てで、壁は白くて非常に薄い。放射能除去のフィルター付き換気装置がふたつ。任務は発電所の安定性を確保すること。問題は、緊急時手続きのマニュアルが対策本部ではなく、事務本館内にあることだった！　つまり、飛行機の操縦桿がコックピット内ではなく貨物室に設置されているようなものだ。もちろん、取りにいくことは可能だが、時間がかかる。

ところが、足りないのはまさに時間なのだ。地震の三十分後、ものすごい轟音が聞こえる。高さ十メートルを超える水の壁が発電所に押し寄せてきた。建物の壁が震える。このときの様子は人によって証言が異なり、鋼板が軋むぞっとするような音が聞こえたという人もいれば、何も聞こえなかったという人もいる。発電所には、コンクリートブロックが六万個とひとつの重さが二十五トンのテトラポッドが多数、それに、原子炉を保護するはずの高さ五〜六メートルの壁も設置されていたが、津波に抗いえたものは何ひとつなかった。

波が発電所に押し寄せたのを見た人はほとんどいない。職員が避難した丘の上からは、建物で視界が遮《さえぎ》られて全体が見えず、災禍の発生をはっきりと見分けることは不可能だった。それでも、大きな鉄球が海に漂っているのを見たという職員がいる。非常用ディーゼル発電機の燃料タンクだ…。

発電所は海抜ほぼ十メートルに位置する。波の高さは十三メートルを超えた。初期の図面によると、発電所用地はもともと、さらに三十メートル高かったのだが、原子炉冷却水の汲みあげ費用を節約するため、海面とほぼ同じ高さにまで崖を削ったのだ。発電所には原子炉が六基あり、海のすぐ近くに一列に並んで配置されている。裏がビーチになっているリゾートホテルのようだ。

もうひとつ悪い要因があった。非常用発電機十三基のほとんどが、海抜十メートルどころか、海から数メートルの距離にあるタービン建屋の地下に置かれていたのだ！　地上にあるのは三基のみ。そのうちの一基、地上三メートルの高さの場所に設置されていた六号機の発電機だけは津波の被害を免れた。しかも、このことは、この大災害で明るみに出た一連の非常識の最初のひとつにすぎない。

適切なケーブルがどこにあるかわからないため、移動式の非常用発電機にポンプが接続できない。その間にも海水があちこちに浸入し、塩分と水のせいでショートが発生して原子炉の冷却が停止する。発電所の最後の自己防衛手段はバッテリーだ。バッテリーは十二時間もつ。バッテリーが動いているあいだに何とか対処しなければならない。しかし、いずれにしても、計器が全部狂ってしまったため、バッテリーが作動しているかどうかさえわからない。燃料棒がどのぐらいの量の水に覆われているのかもわからない。

地震の一時間後、全交流電源喪失。地震発生から二時間経たないうちに、発電所事業者である東京電力は原子炉が制御できなくなったことを認識せざるをえない。一六時三六分、状況は制御不可能となり、一六時四五分に政府に通報がおこなわれた。

この後、どれほどの混乱が発生したかを想像するのはむずかしい。同日夕、政府は原子力緊急事態宣言を発動し、原発周辺住民に避難指示が出される。大熊町に所在する双葉病院では、避難中や避難後に四十五人が死亡し、九十人が置き去りにされる。地震発生から三日間、取り残された寝たきり患者や動けない患者たちは飲料水さえなく、ひどい脱水状態に陥る。四月六日、地震発生から三週間後、警察は双葉病院でさらに四人の遺体を発見した。最後まで置き去りになった人びとだ。

避難指示区域は半径三キロ圏内、さらに二十キロ圏内へと拡大される。躊躇《ためら》い、言い逃れをくり返し、決定を遅らせる。その結果、避難指示区域の外にあったいくつかの村では一カ月近くも経ってから完全に泥縄式で避難がおこなわれた。数字と情報は絶えず変更され、噂が広まり、すべてが、発電所の状況、風の強さと向き、東電トップの年齢に合わせて推移する。清水正孝社長は危機の最中に一週間すがたを消してしまった。

こうした度重なる状況急転に疲れた南相馬の老女が、六月末に自宅の庭で首つり自殺した。発電所から二十二キロ地点に住むこの女性は、最初の爆発があったあと、娘の家に避難していた。二週間の入院後、五月初めに自宅に戻ることができたが、その後、放射能汚染のため南相馬市が避難の対象になるかもしれないということを知った。

九十三歳でなぜ、首つり自殺をするのか？　女性は、自殺の理由を記した手書きの遺書を四通残した。家族、隣人の女性、親戚、そしてもうひとつは先祖に宛てた遺書だ。遺書は、朴訥《ぼくとつ》で、心を揺さぶるような文章で書かれている。この大騒ぎに疲れきった女性は、「毎日原発のことばかりでいきたここちしません」と記したあと、「私はお墓にひなんします。ごめんなさい」と結んだ。

いつか、この原子力の悲劇による犠牲者の一覧を作ることがあれば――すべての犠牲者を網羅するのは不可能だが――、この女性を忘れてはならない。

原子炉は、いったん冷却が停止すると、巨大なやかんのような状態になる。燃料棒（核燃料をなかに入れた金属の管）を取り巻く水が蒸発し、管が空気と接触して放射能を放出する。爆発を避けるためには原子炉内を減圧しなければならない。爆発が起これば大気中にいっそう多くの放射性物質が拡散する。この段階に至れば——この段階に達するのはあっという間だ——もはや選択肢はない。どういう解決法を選んでも、それは良い解決法ではないのだ。

三月一二日から一五日まで、悪夢のシナリオのように、一号機、二号機、三号機、四号機が次つぎに爆発を起こし、火災が発生する。水素濃度の上昇にともなう爆発だが、三号機の爆発はものすごい威力で、部分的な核分裂連鎖反応の結果ではないかと思われたほどだ。粉と砂利の混じった煙が高さ二百十メートル、直径四十メートルの円筒状に上がり、半径四十キロの地点まで爆音が聞こえた。四号機の建屋には燃料がないのだが、どうして爆発を起こすのか？　まったくもって不可解千万。

世界じゅうが、原子炉のてっぺんには使用済み燃料を貯蔵するプールがあるのだということも発見する。使用済みとはいっても、放射性であることには変わりがなく、水で覆って冷却しなければならない。あとになってわかることだが、米国政府が退避勧告を半径八十キロ圏まで広げたのは、このプールのせいだった。プールには保護設備がまったくなく、屋根さえない。緊急時手続きも決まっていない。六年間分の使用済み燃料が何千トンも、地震地帯の原子炉のすぐ横に貯蔵されているとは…。世界じゅうの原子力企業と、これら企業を監視するはずの国際安全機関が揃って、「安全がわれわれの最優先課題である」と言っているにもかかわらず、である。

この時期の福島を見た人の目には、そこが戦争地帯であるということは明らかだった。過剰な形容ではない。それは自衛隊が被災地と発電所の周辺に多数配備されていたからというだけではない。年齢、性別、社会的地位、身分あるいは任務――兵士、看護士、消防士、ジャーナリスト……――を問わず、みなが突然、戦闘地帯に投げこまれたのだ。

これは戦争だ。自衛隊員が福島で死亡したさいには遺族は九千万円を受けとる。これはイラクへ派遣された隊員、あるいは、海賊が跋扈するソマリア沖で警戒にあたる隊員が死亡した場合と同じ額である。外科用語でもあり軍事用語でもある「オペレーション」という言葉が使用され、「塹壕戦」のすえに原子炉を「奪回」しなければならないのだ。無人機やロボットが投入されるが、そのほとんどは、イラクやアフガニスタンなど国際紛争地帯ですでに試験済みのものだ。爆弾の探知や信管除去、あるいは、九・一一テロのとき、世界貿易センタービルの瓦礫のなかに埋まった遺体の探索用に設計されたものもある。夜間暗視カメラ、サーマル映像システム、放射能検知機。生半可な装備ではない。

しかしながら米軍関係者によれば、こうした装備のどれも、温度が百度をゆうに超えてしまうような極限状況下で使用されたことはなかった。福島で使用されている装備のひとつがロボットの「510パックボット」である。ベビーカーほどの大きさで、キャタピラーの上に据え付けられ、伸縮する腕の先に取り付けられたカメラで写真を撮影する。原子炉内の温度や酸素の濃度を測定したり、もっと小型なロボットが進入できるよう放射性ガレキを除去したりする。人間が入れば数分間で死亡するような環境内に送りこまれるのだ。

二

四月二日、米海兵隊のシーバーフ（化学生物兵器事態対応部隊）の隊員百四十五人のうち十五人が、同部隊史上初めて国外へ派遣された。シーバーフとは、生物、化学、核に由来する非常事態に対応するため特別に訓練を受けた海兵隊の特殊部隊である。車両三十二台、軍用機七機に積載した何トンもの機材、有毒物質の検出と除染のための移動特殊ラボをともなっている。最年長のマーク・ダンドル伍長はまだ四十歳、テキサス出身だ。ダンドル伍長の次の発言は、人びとを安心させるためのメッセージである。「われわれは、日本の自衛隊への支援とアドバイスを提供し、ほんとうに、ほんとうに深刻な事態が発生したさいに緊急対応部隊として行動できるよう待機しています。どの数値を見ても、そういう事態には至らないでしょう。われわれを必要とする事態が発生したのにわれわれがいないという状況よりは、待機はしているが必要ではないという状況のほうが望ましいのです」という内容。しかし、伍長の話し方を聞いただけで、「ほんとうに、ほんとうに深刻な（really, really bad）事態」がすでに発生したのだということがわかる。

ダンドル伍長が率いるチームは、東北地方救援のために米軍が組織する大規模作戦「トモダチ作戦」の一環で派遣されている。「トモダチ」とは日本語で友人のことだ。日本政府が承認したこととはいえ、国民感情を無視して沖縄に新しい米軍基地を建設して以来、米国のイメージはあまりよくない。今回は、願ってもないイメージ回復の好機である。しかし、これほど不安を呼び起こす格好をした友人は、めったにいるものではない。感嘆を誘うと同時に謎めいた格好をした男たちだ。フードをかぶり、覆面を付け、つま先から頭までいかにも最先端を行く防護服を着ているのだが、これが反対に原始人のような印象を与える。彼らがデモンストレーションをするのを見たが、汚染されたという想定になっている車両に何かを噴霧して被災者を車外へ引きだし、数分のうちに汚染除去テントを設置し、被災者の衣服を切りとって水と洗剤を流しかける。いちばん驚いたのは、洗剤で洗浄するという陳腐な作業をおこなうのに、ものすごく大掛かりな設備が設置されることだ。原子力が問題になると、ほんのちょっとシャワーを浴びるだけでも、アウゲイアス王の牛舎の掃除*に匹敵する大仕事になるわけだ。

くり返し要請があったにもかかわらず、米軍は、トモダチ作戦中に兵力を配備していた地区で測定した放射線量値を、一度も開示しなかった。作業をおこなった隊員の衣服や装備の放射能濃度も開示しなかった。

二

現場では、事故処理作業員がふたつの矛盾する課題に直面している。一方には、穴の開いた樽に延えんと水を満たすことを命じられたダナオスの娘たちのように、穴の開いた新しいタイプの樽に水を注入し、あるいは水を上からぶちまけて、プールと原子炉を冷却するという課題がある。他方には、発電所内の至るところに放射能の水溜りとなって澱んでいる非常に汚染度の高い水を排出するという課題がある。

わかりやすくいえば、水をかけて、かけた水を汲みあげ、汲みあげた水をまたかけるわけだ。それだけの単純明快な作業だ。大きな敵は火災だ。タンクローリー車、チヌークヘリコプター、コンクリートポンプ車、放水車を徴用する。ところが、水もまた危険なのだ。放射能に汚染されているという

＊　アウゲイアス王の牛舎の掃除は、ギリシャ神話のなかで語られる英雄ヘラクレスの十二の功業のひとつ。王は三千頭もの牛を飼っていた広大な牛舎を三十年間掃除したことがなかったが、ヘラクレスはふたつの川から水を引いて掃除をおこなった。

＊＊　ギリシャ神話のダナオスの五十人の娘たちは、父親の策略に従って夫を殺害した罰として、冥界で、穴の開いた樽に永遠に水を汲むことを命じられた。

だけでなく、建屋内に水が蓄積して構造に重みがかかり、構造が脆弱化して崩壊する恐れが出てくるからだ。福島の作業員らの置かれた状況は、イギリスの作家、ジョゼフ・コンラッドの素晴らしい小説『青春』のなかに描かれた船員らの状況とまさに同じだ。極東へ向かう旅の途上、船員たちは、火になめ尽くされ、水が流れこむ船のなかに閉じこめられる。火と水の挟み撃ちに遭ったネズミのように。

「蒸気が立ちのぼり、煙と混じりあった。僕たちは、底のない樽のなかに水を注ぐように海水を注ぎ続けた。船を排水するために汲みあげ、そしてまた、船に注水するために汲みあげなければならないのだ。溺死を避けるために水が船内に入るのを防いだあと、今度は、焼死しないために狂ったようになって水を船内に注ぎこむのだ。」*

陸と空の闇のあいだで、福島の原子力発電所はコンラッドの船のようだ。きらめく不吉な水面の上で、激しく燃え盛る。コンラッドの船員たちの冒険は次のように終わった。「明け方、船はもはや、横腹に赤熱した石炭の塊を抱え、煙の雲の下でじっと漂っている黒焦げの船殻でしかなかった。」**

まもなく、原子力発電所の至るところから放射能が漏れはじめ、その場しのぎの応急処置が延えんと講じられていくことになる。原子力の怪物が凄まじい唸り声をあげ、地面の深みと地下水のほうへ向かってゆっくりと爬行を始めつつあるとき、人間は、喫緊事への対応策として珍妙極まりない方法を考えだす。

瓦解の瀬戸際にある以上、どんな可能性も検討に値する。一種の平底舟を徴用する案が出る。長さ百三十六メートルの鋼製の巨大な浮体式プラットホームを原発敷地の海岸沿いに配備し、汚染水を貯留する。一万トンの貯留が可能だが、それでは足りないだろう。

発電所をすっぽりと覆う特殊なカバーを作り、放射性物質の飛散を抑えるアイデアも出た。しかし、一方では、爆発を防ぐため、原子炉内を減圧するためのガス放出をおこなう。同じように、汚染された水を原子炉の冷却に再利用する。システムが循環する。大災害のリサイクルだ。

二

四月一日、世界最大級のコンクリートポンプ車が米国南カロライナ州から、世界最大級の航空機で

＊　Joseph Conrad, *Youth*（青春）, Blackwood's magazine, 1902.

＊＊　同上。

あるアントノフ225型輸送機で搬送されてきた。最上級の形容詞を多用し、輪郭を極端に誇張するのは、状況がおそらくそうした装備を必要としているからだが、同時にそれは、対策に使用する手段を途方もなく大きく演出するためでもある。これは人を安心させることが狙いだが、もちろん実際には、いっそうの不安を煽る結果となる。

原子炉を覆う樹脂製のカバーを設置する計画は、ほどなく断念された。吹き付けにはヘリコプターが三千回以上航行することが必要で、しかも、効果が確実でないためだ。最終的には、いちばん深刻な状態にある二号機の漏れを止めるために、損傷した格納容器とシステムの他の部分とをつなぐ管のなかに、おが屑《くず》、新聞紙、吸水性ポリマーを混ぜたものを注入することになった。しかし、これもうまくいかない。

翌日、今度は、容赦なく海中に流れこむ非常に高レベルの放射性排水の漏洩源を突き止めるため、白く着色した粉を使う。その場面は、黒沢明監督の映画「夢」の八つのエピソードのなかのひとつに似ている。優れた作品はつねにそうだが、この作品は不思議なほど予兆に満ちている。このエピソードでは、地震が原因で原子炉が六基爆発し、人びとが四方八方に逃げまどう。発電所の責任者である電力会社は、最初は嘘をつき、放射能漏れがあることを否定するが、あるエンジニアが最後に、放射能を追跡する方法を見つけたと説明する。放射能が目に見えるように着色するのだ。興行的には成功とはいえなかったが、「夢」が発表されたのは一九九〇年。二十年後に、黒沢の悪夢のような夢が現実になった。

二

福島の事故にさいしての原子力業界の対処法（事故にさいしての、といっても、非常に長く続くことになりそうだ）を観察したとき最も際立つのは、経験的に確認される現場での現実が、原子力推進側が公にしてきた主張とは極端なまでに対照的なものであるという事実だ。原子力産業は高い技術水準に支えられた先端産業であるとのイメージをつねに活用してきた。科学の進歩の花形、技術的成熟の精華であるというイメージだ。ところが現実はその正反対なのだ。老朽化したインフラ、時代遅れのメンタリティー。発電所がほころびる。人類の技術の頂点であったはずのものが、ありきたりの配管工事の問題になってしまった。事業者がちびりちびりと発表する写真を見ると、現場に見えるのは、ケーブル、継ぎ手、穴の開いた配管、マラブーにブー・ド・フィセルと、しまいにはしりとり遊びでもしたくなるほどだ。[*] あちこちに鉛板と鋼板を貼り付ける。なんという技術水準！　なんという技量！　放射能漏れの穴を塞ぐためには樹脂、おが屑、ちぎった新聞を使うしかない。ガレキを除去するには手押し車と熊手を使う。僕たちを救うには蓋、シート、テント以上のものはない。あるいは、

＊「マラブー、ブー・ド・フィセル」とは、フランスのしりとり遊び歌の一部。「マラブー」はイスラム教の導師、「ブー・ド・フィセル」は紐の切れ端の意。しりとり遊びであるため、全体としてはとくに意味はない。

チェルノブイリのように石棺か。すべてを覆い尽くし、それで話は終わり。立派な外観の下に、情けない安物が見えた。

そのうえ、失敗、また失敗の連続なのだ。悲劇の最中にしくじりばかりの連続ドラマをやっているようなものだ。つねに新しい放射能漏れが発生する。「たとえば破滅をまのあたりにした冒険のかずかず、海に陸に遭遇した身の毛もよだつ出来事」*とシェイクスピアのオセロも言ったではないか！ 朝のテレビニュースで、延えんと続く悲喜劇のまた新しいエピソードを見たジュンが、ボリス・ヴィアンの「原爆のジャヴァ」を口ずさむ。

やっぱりどこかが何かおかしい。
自分はいますぐ作業場へ戻る…**。

彼らは実際、作業場へ戻るのだ。福島の事故処理作業員たちは。まさに「必死に」作業をする。消防士、自衛隊員、制御室の技術者、作業員、人夫。そのほとんどは応急に雇われた下請けだ。チェルノブイリと同じように、真の英雄は彼らである。彼らの勇気、自己犠牲、聡明さを忘れてはならない。

今晩、僕は事故処理作業員の一人と会う予定になっている。名前も、どうやって会うことになったのかも言わない。K氏と呼ぶことにしよう。口ひげと薄いあごひげを蓄え、まだかなり若い。事故処理作業員はサムライ、カミカゼと呼ばれたりもするが、僕の目の前に座ったのは、どこにでもいるような、少しばかり髪がぼさぼさの男性だ。場所は上野公園裏にある下町の古びた喫茶店。青いデニム地のジャンパーに首を埋め、ビロード張りの椅子の白いレースカバーがかかった肘掛けに両手をぴったり置いている。テーブルの上には熱いカフェラテ。

二

K氏は、地震発生時に福島第一にいた。それから二週間、現場に残り、その後も定期的に発電所に戻った。事業者である東京電力に直接雇用されているのではなく、日本の原子力業界で働く大多数の人びとと同じく下請け業者に雇われている。一九七九年に堀江邦夫氏が発表したノンフィクションのタイトルである「ゲンパツ・ジプシー」(『原発ジプシー』)の一人だ。堀江氏は一九七八年九月から七九年四月まで、原子力発電所就労者の日常を描くためにいくつかの発電所で作業員として雇われて働き、その体験を、多くの資料で裏付けて本にまとめた。胸を突かれるような内容の本だが、奇妙なことにというべきなのか、これまで外国語に翻訳されたことはない。一九八四年に文庫本になって再版されたとき、本で名前の出た電力会社はこの本に登場した証言者の身元を突き止めようとした。僕

＊　シェイクスピア『オセロー』小田島雄志訳、岩波書店、一九八三。第一幕第三場より。

＊＊　「Le Java des Bombes Atomiques（原爆のジャヴァ）」はボリス・ヴィアンの一九五四年に発表した歌。ヴィアンは第二次大戦後に活躍したフランスの詩人、小説家、トランペット奏者。

が話を聞こうとする男性が匿名を希望しているのもそのためだ。恐れているわけではないが、慎重を期しているのだという。

マスクを付けたチェルノブイリの事故処理作業員は、顔に革の口輪を付けたイヌのようにも見えた。鉛を詰めたカーキ色の服、巨大な黒メガネ、分厚い手袋を身に着け、暗くて少し粗野な印象だった。チェルノブイリの作業員に比べると、青い線の入ったきれいな白い防護服を着た福島の事故処理作業員は、まるで北欧の妖精エルフのように見える。空色の手袋、透明なサンバイザー、鮮やかな黄色のヘルメットが加わって出来上がりだ。災禍の上を雪の粉が漂っているようだ。どんな悪天候にも耐えられる白いシルエット。

しかし、現実は、こうした映像を見て僕たちが信じてしまいそうなこととは大きく異なる。K氏によれば、そうしたイメージは演出であり、事故処理作業員は実際には重装備された家畜のようなものだという。屋外へ出るときは完全に被覆されて隙間を塞がれ、マスクをかぶる。活性炭フィルター付きの呼吸器具を付ける。防護服のなかは暑くてベトベトする。呼吸が苦しい。線量計の針をいつも追っていなければならない。革の長靴は一歩足を運ぶたびにキューキュー音を立てる。水溜りの近くを通るときは、靴をビニール袋で包んでガムテープで止める。ジャガイモを入れる袋かゴミ袋になったようだ。前へ滑る、横へ滑る。自分がジャガイモになったような気がする。ゴミになったような気がしないでもない。

とくに辛いのはマスクだ。酸素が不足し、頭が、頚の血管が締めつけられる。マスクを付けるとひどい頭痛と吐き気を催す。周縁部に視界が開けるように設計されているのだが、実際には、視線はいつもガイガーカウンターのほうへ動いてしまう。暑くなりすぎると、危険があるにもかかわらずマスクをはずしてしまう人が大勢いる。お互い話をするにもマスクがないほうが便利なのだ。防護服を着ているときは、水を飲むこともトイレへ行くこともできない。潜水夫並みの自由度しかなく、箱になってしまったような気がする。海岸まで下りることもある。海を見る。あたりには魚やサメがいるのだろうか。頭上では、白い鳥が同心円を描いて飛んでいる。

二

事故処理作業員の仕事は、冷却システム（自動車ほどの大きさのポンプ）を修理し、プールを安定化させることだ。電気を復旧させるためにケーブルを引き、敷地内を埋めるガレキを除去し、ホースで原子炉に放水し、修理し、穴を塞ぎ、取りかえ、維持する。協力者というよりは使用人であり、行けといわれた場所に行って、やれといわれたことをやる。後始末役をさせられるのだ。放射線の線量によって三十分から一時間で交替する。激しい余震が頻繁に続くなかで作業をおこなう。

デュポン・タイベックの防護服を着ている作業員がいる。タイベックの服は放射線防護服ではないが、一ミクロン未満の粒子を遮断して皮膚に接触しないようにする。スコット・エアパックスを着けている作業員もいる。エアパックスは人間工学的に設計され、キルティングされて綿が詰められている。腰のところにテープで貼り付け、パラシュートのように、腰のベルトを強化したケブラー繊維の背負い革が付いている。当然だ。作業員は、特殊装備なしでは生存できない環境のなかに、まさにパラシュート降下させられるのだから。

一日じゅう、放射線のシャワーを浴びているようなものだ。最悪なのは、放射能がピークに達している建屋内に入る作業員だ。みな、原子炉に近づくのは怖い。しかし、だれかが行かなければならない。K氏は、しばらく話をやめてタバコに火をつける。上野の古びた喫茶店の店内が薄暗くなりかけている。明かりといえば色褪せた天井灯がひとつ、黄色っぽい光を放つ壁灯がいくつかあるだけだ。K氏はもう一杯水を頼む。原子炉のことを話すとき、K氏の目は異様な光を帯びる。

原子炉は巨大だ。外側からは破損した構造部しか見えない。鋼《はがね》のはらわたが外に飛び出ている。しかし下のほうには、ケーブルが洞窟を作り、爆発で吹き飛ばされて炎でねじ曲がった配管が絡みあっているのが見える。屑《くず》鉄とガレキのジャングル。金属線とコードが際限なく詰まった坑道が延びる。すべてが、海水、塩と汗の匂い、そして恐怖のなかに沈んでいる。水が溜まった穴がいくつもある。足を置く位置に注意しなければならない。ケーブルが蔓植物のようにぶら下がっているため、しょっちゅう天井を見上げなければならないのだが、足下にも注意しなければならない。左右も警戒しなければならない。身体を自由に動かせない。視界がほとんどゼロのときもある。ときどき、マスクが滑って落ちることがあるが、もうどうしようもない。マスクを付け直し、作業を続ける。至るところに放射性ガレキがある。水が溜っている。たいていの場合、照明はない。黄昏のような黄色っぽい光線があるだけだ。窒息しそうだ。ランプが目に、計器が耳になる。呼吸の音がマスクにより増幅され、自分の心臓の音がはっきりと聞こえる。

K氏はしばらく言葉を切り、息をついて、コップの水を飲む。僕はK氏に、そういた環境で働くことに恐怖を感じないかと尋ねた。K氏は返事に迷う。よくわからないのだ。「危ないって言うけどね、行くのを断ったら仕事がなくなっちゃうからね。大事なのは、明日、そして一週間後に食べられるかどうかっていうことだからね。」状況は明快だ。K氏は続ける。

二

詰め物をした防護服を着て、一人ひとりがダイバーのように一本ずつ、三十分、四十五分、あるいは六十分もつ円筒形の酸素ボンベを背負い、暗く、粘り着くような、息が詰まるような場所に入る。何キロもの重さがある装備を身に着けた状態で、ケーブルを引き、壁を押す。バルブを開くため、水位を確認するため、放射能漏れを視認するため、人間が二分か三分しかいられないような場所に入る作業員もいる。十五分間でとんでもない量の放射線——普通、原発作業員の五年間の被曝上限として認められている量を浴びる作業員もいる。

K氏は話をやめる。これ以上は無理だ。K氏は最後に、労働条件は混沌としていると結んだ。作業員は絶えず危険に曝され、極度の集中力が必要だ。肉体的に消耗し、精神的な緊張を強いられているのが一目でわかる。吐く者がいる、病院に担ぎこまれる者がいる。K氏は帰るという。話をするのはもう十分だ。話をしたことで疲れきったのだが、話すことが必要だったのであり、K氏はそれをした。K氏は僕に礼をいう。

別れる前にK氏はこう言った。「みんなに忘れずに言ってください。泣いてもなんの役にも立たない。いま、地獄にいるんだったら、できることは、地面の上まで手探りで這いあがることしかないんだと。」

手探りで上まで這いあがること。それこそまさに、みながそれぞれやっていること、やろうとしていることだ。各人が、それなりの方法で、自分のやり方で。勤勉なタイプ、心配性、体系的に物事を進める人、辛抱強い人、支離滅裂な人。運命論者、無気力な人、虚脱状態にある人、示威行動をする人、憤慨する人、諦観している人。とくに多いのは、無知な人、無関心な人。みなが、新しい状況になんとか対応していかなければならない。

三

第一に食べ物。至るところで異常に高濃度の放射能が検出されはじめている。発電所から非常に離れた場所で検出される場合もある。お茶、牧草、牛乳、アンズ、タケノコ…。影響がきわめて大きい食べ物もある。キノコ類がそうだ。毛髪より細い繊維で地中の栄養素を吸いあげるキノコ類は、大きな抽出・蓄積力を持ち、驚くべき放射能集積機能を発揮する。葉野菜にも用心する必要がある。葉が大きければ大きいほど、風雨に運ばれてくる放射性核種の理想的な受け皿になる。あっという間にレタス、ブロッコリー、キャベツ、ネギ、ホウレンソウに汚染が広がる。とくにホウレンソウの放射能濃度はとてつもない水準に達し、ポパイの食べるホウレンソウよりビタミンが豊富になってしまった。

海産物も放射能汚染水の海洋放出により影響を受けている。イカナゴ、カニ、エビ、マス、海藻、イカ、タコ…。世界でもっとも海産物を多く食べるこの国民にとっては悲劇だ。相撲取りが連帯を表明するため、福島産の具材を使った伝統料理の「ちゃんこ鍋」（ネギ、シイタケ、白菜などの野菜がたっぷり入った汁のなかに肉を加えて食べる大鍋料理）を作って披露しても、まったく効果がない。だれもが放射能を恐れている。日本が輸出する海産物の七〇％を輸入している中国、韓国、台湾、香港が、日本で水揚げされた魚の輸入を禁止した。三月二五日には米国も輸入を規制、シンガポール、カナダ、オーストラリア、欧州連合もこれに続いた。一部の国（とくにフランス）からは、まったくもって不可解な、完全に精神分裂病的なコメントが聞こえてくる。原子力は決して問題がないといいながら、放射能汚染がはっきりした地域の産品には輸入規制を課すという。

しばらくのあいだ、東京では水道水が使用禁止になった。大人については一リットル当たり二百ベクレル、子どもについては百ベクレルという許容上限を超す放射能が検出されたためだ。この禁止措置はだいぶ前に解除されたが、現在でも、子どもの粉ミルクを用意するのに水道水は使わないという親が多い。水だけならまだしも、酒、酒にまで、汚染が広がっている！　なんという悲惨。山形、千葉、埼玉などの小規模な醸造元にとっては酒の生産が危うくなる。醸造元の多くは専用の水田を持ち、宝物を作るように丹誠こめて特別なコメを栽培している。山形をはじめとするこれらの地域は、雪の多い寒冷地の山岳地帯を控えて極めて上質の湧き水に恵まれ、名酒の産地として定評がある。雪小町、米鶴、くどき上手、神亀*…。こうした美酒を諦めなければならないのだろうか?

三

僕はすぐに、むかしからの友人であるスズキ・コウイチに電話をした。様子を尋ねるためだ。彼は、福島県の南に位置する茨城県内の小さな蔵元だ。茨城県はメロンや木イチゴ、サツマイモの産地でもある。彼はちょうど、外国での販売戦略を立てつつあったところで、意気消沈している。「放射能汚染と円高。もう終わりだよ。お宅の酒は飲めるのか、放射能に汚染されてないのか、って電話がかかってくる。」輸送が遅れ、商品の検査に時間がかかり、生産コストが膨らむ。醸造した酒の放射能を検査するため、茨城大学に支援を頼むつもりだという。ついに、大学の学問が貴い正義のために役立つのだ!「最悪なのは、みなが心配するのは当然だってことなんだ。妙な話だけど、今年は心配ない。今年できた酒はもう瓶詰めされてるからね。問題は来年だ。水源が汚染されて、コメもどうなるか。うまい酒の決め手になるものが全部あぶない。水田を水浸しにして、排水溝を増やして、水田の放射能濃度を下げる努力はしてみる。しかし、どうなることやら…。ボルドー・ワインの産地の真んなか

---

* 「雪小町」「米鶴」「くどき上手」「神亀」はそれぞれ、福島県郡山市、山形県高畑町、山形県鶴岡市、埼玉県蓮田市の地酒。

で原発の爆発があったらどうなるか、想像してみてよ！」

異常に高レベルの放射能が、家畜用の飼料、アルファルファやクローバーの畑、干し草、稲ワラ、堆肥からも検出され、そこから肉に蓄積する。牛肉、イノシシの肉、豚肉…。海ではセシウムを大量に蓄積したクジラが見つかった。動物がみなバタバタ倒れるわけではないが、どの動物も放射能に汚染されている。イソップやラ・フォンテーヌの寓話より、もっと味気なく、もっと激烈な新しい寓話が創作されつつある。透明で、目に見えない、黒死病。ほとんど知覚できないほどに微かな金属の味がする。宇宙が原子力発電所に変貌する。すべてのもの、あたりを取り巻く正体のはっきりしない危険から、身を守らなければならない。放射性物質から僕たちを隔てるはずの建屋はいまや、僕たちを取り巻くように存在し、僕たちはその内側にいる。

次は、生活。ゴミの管理である。放射能に汚染された土壌、泥、木の葉をどうするのか？

ゴミは、なんとか燃やす、とりあえず地中に埋める。ゴミを燃やすと焼却炉から放射性の塵埃が大気中に放出され、少し離れた場所に必ず降下する。ひとつの場所の汚染を除去すると、また別の場所が汚染される。悪循環だ。素手で、あるいは手袋とマスクを付けて、人目は引くが、その実、不合理極まりない市民参加の大掛かりな除染をおこなう。除染作業とは、原子力発電の基本原則のひとつを適用する作業にすぎない。つまり、廃棄物の問題を決して解決せず、際限なくこれを棚上げにするのである。

全面除染措置を最初に発表した自治体は伊達市、二番目は福島市だ（原発から五十キロ地点）。超高圧の水を吹き付け、土壌の表層を除去する。市当局によれば、除染の優先対象は公共施設、農地、河川、山林など。つまりは、全部を除染しろと言っているようなものだ。何立方キロメートルもの土壌を次つぎと除染していかなければならない。なるほど、実施には二十年をかける計画だ。

民家は住民自身が除染をおこなう。除染の手引書が配布され、あとは住民がなんとかする。「市民は自分たちの放射能防護に積極的に取り組まなければならない」というタイプの市民倫理を、いつもどおり隠れ蓑にしているわけだ。言いかえれば、自分らで勝手にしろ、ということだ！

最初に除染作業をおこなった人たちはすでに、除染が実際にどのようになされるのかを理解した。福島では、住民たちが自宅の庭の地表の土を除去し、公園に、近くの森林に、河岸に捨てている。洗剤で自宅の屋根を擦《こす》り、子どもたちには外に遊びに出ることを禁じる。

こうした状況の最後を飾るのが、避難指示区域内に残った地震の犠牲者数千人の遺体を収容しに行く人がだれもいないという警察の発表だ。この地区にある遺体は恐ろしいほど高水準の放射能に汚染されているのだ。

一七五五年のリスボンの大地震にさいしては、時の宰相、ポンバル侯爵セバスティアン・ジョゼ・デ・カルヴァーリョ・イ・メロが生き残り、国王一家がリスボンから逃げだしたあと、直ちに陣頭指揮を執って市街地の再建に乗りだした。啓蒙主義の原則を適用したこの市街地はいまもまだ当時の姿を残している。宰相はきわめて頭脳明晰で組織立った人物であり、歯に衣着せぬことでも知られた。評伝によると、地震の直後、何をしたらよいのかと尋ねる人びとに対して、「いま何をすべきか？死者を埋葬し、生き残った人間に食べ物を与えよ」と答えたと伝えられている。*

しかし福島では、宰相カルヴァーリョの健全な戦略を適用できない。葬儀は禁じられた。福島の死者は死者でなく、放射性廃棄物となる。これこそが、まさに最悪の事態と呼ぶべき状況ではないのか。死者は朽ちていく。しかし死ぬのではない。福島の死者は、みなと同じように死ぬ権利をもはや持たない。死者を汚物とせざるをえない政治と経済、汚辱と紙一重の…。

三

放射能には匂いがない、色がない、知覚することができない。裸眼では視認できず、触覚では検知できず、味覚でも判別できない。ただ、チェルノブイリの生存者によると、極限状況下では舌にわずかな金属の味が残ることがある。放射能と分かちがたく結びついた金《かね》に匂いがないのと同じように、放射能には匂いがない。** 放射能が近づいてくる。しかし、姿は見えない、到着した物音もしない。人間の五感はまったく無用の長物となり、僕たちの身体は少しずつ、それと気づかぬうちに変貌していく。放射能は啓蒙を拒否する蒙昧主義者であり、僕たちは感覚も判断力も行使できない。ところが、そうしているあいだにすべてが、取り立てて何の影響も及ぼさないように見える、この恐るべき神の歩みに合わせて進行するのだ。

何も変化したものがないように思えるとき、いったい何が変わるのか？　何か感じとれないもの、

＊　カルヴァーリョは、教会の反対を押しきって遺体を水葬することを決め、これによって疫病の発生を防いだ。再建にさいしては、街路を拡張し、衛生上の観点から排水溝を設置するなど、従来の中世都市とは一線を画する都市計画を適用した。

＊＊　「金《かね》には匂いがない」は古代ローマ起源の諺。

時間の流れのなかに生じた省略、平らな面に映った円盤の影のようなもの、平穏でない気持ち。芥川龍之介が自殺する前に残した最後の言葉を借りれば、「ぼんやりした不安」。心のなかに、崩れ落ちそうな何かが存在する。近い将来に、はっきりしない何かが起こるのだという予感がいつまでも続く。

表面的には普通の生活が続いている。しかし、日常生活の目安をなしていたものの多くがすでに変化し、これからも少しずつ変わろうとしている。当局（政府、外国大使館、原子力安全諸機関）は、放射性ヨウ素が大量放出された場合に備え、安定ヨウ素剤を配布した。甲状腺を安定ヨウ素で満たしておくことで、放射性ヨウ素の蓄積によるガンのリスクを予防する。簡単極まりないアイデア！　当局はさらに、屋内を放射性分子で汚染しないよう、雨天時には靴と屋外で身に着けた衣服を外に出したままにするよう勧告している。雨がいちばんの敵だ。核種を運んで地面に降下させるからだ。的確なアドバイスであるかもしれないが、この雨の季節に、自宅の前の道で毎日、服を脱ぐ気にはなれない。隣に引っ越してきたばかりのチャーミングな女性を喜ばせるために、といわれてもだ。

ＩＲＳＮ（フランス放射線防護・原子力安全研究所）は、屋内に放射能汚染が広がらないようにするための、いくつかの衛生上の心得を推奨している。

――濡れた布で床を頻繁に拭く。

三

――換気口と換気システムを掃除する。

――家具、絨毯、カーペットに頻繁に掃除機をかける（掃除機の袋を頻繁に取りかえる）。

――家庭菜園や家庭飼育で採れる食料の消費をできる限り控える。

――果物・野菜をていねいに洗う。

――乳幼児の食べ物はボトル入りのミネラルウォーターを使って用意する。


さらに、手と口の接触による不用意な汚染を避けるため、ソープディスペンサーの石けんを使って手を頻繁に洗うことが推奨されている。謎めいた、深遠な闘いがはじまる。すべてが静かで、明瞭である。すべてが脅威となる。

状況は、当局の言によれば「almost normal」、つまり「ほぼ正常」である。当局には当局のネットワークがあり、ありとあらゆる言語で「ほぼ正常」をぶち上げる。しかし、とんでもない。この状況を「正常」あるいは「ほぼ正常」であるとはいえない。状況に慣れるからといって、その状況が正常であるという訳ではない。ポケットに安定ヨウ素剤を入れて散歩するのは正常ではない。緑黄色野菜を食べるときにリスクがあるのではないかと考えるのは正常ではない。雨が突然、敵になってしまうのは正常ではない。ところが、彼らはまさに、座薬のように生温く体内に浸透する論拠を使って、この状況が正常であると信じこませようとしている。

家に帰ったら、服をすぐに着替えてシャワーを浴び、濡れた雑巾で靴とカバンを拭く。それから、冷蔵庫からビールを出し、テレビの前に座って放射線の天気予報を見る。これが、彼らが僕らに提案している生活なのだ。

もう少し北の地方では、完全に異常な水準の放射線中で暮らすことになる。原発に近づけば近づくほど、厳格で、制約の多い、長期間にわたる衛生上のルールを適用しなければならない。防塵マスクを付け、できる限り頻繁にシャワーを浴び、外出を避け、旅行を控える。学校の校庭やグランドは立ち入り禁止、自動車を洗浄し、ひっきりなしに手を洗う。これが僕たちを待ち受けている生活であり、もはやＳＦ映画のシナリオではなくなった、現実のありさまなのだ。

ときどき、僕は発電所敷地内に設置された監視カメラの映像を見る。レンズの前を、アナグマが一匹、カラスが数羽通りすぎる。

しばらく前から発電所の周囲でヒマワリの花が咲きはじめた。災禍から一カ月あまり経った四月、農林水産副大臣がウクライナのチェルノブイリ付近を視察に訪れた。ちょっとした外遊なのだろうが、

三

副大臣はここで、ヒマワリがとくにセシウム除去に有効であるという情報を得た。ナタネ、淡水性の緑藻（ストロンチウム、カルシウム、バリウムを取りこむ）など、放射能を吸収すると考えられる植物についての実験が進行中だ。すべて、何であろうと試してみる。セシウムを摂取するという屈光性の細菌まである。次は大麻か？　チェルノブイリの事故後におこなわれた実験によると、大麻は、放射能汚染地域において八〇％の汚染除去効果があるという。なんという朗報。ハシッシュの栽培を普及させる時がやって来たのだ！

しかし、とりあえずは、鉄とコンクリートの棺《ひつぎ》、青いテント地のカバー、あるいは原発の地下から滲出し続ける放射能汚染水の漏洩対策として深さ三十メートルの地下ダムの設置を検討する。そして、ほぼ永久的に監視を続ける。

日本ではむかしから、谷間を吹き抜ける北風や南風が、身体によい環境を作るといわれてきた。ところが、その風がいまや不安と死と病をもたらす。雨も苦悩をもたらす。

雨の日には道路が滑る。雨に濡れぬようコートを着て、傘をさし、マフラーをする。ところが、これからは、雨の日にはもうひとつの脅威にも気を配らなければならない。突然、筆で描いたように、シミを落としたように、地面の上に投げだされる放射能の脅威。井伏鱒二の小説『黒い雨』を脚色した今村昌平監督の映画を思いだす。にわか雨が怖い。雨水《あまみず》の流れはもう甘い歌を歌わない。愉しげで、新鮮で、みずみずしい水の音が、微かな不安を分泌する。歩道がべたべたする。住む人の心のなかまでじっとりと湿りを帯び、胸を締めつけるような不安がしたたり落ちる。

激しく不安におののく人がいる。静かに怯える人がいる。

ある学生が洗濯をする。洗濯物がほとんど乾いたころに雨が降りだした。雨粒が数滴。学生は直ちに、洗濯物を全部もう一度洗濯機に入れる。「万が一ってこともあるからな」という論理。もちろん、そのとおり。万が一ということもある。

ある若い女性の鼻の頭に雨粒が一滴落ちた。女性はとたんに、呼吸器系の病気になるのではないかと不安になる。鏡を見る。鼻の内壁が変形している。我慢できないほどのかゆみを感じる。顔が腫れて三分の一ほど大きくなったような気がする。顔にもう穴が開いてしまったのではないか？

東京に住むあるフランス人男性は、十日前から身体を洗わない。高レベルのセシウム値が検出され

三

たとの当局の発表があって以来、水道水はいっさい使わない。哺乳瓶を使わなくなってからもう何十年も経っているわけだが、彼は乳幼児用に大使館が出した指示をそのとおり実践している。朝起きるとボルビック水で身体を拭き、エビアン水で歯を磨く。

ある若い母親は、もっと科学的だ。ジルコニウム95については何でも知っている。慢性的にこれを吸引すると肺繊維症を発症し、肺気腫を併発する場合もある。胎盤をとおして母乳に入る。セシウムも同じ。胎盤に蓄積され、腎臓と眼筋中に蓄積し、幼児期から重大な障害を引き起こす。心臓病、白内障、免疫力低下など。彼女は決断した。次の仕事が入るまでのあいだ、夏になったらすぐに、夫と子どもと一緒に日本を離れてローマへ向かう。

ヒゲを剃るのをやめた男性もいる。「傷口から体内に入る」という話を聞いたからだ。顔に傷をつけるのが心配なのだ。街じゅうに、山羊ヒゲ、頬ヒゲ、美酒の香り漂うバッカスの口ヒゲ、ごわごわした顎ヒゲ、逆立った口ヒゲ、韃靼《だったん》ヒゲ、カイゼルヒゲ、チョビヒゲが出現する。滑稽極まりない体毛に街が覆われる。鳥の羽毛、アザラシの毛、サルの尻尾、ネコの毛皮。

この奇妙な生活の背後ではすでに、ビジネスとニッチ市場が生まれつつある。ヴォルテールはダランベール*宛の書簡でこう書いていた。「いつの時代も、あらゆる種類のペテン師がインチキ商品を売ることだろう。惑わされることのない賢人は少数である。巧妙なイカサマ師が金を儲けるのである。**」

人の不安はつねに利益を生みだす。今朝の新聞に概ねこんな内容の記事が出ていた。「福島から二百キロ離れた柏市で、ある日本の放射能検査会社（ベクレルセンター）が食品中の放射能を測定するためのレンタルスペース（セルフ式放射能検査スペース）、ベクミル（「ベクレルを見る」の意）を開設した。開設当初から放射能測定に訪れる人が絶えない。」

日本のあちこちに検査センターが開設され、食品などの汚染を確認する最新のサービスを提供する。食品、土壌、植物のサンプルを検査し、セシウム１３４、セシウム１３７、ヨウ素１３１などの濃度を分析する。究極の新サービスはこれ、ガンマ線を検知するための分光分析サービスだ。化学製品や医薬品のメーカである帝人は、放射能が当たると青く発光する新しいプラスチック素材を開発した。

三

すでに米国のインターネット販売サイトが、検査済み食品のパック、放射能汚染除去のさまざまなプロトコル、体内の有機物質を探知・固着して水溶性の錯化合物を作り、腎臓から体外に排泄するキレーション療法と呼ばれるものの販売を始めた。キレーションを少しいかがですか？　というわけだ。サプリメントもある。たとえばα－リポ酸。ガンマ線から赤血球を守る効果があるという。それから、普通は絵を描くのに使うプルシアンブルーという青い色素もセシウム除去に有効らしい。

この陳腐化した地獄から出現する新しい奇跡的物質を使って、産業界、自然療法家、宇宙的意識を奉ずる指圧師らがどういう商品を送りこんでくるのか、想像にかたくない。作家セリーヌはこういう人びとを指して、「人びとの恐怖心を利用して手堅い商売をする金持ち」***という、とてもうまい表現を使った。ヨウ素131からお肌を守る昼用クリーム、塩化マグネシウム入りの歯磨き粉とシャワージェル、鉛粉添加の天然ゴム製ペンキまたはタピストリー、セシウム固着防止合金製アクセサリー、ウールに鉛ビーズを編みこんだセーター用の超音波洗剤、股間に鉛ガラス製ののぞき窓を付けた遮蔽パ

---

* ダランベールは十八世紀啓蒙時代のフランスの数学者、物理学者、哲学者。

** 一七七七年九月二二日付のヴォルテールからダランベールへの書簡。Voltaire, *Oeuvres complètes de Voltaire:correspondance avec d'Alembert, Volume 69*, Imprimerie de la société littéraire typographique, 1784.

*** 「人びとの恐怖心を利用して手堅い商売をする金持ち」は作家セリーヌが書簡中で使った表現。Louis-Ferdinand Céline, *Lettres*（書簡集）, Gallimard (Bibliothèque de la Pléiade), 2009.

ンツ（将来の父親の生殖能力を守らなければならない）。中国では妊婦向けに、超活性炭入りの銀メッキの産着が販売されはじめたという。小さな子どもの親にとっては素晴らしいプレゼントだ。好きな物を選んで、結婚祝いのウィッシュリストに載せるのを忘れないようにしないといけない。

つまり人びとは不安なのだ。当惑し、動揺する。あちらを眺めこちらを眺め、慌て、情報を探し、警戒し、調査する。

しかし、危険のあるところ、救いもまた育つ。* 昨晩、友人のテツオから電話がかかってきた。ヒロシと同じく、テツオも僕のむかしの教え子だ。僕の情報ネットワーク、日本の状態を示す完璧な指標、真のバロメーターだ。大学卒業後、テツオは東京のバーでしばらくアルバイトをしていたが、その後、郷里のある東北地方に戻り、宮城県の県庁所在地、仙台で、ラブホテルの経営を始めた。日本の大学は、卒業さえしてしまえば、あとは何でもできる。宮城県は、震災でもっとも大きな被害を受けた県のひとつだ。

テツオは「仕事で」東京に出張してきたということで、新宿のバーで待ち合わせた。震災後の様子

三

をどうしても話したいという。ひどく興奮している。ジントニックとカシューナッツを注文し、一気に喋りだした。「三月一一日の晩、つまり地震のすぐあと、仙台のラブホテルはどこも満室だったよ！」と、テツオは勝ち誇った声で叫んだ。決して捕まえることのできない背徳の海神プローテウス**が勝ち誇るがごとく、満室だったのは自分の功績であり、自分が街じゅうのラブホテルを予約したと言わんばかりの勢いだ。「どこにも空室がない。余震のせいで、みな一人でいたくないんだよ。だからバーの女の子を誘ってラブホテルに連れこむわけ。夏や冬のボーナスが出たときと同じだよ！ 奥さんに対しても口実がつけやすいからね。地下鉄が止まったとか、帰りが遅くなるとか、なんかそんな理由だ。ちょっとでも余震があると、みんな淫売宿に逃げこむというわけだ！」

テツオは、なみなみと注がれたジントニックをぐいっと飲んで、続ける。「もちろん、客は神経質になってるよ。何かあったらすぐに避難できるよう、二階か、せいぜい三階までの部屋にしてくれと言うんだ。だから四階から上の部屋はがら空きだ。」テツオはふっと、もの悲しげな、なんとも言いがたい目をしたが、すぐにまた話を続ける。「だからさ、僕は上の階にはネオンを点けて、高いところでお楽しみに来る客向けに割引してるんだ。『高い階での情熱』とでも呼ぶかな！ これがなかな

---

* 十九世紀前半のドイツの詩人、哲学者ヘルダーリンの格言。
** ギリシャ神話の海神の一人。変身する能力があるため容易に捕まえられない。

かうまく行ってる。客には二種類あるね。もう地面すれすれのところでしかやらないっていう客と、リスクを冒して高いところでやるのが好きな客と。高い階を選ぶ客は少数派だ。当然だけど、少数派の客には十分間タダのおまけを付ける。バイブレータも割引するよ。『東北地方復興支援』！　見てよ、書いてあるだろ。」

テツオはリュックサックのなかからバイブレータを取りだす。ほんとうに日本語と英語で「東北地方復興支援」と書いてある。「これがすごく効率のいいスポンサリングなんだよ。受けるんだ。これで集まった金でもう避難所二カ所分の資金が捻出できた。怪傑ゾロみたいだろ！　バイブの切っ先で、ってわけだ！」テツオは笑って、両腕で、宙を舞う投げ縄の風切り音を真似る。新種のフェンシング選手。卑猥だが、なにがしかのエレガンスがある。テツオはいつも、ビジネスと一緒に人助けもするアイデアを山ほど持っている。一九九五年の阪神淡路大震災のときにも、自分のホテルの浴槽を被災者に寄付した。

突然、テツオの表情が曇った。「困ってるのはさ、放射能の問題が始まってから状況がすっかり変わっちまったんだ。客の数は普段の半分。立地がすごくいいとこでも三分の二だ。客室利用時間も短くなった！　地震はさ、すごく強いこともあるけど、長くは続かない。揺れが来れば、刺激がひとつ増すってこともあるからね。三時間もいる客がいるよ。刺激を与えてくれる次の余震を待ってるってわけだ。反対に、放射能に神経質になっている客は、一時間で片付けて終わり。急いでうちへ帰って、放射能情報を見ることしか考えてない。長い馬乗りのお楽しみはもう無し。ちょっとひと回りしてバイバイだ。こういうちょっとしたことでさ、ほんとうにまずい事態になっているのがわかるよ。」テツオは、悟ったような様子で付け加えた。

三

カシューナッツをもうひとつかみ口に入れると、テツオはジンをもう一杯注文する。「この騒ぎで中国人や韓国人、フィリピン人の女性従業員はあっという間に逃げだして、みな、国へ帰っちまった。僕が自分で掃除をしなきゃならない有様だ！　まあ、なんにしても、こんなにお得な料金をだれも利用しないで、みんな家にこもってそれぞれ孤独に愉しんでるってわけだけどさ。それにさ、原発が三基、爆発するかもしれないのに、そこから数キロしか離れてないところでやるってのも、実際あんまりそそられないよな。」ここまで話したあと、テツオらしい卑猥な結論を出した。「地震が来れば女のパンティのなかに津波が起こり、男のパンツのなかには地震が起こる！　ところがだ、放射能が来れば、みんなうちに隠れて閉じこもるってことだ。」

すごい奴だ。独創的な分析アプローチだが、状況をよく把握していると思う。ともかく、テツオは、意気消沈、無気力、苦痛には無縁だ。テツオは道楽者で賢人でもある。客の男女に歓びを与えることだけが関心事であり、ついでにいくらかの儲けを出せればそれで幸せなのだ。

テツオは明日、隅田川の桜橋の近くで、募金を集める芸者たちの手伝いをするという。

ただ、残念なことに、テツオはイランの日刊紙アフタブ・エ・ヤズドの最新号を読んでいないのだ。アフタブ・エ・ヤズド紙は、違法な性的関係の増加が地震の増加の原因であるという説を伝えている。テヘランの金曜礼拝を司る導師、カゼム・セディギ氏の論だ。

高位の聖職者であり、閑暇の折には地震学者にもなるセディギ氏によると、「自然災害はわれわれの行ないの結果であり」「淫らな身なりをした多くの女性が若者を退廃させ、違法な性的関係の増加が地震の発生を増加させる」ことになる。そして、もちろん最後は、社会の問題を解決するためには「集団的な努力が必要である」と集団への呼びかけで締めくくる。ラグビーと同じことだ！

イランの女性たちは、どうも情熱家らしい。僕はすぐに、この学識に満ちた分析をジュンに伝え、明るい陽が射す午後の間じゅう、キッスの雨を降らせながら、集団的努力に二人で参加しようと努めた。

四

水、風、木の葉
草、キノコ、漿果
草の上で転がること
明け方、東京の街角で、顔にかかる雨を感じること——ワインと海藻の匂い

これらは、毎日少しずつ僕たちに禁じられつつあることのサンプルだ。雨が降る。しかし、それはもはや雨ではない。風が吹く。しかし、それはもはや風ではない。風が運んでくるのはセシウムであって、花粉ではない。毒素であって、香りではない。海は、吠え続けているのだが、恐怖で声を失い、そして、致死性の残滓を自らのうちで力の続く限り希釈し続ける。逃げられない。日中はすでに棲むことができない。夜の帳が落ちる。しかし、忘却をもたらすことはない。昨晩よりさらに暗く、さらに澱んだ臭いのする新しい夢を見ることへの恐れがあるだけだ。恐怖が大気になる。散らばった粒子、粉っぽい雲、怪しげな放射線。僕たちは、人間の歴史の気象学的段階に到達した、いや、気象学的段

階に戻ったのだ。僕たちは運命を、風に、波に委ねる。

三月一一日以降、いつのまにか広まった言葉がある。「半減期（ハーフライフ）」。半減期が僕たちをすっかり取り巻いている。話題になるのはそればかり。原子炉が、羽飾りを広げるように、花束を投げるように――花束は、密だったり疎《まば》らだったり、濃密だったり希薄だったりするが――、煙を吹きあげるように放出する放射性物質の半減期。

ハーフライフは、人生《ライフ》の半分《ハーフ》ではない。技術的用語としては、放射性物質の崩壊サイクルをいう。原子力産業の廃棄物や生成物は崩壊するまでに一定の時間を要し、そのあいだは有毒性が消えない。半減期とは、放射性物質がその効力、つまり危険の半分を失う期間である。半減期は日数単位で測定できる場合もあれば、年単位、あるいは百年、千年の単位で測ることが必要な場合もある。

たとえば、セシウム１３５の半減期は二百三十万年（質量が二百三十万年間で半減する）。原子炉内で生成されるプルトニウムの半減期は二万四千年超。二万四千年経って放射能がやっと半分だけ減少する。八十キロのプルトニウムがあるとすると（フランス企業アレバが二〇一〇年に福島の発電所に納入したＭＯＸ燃料に含まれていたプルトニウムの量）、二万四千年後にはまだ四十キロのプルトニウムがあり、その二万四千年後に二十キロ、そのまた二万四千年後に十キロと、二万四千年ごとの

四

減衰カーブを描いて減少する。ちなみに、プルトニウムの致死量は数マイクログラム。

無差別級チャンピオンは果たしてジルコニウム93でしょうか！　堂どうの記録ですが、しかし、半減期は百五十三万年と出ました。あ、お待ちください。ジルコニウム96が93を破ったというニュースが入りました。これはすごい、ものすごい記録です！——という具合だ。したがって、原子力発電所には前途洋々たる未来がある。うまくいけば、三十年後（セシウム137の半減期）ないし千五百七十万年後（ヨウ素129の半減期）のあいだに、ほぼ正常に戻る。ちょっと先か、ちょっと後か、というだけの話…。

僕の同業者のミズバヤシ・アキラは、「終わりが見えない緊急事態」という非常に的確な表現でこの状況をいい表した。緩慢な、希釈されたカタストロフィー、継続するカタストロフィー。

ハーフライフという言葉は、厳密に科学的な意味とは別に、その暗喩的な意味においてとりわけ模範的な言葉であるように僕には思われる。というのは、ただひとつの表現のうちに、驚くほど簡潔かつ暗示的に、僕たちがこれから生きることになる人生、彼らが僕たちに送らせようとしている人生を要約しているからだ。

放射能に汚染された地域でも、ちゃんと生活することができる。原子力支持者らはそう請けあう。たしかに、以前とまったく同じではないかもしれないが、それでも生活はできる。ハーフライフ、半減した人生だ。エリート指導層の一部が、人びとの暗黙の了解あるいは無関心を支えに、人類の出現以来ごく稀にしか見られなかったであろうと思われる規模の、大掛かりな馴致の企てを進めつつある。それがあまりにも明白であるため、人びとは目くらましを食らったように、何も気づかないのだ。

完全に異常である状況を、正常であると言う。普通でない事象に少しずつ慣れる。生命が危険に曝される状態を合法化し、正常化する。許容しがたいことと折りあいを付ける。原子力発電所の社員、とりわけ下請けの社員はひと言も声を上げずに被曝し、周辺住民は沈黙と諦めに追いこまれる。慢性的で間断ない排出が容認され、認可さえ降りる。処理が不可能な廃棄物が、恥知らずにも、将来の世代へ継承される。この猛威が、このうえない平静のうちに拡散していく。最高度に有害で、広範で、長期にわたる放射能汚染が、大気中に拡散し、地中深く沈み、海洋中に限りなく希釈され、いわば平穏のうちに、習俗、慣習、そして判例のなかにまで溶けこんでいく。

これを僕は「ハーフライフ（半減の生）」と呼ぶ。切断された生活に慣れる（心配なしにレタスを食べる喜び、にっこり笑って雨のなかに立っていられる喜び、こういったもっともシンプルな喜びを切断され、完全でなくなった生活）。脆《もろ》く、バラバラに砕け、そして遮蔽された時間のなかで生きることに慣れる。そうすれば、影響がはっきりして科学的に異議が唱えられたとしても数年後——針にかかった魚をそのまま泳がせて疲れさせるように、相手を待ちくたびれさせるのに必要な時間——であるという口実のもとに、原子力の装置は何事もなかったかのように作動を継続できる。そうすれば、状況はどこから見ても「正常」に見える。半減の生は、日々のささやかな生活が続くなかで、捕らえることも知覚することもできぬうちに、漠とした状態のまま否定しがたい現実となり、秘密裡に進行しているにもかかわらず明々白々たる事実となって、経済と生活様式の唯一のモデルとして強制される。

疑問を呈すれば、嘲弄を浴びる。反対すればたちまち非現実的だとレッテルを貼られる。良くて夢想家、ひどい場合には空想家の扱いだ。全世界に麻酔がかけられている。だれ一人気づかぬうちに、そして、すべての人の暗黙の了解のもとに。自発的な隷従——鋭敏でみずみずしい精神を持ったある青年の言葉だ。この青年は、一五四九年においてすでに残酷な問題を提起していた。「本来は誠実に生きるべく生まれた人間をそれほどまでに変質させ、人間にその最初のあり方の記憶とそれを取り戻したいという欲求を失わせたものは、どのような不幸であったのか？」（ラ・ボエシー「自発的隷従論」）。*（二八一頁）

数世紀後、その問いかけに、辛辣で粗野な文章がこう答えた。「何があっても奴らはそこから抜け出せないさ！　爆弾でも落ちれば別だが！　それも、ど真んなかに落ちなきゃだめだ！〔中略〕奴らは隠れ家に潜んで、窒息しそうになってる。だけど、いま知ってる以上のことを知るよりは、そのほうがいいんだ。自分自身に対して吝嗇なんだ、彼らは…知ってることがあるっていうだけで十分なのさ…」（セリーヌ「またの日の夢物語*」）。

放射能下での半減の生、なしくずしの死**。長い夢遊病者の生活、天国でも地獄でもない辺獄***のなかでの一生。もはや現世ではないのだが、まだ来世でもない。半減の生の世界にようこそ。

あちらこちらで読んだり聞いたりすることとは反対に、フクシマは世界の終末《アポカリプス》ではない。全面的な事故ではない（それに至る可能性も依然あるが）。しかし、ある意味で、最悪の事態がすでに発生し、僕たちを取り巻いている。華ばなしいクライマックスをともなわない、雨樋《あまどい》から水がしたたり落ちるようなカタストロフィー。日々、規則正しく進行する転落。暴力的な殺戮ではなく、致死性の状態。そしてこの状態が、次第に合法化されつつある。少量ずつ投与することによる一種の逆ホメオパシー療法、神経を抜かれて感覚を失った生。****

一人の作家がだれよりも早く、「原子力発電所の安全についての最新理論」に触れた文章のなかで、現在からみて感嘆せざるをえない的確さで、今日起こりつつあることを予見していた。

「弁やフィルターを装備することで、『地域』全体に影響を及ぼすような建屋の亀裂や爆発といった大規模なカタストロフィーを避けることがはるかに容易になる。［中略］装置が過熱しつつある

---

*（二七九頁） Etienne de la Boétie, *Discours de la servitude volontaire*（自発的隷従論）, 1549, republié par Flammarion, 1993. ラ・ボエシーはモンテーニュと親交のあったフランス十六世紀の知識人。三十三歳で夭折した。「自発的隷従論」のなかで、多数の人民が唯一人の暴君に隷属しているのは、人民の側からの自発的な隷従があるためであると説いた。

* Louis-Ferdinand Céline, *Féerie pour une autre fois*, Gallimard,1952. 邦題「またの日の夢物語」は、『セリーヌの作品〈第5巻〉またの日の夢物語』高坂和彦訳、国書刊行会、一九九一より引用。

** 「なしくずしの死」はセリーヌの作品の題名でもある。ルイ＝フェルディナン・セリーヌ『なしくずしの死』高坂和彦訳、河出書房新社、二〇〇二より邦題を引用。

*** 辺獄とは、カトリック神学において、生前に罪を犯したが救済によって天国に行ける可能性のある人が一時的にとどまる場所。天国でも地獄でもない、地獄の辺境。

**** ホメオパシーは、病原と同じ性質の物質を極度に希釈して投与し、自然治癒力を喚起して治療する方法。同種療法とも呼ばれる。

様子が見えたら、そのたびごとに徐じょに減圧をおこない、周囲の半径数キロ圏内に放射能を放出するほうがよいのである。この周囲というのは、風の気まぐれに合わせてさまざまにかつ偶然に拡大される。［中略］当初は、事故発生時以外にはいかなるリスクもないとの確信があり、事故自体、理論的にありえないものであった。ところが、最初の数年間の経験を経て、この考え方が次のように変更された。事故はいつでも発生しうる。したがって、事故がカタストロフィーに至る限界に達することを避けなければならないのだが、これは容易である。問題が生じるたびに節度ある放射能汚染を引き起こせばよいのである。*」

これはギー・ドゥボール**がチェルノブイリ後の一九八八年に書いた文章である。節度をもって放射能で汚染する。ドゥボールが原子力について書いた文章は、大部分が『スペクタクルの社会についての注解』のなかに収められている。その文章を読んで驚かされるのは、彼が、僕たちが現在陥っている進行性カタレプシーと集団カタトニー***ともいえる状況を予見し、記述しているだけでなく、だれよりもはるかに早く、周囲から浴びせられるパラノイアという非難をものともせず、この状況を、これを支えて可能にする経済システムの的確で辛辣な分析につなげたことである。すなわち、暴走しはじめた市場原理があらゆる方向に放射され、もはやいかなる節度もなく、システム全体を汚染するのだ。

そのとおりだ。「営利主義の言説に対して僅かなりとも異議を唱えることが物質的に不可能になった時代に、人間社会がこうした重大な問題に直面するのは、いかにも遺憾である。****」

これもドゥボールである。

もはや、現在もなければ、過去も未来もない。原子力は、原子力以外のすべてを時代遅れにしたいのだ。風力、地熱、まだ試されたことさえないその他の代替エネルギー、そんなエネルギーのことは考えるな。上手くいくわけがないから試されたことがないのだ。このようにいう人は奇妙な自己成就的予言者であり、ホウレンソウが嫌いだから一度も食べたことないという人に似ている（もちろん、福島の人たちがホウレンソウを食べなくても、それを間違いだと非難することはできない）。すべてが最初から時代遅れで、失効している。人類の歴史の解決策、締めくくりの言葉を握っているのは原子力であり、これが地球規模のハッピーエンドであるというのだ。原子炉があちこちに散らばり、回収できない遺体が立ち入り禁止区域内に散乱するハッピーエンド。

---

* Guy Debord, *Commentaires sur la société du spectacle*（スペクタクルの社会についての注解）, Gallimard, 1988.

** 二十世紀フランスの映画作家、革命思想家。一九六七年に発表した『スペクタクルの社会』により、六八年の五月革命の先駆者とも評される。『スペクタクルの社会についての注解』は一九八八年に発表された。

*** カタレプシーとカタトニーはともに統合失調症の症状。前者は、受動的に取らされた姿勢を長時間にわたって自分の意志で変えようとしない状態。後者は、冷たく硬い表情をして、奇妙な態度や意味不明の運動興奮を示す。

**** Guy Debord, 同上。

原子力の尺度に従えば、原子力より新しいもの、開かれたものは存在しない。すべてが葬られ、清算される。まもなく、原子力が通ったあとには、あらゆるものの思い出、幻覚だけが存在することになるのではないか。だれもが沈黙し、身を潜めなければならない。どの人も声門が飽和して言葉が出ない。世界が次第に、どんよりと朽ちゆく発電所をなぞるように構築されていく。緩慢なる荒廃。茫漠たる衰退。

原子力の時間、砕けて粉末になった時間、無為のうちに過ぎ去る時間。静止したまま無限に消耗を続ける時間がすっぽりと覆いかぶさる。世界の終末《アポカリプス》のようであるのに苦痛はやわらぎ、しかし、あわただしく時が刻まれるだけで決して満たされることのない時間。村上春樹が小説『世界の終りとハードボイルド・ワンダーランド』の冒頭で描写しているエレベーターのなかの時間だ。

「エレベーターはきわめて緩慢な速度で上昇をつづけていた。おそらくエレベーターは上昇していたのだろうと私は思う。しかし正確なところはわからない。あまりにも速度が遅いせいで、方向の感覚というものが消滅してしまったのだ。あるいはそれは下降していたのかもしれないし、あるいはそれは何もしていなかったのかもしれない。ただ前後の状況を考えあわせてみて、エレベーターは上昇しているはずだと私が便宜的に決めただけの話である。ただの推測だ。根拠というほどのものはひとかけらもない。十二階上って三階下り、地球を一周して戻ってきたのかもしれない。それはわからない。」[*]

こうして、世界の終りがやって来る。村上の小説のなかのように、僕たちはステンレス製の、外界から遮断された、運転手もなくボタンもない、信号も、目印もない箱のなかに閉じこめられる。「半減の生」とは、この「あらゆる音を吸いとるために作られた特殊な様式の金属箱」[**]なのだ。

四

半減の生は有害である。身体と精神を同時に蝕んでいく。一種の広大な低温工学が作用する。絶望的なまでに同一静止状態にある空間内での冷凍に似た、周囲の環境をほとんど無視した低温乾燥プロセス。真空下の人生。致命的であり陳腐でもある事象。知的かつ精神的に快適であること、僕たちが希求するのはそれだけである。光沢のない、平板で、固有の名前を持たない、長い半減の生。幸福ではない、安楽である（原子力支持者はつねに幸福と安楽を混同する。自然の完璧なリズムを回復するという話をすると、ロウソクの照明のことだろうという返事が帰ってくる）。消滅した状態にあって、どのような生を生きるのか？　快適性を得るための買い物をした結果、生命の力とそれぞれの人生の特異性に関しては、非常に高いツケが回ってくることになる。

* 村上春樹『世界の終りとハードボイルド・ワンダーランド』新潮社、一九八五年。
** 同上。

僕たちに用意されつつあるのは、従順で、無限に再生可能な、名前を持たない種類の市民の生活である。だれでもないラムダな市民が、放射線を浴びたガンマの市民になる。ベータの市民*になる。僕たちはギリシャ神話の英雄アキレウスとは逆の選択をした。ホメロスはその「イーリアス」のなかで、アキレウスの選択を見事に描写している。アキレウスは半減の生を欲しない。アキレウスが欲するのは見事な死、つまり見事な生だ（「人生を成就する」という、じつに的を得た表現があるではないか）。ほかに選択肢はない。アキレウスは妥協しない。人生の成就に代えて、成就されない生を受け入れることはできない。アキレウスは、多くの美点を備えた分割不可能な原子、「粉砕することのできない夜の核**」なのだ。「オデュッセイア」の最後の巻に描かれているように、アキレウスの葬儀は、詩の女神ムーサたちと海の女神ネレイスたちが交互に合唱するなかで執りおこなわれる素晴らしいものだった。墓は、だれの目にも入る英雄のそれである。腐敗することのない、栄光に包まれた身体を、光り輝く碑石が覆う（遺骸の反対である。遺骸とは、典型的な分割のプロセスであり、脳死、つまり半死半生の状態で、核物質と同じく「無数に分裂しながら生きる」のである）。きっぱりと死ぬのか、衰弱の道を選ぶのか、いずれかを選択しなければならない。アキレウスは、唯ひとつの、代替不可能な、存在を否定することが不可能な生と死、自分だけの生と死を得る。

今日、僕たちに強制されつつある半減の生は、個人の否定、そして、このうえなく不条理な隔離という段階にまでエスカレートしたセキュリティ確保の脅迫観念と分ちがたく結びついている。団地に暖房と照明を提供し、これを保護することが重要なのであり、個人はつねに、そうした全体のなかに存在する、取るに足りない分子にすぎない。しかし、この状況の皮肉な点は、無菌室、監視カメラ付きの保護壁、格納容器と建屋、あるいはタイタニック号ほどに巨大な二重船殻構造のタンカー[***]さえ、遭難を防ぎえないというところにある。すでに、安楽が禁錮に、薬だったものが毒に変わりつつある。セキュリティ確保を極度に追求したあげく、僕たちは絶えず危険に曝される。安全のために目張りをした結果、呼吸ができなくなるのと同じパラドクスだ。

半減の生は、鎮静作用をともなったセキュリティ至上主義のロードローラーであり、そのもとでは、冒険、驚き、人生の波瀾といったものはすべて道を譲らなければならない。「真の生活というものがないのです[****]」とランボーは書いた。つまり「地獄の季節」。地獄の季節が始まったのだ。

---

* ラムダはギリシャ語の第十一字母。仏語では「平凡な、ありきたりの」意の形容詞として用いられる。ガンマ、ベータはギリシャ語の第三、第二番目の字母で、放射線の種類を表す。

** アンドレ・ブルトンの『黎明』(André Breton, *Point du jour*, Gallimard,1934) からの引用。

*** 遭難したタイタニック号自体は二重船殻構造の船舶ではなかった。

**** アルチュール・ランボー「錯乱Ⅰ/狂気の処女/地獄の夫」宇佐美斉訳、『ランボー全詩集』宇佐美斉訳、ちくま文庫、一九九六(第十一刷二〇一二)所収。「錯乱Ⅰ/狂気の処女/地獄の夫」は詩集『地獄の季節』の冒頭の詩。

そして僕は、自分の持ち場に戻った。この状況下で僕ができることは書くことしかない。人びとが用心深くよそ見をしているあいだに起こりつつあることを伝えること。ひるむことなく耳を傾けてくれるいくらかの読者を見つけられるよう、祈ること。

僕はノートを取りためた。このノートを使おう。僕は一人ではない。回転式の書棚を回し、旅立ちのための本を幾冊か選び、机の上に置く。古今東西の仲間、取り返しのつかない状況を分かちあう隣人、時間を超えてつながる相棒。そのなかの一冊が大江健三郎の『ヒロシマ・ノート』だ。福島と広島が共鳴しあうのは、いくつかの音素が偶然に似ているためではない。両方が、核エネルギーの使用によって発生した事象であるためだけでもない。広島は、その結果がどのようなものであったかは別として、（すでに屈服していた）一国の国民を降伏させるための戦争行為であった。福島の発電所は、これとは逆に、最大限の安全を保障し、万人が満足するなかで、人びとに快適で豊かな生活を提供することを謳った経済活動である。広島が、限定的で、尋常でない、極端な事象であったのに対して、福島は、日常生活のなかにいつのまにか定着したひとつの技術的、経済的な配置の典型であり、僕たちの生産・消費様式の地平をかたち作っている。そして今日、この地平を超えることは不可能とされている。しかし、こうした相違点にもかかわらずふたつの事象が共鳴しあうのは、このふたつを比較したとき、原子力社会の核エネルギーに対するあり方が究極的にまったく変わっていないという事実が露呈するためである。原子力にまつわる欺瞞はいまに始まったことではない。この欺瞞が今日もなお機能し、しかも、かつてなかったほど強力に存在していることに、僕はほとんど驚きを感じる。

四

大江が語るように、第二次大戦後に癌と被爆の関係を認めさせることは非常に困難だった。被爆者の症状はほとんど知られていなかった。大江は、広島と長崎の原爆の被害を調査する米軍調査団が一九四五年に発表した誤った発表を引用している。「原子爆弾の放射能の影響によって死ぬべき者はすでに死に絶え、もはやその残存放射能による生理学的な影響は認められない」*というのがそれである。大江はまた、写真や文章による原爆関連情報の報道を禁じるために米国が一九四五年に導入したプレスコード（この規制は一九四五年から一九五二年まで施行された）と、これに続いて新聞が適用した水面下での自己検閲についても指摘している。今日、福島の発電所を運営する東京電力の広告予算は二百億円という天文学的数字に達する。電力会社や工業部門大企業のこうした広告予算を背景に、かつてと同じような検閲が新しいかたちをとっておこなわれていないとは、だれがいえようか？

＊ 大江健三郎『ヒロシマ・ノート』岩波書店、一九六五（第八八刷二〇一一）

大江は、「被爆の日から十年、現地の新聞である中国新聞の印刷所にすら、原爆あるいは放射能と組んだ活字はなかった」＊とも指摘する。現実が、それをいう言葉がないために消滅する。同じように「炉心溶融物」という言葉、つまり原子炉の炉心が溶融して生じるマグマ、マグマのなかに取りこまれて融解していく燃料、核分裂生成物（プルトニウムなど）、種しゅのガレキ（格納容器に使われていた鋼鉄など）を含めた全体を指すこの言葉は、日本の、あるいは国際的な原子力管理機関によってほとんど一度も発せられたことがない。ところが、すでにかなり以前に原子炉格納容器を穿孔《せんこう》し、地下のどこかわからない場所へ向かっているこの極めて高放射能の赤熱したペーストの軌道は、破局論に陥らずとも、人類がかつて経験したことのない、最高度に重大な問題なのである。炉心溶融物はそれ自体に燃料が含まれているため、外部から燃料を補充する必要がない。どんな軌道をたどり、どのように変化するのか、そして軌道上でさまざまな物理的要素と遭遇したとき、とくに地下水と接触したときに、どのような反応を起こすのか、だれも予測できない。記述も予測も制御も不可能な、進行し続けるこの巨大なエネルギーの塊を前にしたとき、事象を完璧に制御しているという原子力業界の虚勢には疑いが生じざるをえない。だからこそ、炉心溶融物という言葉はコメントから完全に削除される。

こうした状況は、生存者への被爆の影響を調査するため一九四七年に広島と長崎に設置された原爆傷害調査委員会の姿勢を想起させずにはおかない。この委員会は長いあいだ、たんに診察をおこなうだけで、被爆者にいかなる支援も提供しなかった。今日も、同じように不透明で懐柔主義的な姿勢が支配している。一九五九年、ＷＨＯ（世界保健機関）とＩＡＥＡ（国際原子力機関）が原子力関連のすべてのプロジェクトとプログラムに関して相互協議をおこなうことに合意して以来、こうした姿勢が更新され、国際化され、契約化されてきた。端的にいえば、ＷＨＯが実施する被爆（被曝）の影響についての疫病学的調査や医療プログラムはすべて、原子力の発展と利用促進をめざす商業的性格の機関の事前承認を受けなければならなくなったのだ。被爆（被曝）の影響に関するＷＨＯの調査がこれほど少ないのも、また、チェルノブイリに関して一九九一年に実施された調査のように、実際には人間の遺伝子への影響ではなく虫歯への影響が調査されるといったことになるのも、おそらくそのためだろう。

四

世界各国の原子力関連部門を取り巻く不透明性は唖然とするほどである。スキャンダルや異議申し立てが相次いで発生する。しかし、何も変わらない。光に満ちた未来的な存在として振る舞うこのきらきらした産業は、根本において秘密主義であり、沈黙を通じて自己を再生産している。大江は一九六三年に訪問した原爆傷害調査委員会の研究所において、パラフィンで固められた遺体が薄片に切られるのを目撃し、また、背骨が軽石のようになってしまった被爆者がいることを知った。そして「こ

＊　同上。

の明るくモダンな場所こそが、死者の国なのだ」[*]という一文を『ヒロシマ・ノート』に記した。今日もなお賛同せずにはいられない見事な一文である。

だからこそ大江は、拡散をやめないこの暗い絶大なる存在を前に、「ノート」というジャンルを創出して応じる方法を選んだ。欺瞞と削除に応えていくための、生き生きとして、明確で、資料に裏打ちされた文章。公式な歴史の記述からほど遠い被爆とその影響の現実を明るみに出すため、広範な実地調査を通じて集めたエピソードをざっくりと描いて嵌めこんだ文章。テンポの速い横断的な人物描写、暗示的な逸話、現実から散文のなかに汲みあげられ、テキストの流れに沿って挿入されたインタビューや書簡の抜粋、そして、普通の被災者、病人、システムの囚人、必要とあれば動物にも言葉を与えるための、詩の断片。

断片的な、即興に近い、現実に根を張った文章を、空隙を交えて紡いでいくという秘やかな戦術。読書メモ、旅日記、想い出、そして音符までが、並列、交差、重複を交互にくり返しつつ、しかし全体の進行を決して見失うことなく、調和し、混じりあう。ノートであるがゆえに可能となり、かつ不可避的に発生するジャンルの混淆。そこには、生命の動きそのものが、ときおりきらめくように見てとれるのではないか。大江は、詩と個人的な文章とエッセーが、ゆったりと広く、きわめて拘束の弱いかたちのなかで混じりあうという新たなジャンルを創出した。それは小説なのだろうか？　そうかもしれない。

四

大江が自分の著作の題名として選んだ「ノート」という言葉には、日本語では、ほとんど相矛盾するふたつの意味がある。ひとつは、現場で書きとっていく断片的で速記的なメモであり、もうひとつは、そうしたメモをなかに収めて集める帳面である。その帳面によって、全体に不思議なまとまりが生まれる。つまり手帳。手帳を開いたとき、何かが開き、広がりはじめる。そして手帳を閉じると、広がったものが折りこまれるようになかに収まる。今度は読者が、そのノートをどう使うかを決める番だ。

＊　同上。

結

僕は代々木上原の袋小路に戻った。僕の前には、机と本、紙とペンがある。

それにしても、とてつもない話だ、この一件は。すべて、数カ月前には考えられもしなかったことが現実になった…。僕たちはいま、以前とは別の世界に生きている。同時に、何か新しいものが生まれつつある。うっとうしい人間たちが全員、東京を出ていった、というわけではない。とんでもない。うっとうしい人間はまだたくさん残っている。それでも、僕たちは少なくとも、自分がなぜここにいるのかを知っている。裏通りにはいまも笑い声が飛び交う。雲が切れれば、街はまた美しく輝く。それをだれも邪魔することはできない。

僕は外へ出る。ジュンと約束がある。駒場公園へ散歩に行くのだ。僕たちの頭の上を冠のように覆う高い木立の下へ。冬。少し雲が出て、小雨がちらついているのだが、それでも素晴らしい天気だ。外へ出て、雨粒のあいだを縫うように進む。森羅万象の変化の法則を説いた中国古代の易経において、変化を意味する文字として使われている「易」という字は、漢字の「日」と「雨」を組み合わせたものだともいわれている。日と雨が一緒になった天気雨、今日は験《げん》がいい。

太陽と雨のせいで、僕はランボーの詩を思わず口ずさんだ。

空は天使のようにきれいだ
青空と波とは一体となる
ぼくは出かける　光が僕を傷つけたなら、
苔のうえで息絶えよう

*

鳥の囀《さえず》りを聞きに行こう。ジュンは、深みがあってフルートの音にも似た鳴き声のウグイスが聞きたいという。僕は、芽吹きはじめた枝に宙づりになっているウソの、ピーッという短い口笛のような鳴き声が聞ければ十分だ。光が僕たちを傷つけたなら、苔の上で息絶えよう。

僕は歩きながら、歴史上で最初の地震学者であった張衡のことをまた考える。残念なことに、この人物についての文献はフランス語ではほとんど存在しない。僕は昨晩、張衡の伝記の日本語訳を読み終えた。僕はこの先駆者に心からの強い共感を覚える。張衡は死の数時間前にも床から起きあがり、夜に何かを問いかけるように、満天の星を見つめ続けたという。

張衡の晩年はとりわけ僕の胸を打つ。張衡は、尊敬されると同時に何かと物議を醸した人物であり、皇宮の公式な歴史家に任じられたことはなかった。歯に衣きせぬ自由な発言をおこない、政府の腐敗や上流階級の淫蕩三昧を辛辣に批判したがゆえに——現代に生きていたら、いったいどんな発言をしただろうか！——、磨耗しきった役所や腐ってカビが生えた儀礼のなかに取りこまれることはなかったのである。その書を読む人は多く、崇《あが》められもしたが、飼い馴らされることは決してなかった。

最晩年に張衡は都に上ぼって皇宮の官房に職を得た。そのまま都で亡くなったが、生まれ故郷である南陽の、松林と石像に囲まれた地所に埋葬された。現在、小惑星と、美しい金色《こんじき》の鉱石（銅と亜鉛の合金であるツァンヘン鉱）、そして月のクレーターに張衡の名前が付けられている。

張衡の感震器は一点のみ製作されたものであり、今日では消失してしまった。近代になって製作されたレプリカがいくつか存在しているが、いずれも精度や感度はオリジナルのそれをはるかに下回る。当時としてはあまりに完成度の高い装置であったため、張衡が死ぬと、その仕組みや手入れの方法を説明できる者がだれもいなくなり、感震器はその発明者と一緒に埋葬されることになった。数年後、感震器はいったん掘りだされたが、蒙古侵略のおりに破壊された。その仕組みを理解する手がかりとなったはずの図面や素描もほとんど失われた。張衡は実在しなかった、とさえいう人もいる。

＊ アルチュール・ランボー『ランボー全詩集』宇佐美斉訳、筑摩書房（ちくま文庫）、一九九六。

訳者あとがき

ミカエル・フェリエ氏の『フクシマ・ノート――忘れない、災禍の物語』は、二〇一二年三月にフランス、ガリマール出版から刊行されました。三月一一日の東日本大震災一周年に合わせての刊行であり、同年三月一六日に開幕したパリ・ブックフェア「サロン・デュ・リーヴル」が日本をテーマとしてイベントを組んだこともあり、新聞雑誌等でも注目を集めました。翌二〇一三年三月には、ガリマール出版のフォリオ叢書から文庫版が刊行されています。

この間、本書は二〇一二年の文学賞候補としても話題となり、ルノドー賞は惜しくも逸したものの、同年のエドゥアール・グリッサン賞（マルティニーク生まれの詩人・小説家エドゥアール・グリッサンの思想と業績にちなんだ文学賞）を受賞しました。

フェリエ氏は、『キズ』（アルレア出版、二〇〇四年）、『東京、夜明けの小さなポートレート』（ガリマール出版、二〇〇五年、アジア文学賞）、『幽霊を憐れむ歌』（ガリマール出版、二〇一一年、ポルト・ドレ賞）など、日本での体験を背景にした作品をすでに数作フランスで発表し、日本から発信するフランス語圏の作家として存在感を増しつつあります。

本書に語られるとおり、フェリエ氏は二〇一一年の大震災後も日本に残ることを決め、京都に一時避難したあと、救援物資を積んで東北を回りながらメモを取り続けました。そのメモをベースにして刊行された作品がこの『フクシマ・ノート』です。原題 *“Fukushima, récit d'un désastre”* は直訳すると『フクシマ、災禍の物語』となりますが、本邦訳においては、フェリエ氏の希望を生かしながら、『フクシマ・ノート――忘れない、災禍の物語』をタイトルとして採用しました。

本書がフランスで強い関心を呼んだ背景には、東日本大震災の衝撃があります。大地震が誘発した巨大な津波は、いわばインターネットの映像に乗って瞬く間に世界に伝播し、フランスにおいても、津波に呑まれて消えていく町まちの映像は人びとを驚愕させました。そして、津波の驚愕はまもなく、今度は映像さえ不要な、原子力発電所の爆発という不吉な災禍への不安に姿を変えました。

周知のように、フランスは電力の七五％を原子力で賄う世界屈指の原子力大国です。しかも、一九八六年のチェルノブイリの事故にさいしては、国土の上空を放射能雲が通過し、放射能汚染をもたらしたことが確認されています。したがって、放射能災害への不安は多くのフランス人が潜在的に共有する不安であり、放射能災害をともなう未曾有の大災害の体験を語る同国人の証言は、強い訴求力を持つものでした。

本書はガリマール出版から刊行されたおり、**“L'Horreur Nucléaire**（原子力の恐怖）**”** と白字で刳り抜いた赤帯を付けて書店に並びました。この販売戦略は必ずしもフェリエ氏の本意ではなかったようですが、「原子力の恐怖」を強調することにより人びとの関心を刺激し、より多くの読者を得たことも事実であったようです。

本書のタイトルのなかの地名は「フクシマ」です。しかしながら、本書は福島第一発電所の原発災害のみをテーマとしているものではなく、そこに立ち現れてくるのは、地震、津波、原発災害という複合災害の総体です。

ただし、海外、少なくともフランスにおいては、三・一一の災禍を「フクシマ」と呼称して報道することが一般化しています。この事情についてはのちほど詳述しますが、海外におけるそうした受けとめ方も念頭に置きつつ、タイトル中の「フクシマ」という地名を理解していただければ幸いです。

著者のフェリエ氏は、一九九二年の訪日後、二十年以上にわたって日本に在住し、フランス語圏の文学を専門として大学で教鞭をとってこられました。フランスで本書が刊行された当時のインタビューによれば、災禍発生後、多くの外国人が日本を脱出するなかで日本に残ることを決断した同氏は、「尋常でない状況にあることを承知のうえで、その状況に意味を与えようとする」かのように、「書くこと」への抑えがたい欲求に捉えられたといいます。

本書はスローガンやヒーローの物語ではありません。想像を絶する大災害にうろたえる一市民――たまたま、ものを書く外国人であった一市民――が、何を感じ、手探りし、見聞きし、理解し、伝えたいと思ったかを綴った手記です。

そこには、自らの身体と官能のうちに甦る地震の揺れの記憶、津波の犠牲者の最期を語る生存者の肉声、原発災害を経て突如出現した「ハーフライフ（半減の生）」と呼ぶべき状況が記述されています。地殻が目覚め、原子力という現代文明の巨大な装置に狂いが生じたとき、そこに放出された破壊力はあまりに大きく、人は混乱し、絶望します。自らはあまりに無力で、状況はあまりに不可解です。

しかし、そこには同時に、一見したところ無秩序な流れのなかに、そうした混乱と絶望をものともせずに甦る日々の誠実な営み、抑制された静かな感情、場違いではないかと思われるほどの笑い声や情熱、たとえば、溺死者の顔を決してこすってはいけないと教える、肉親をなくした救助隊の青年や、避難所の消灯をきらって夜風にあたる農夫、ガレキの山の上で熱っぽくジャズとセザンヌを語る老人、津波に流された写真を一枚ずつ集めて拭う図書館司書の若い女性らの姿が、しっかりと書きとめられていきます。慈《いつく》しむように積み重ねられていく弔いと整理の行為、生の息吹、再生の営み、とも呼ぶことができるでしょうか。

そこにはさらに、気象庁や津波の研究所を訪ね、東北の被災地を巡り、原発の事故現場で働く人の証言を聴きとり、メモを取り続けることで、事象を理解し、状況を分析し、意味を見いだそうとする著者の丹念な作業があります。

著者はまたその「ノート」を、時代を越えて脳裏に訴えかけてくる先人の思索――張衡、平家物語、ヴォルテール、クローデル、セリーヌ、ブローディガン、コンラッド、芭蕉、杜甫、芥川、ドゥボール、大江…―を読者に開示し、共有化するための場としました。読者は、これら先人の思索の引用に接したとき、災禍にさいして自分たちが抱いた驚きや疑いや憤り、決意や希望が、決して孤立したものではないことを実感します。

本書のフランス語版が最初に収められたガリマール出版のランフィニ（L'infini）叢書を監修する作家フィリップ・ソレルス氏は本書について、人間がその内奥においてこの災禍をどのように感じとったか（le sentiment intime de cette catastrophe）を表現するには「真の作家（écrivain véritable）」が必要であったと評しています。

『フクシマ・ノート』は、災禍に直面した人間の「生」、作家の「生」を語る作品であるともいえます。

人間と災害、人間の「生」、その「生」を切断する危険をはらんだ現代文明のパラドクスについての考察が展開されるのは、本書の「ハーフライフ（半減の生）、使用法」と題された第Ⅲ部においてです。フェリエ氏は、放射性物質の半減期を意味する「ハーフライフ」（フランス語で半減期を意味する la demi-vie という言葉は、英語のハーフライフと同じく、「生の半分」の意）という言葉が、放射能汚染により切断された日常の生を表現しうるという偶然を発見し、この言葉の偶然を使って、原子力災害がもたらした生活の実態を読者に痛烈に実感させます。

「放射能下での半減の生、なしくずしの死。長い夢遊病者の生活、天国でも地獄でもない辺獄のなかでの一生。もはや現世ではないのだが、まだ来世でもない。」（本書二八〇頁）

心おきなく自然の恵みを食し、自然の風を浴びる、当たり前であった喜びを突然切断された、不完全な生活。子どもたちが線量計を携帯して通学し、戸外で遊ぶことさえままならず、それを遺憾とすること自体がタブーとされかねない、異常な生活。それがハーフライフです。

三・一一によって私たちに突きつけられたのは「生」についての根本的な問いかけであるように思われて

なりません。タブーと幻想を乗り越えること。自然に内在し、あるいは現代文明につきまとうリスクを見極めること。そのうえで、可能な限り賢明な「生」のための選択をしていくこと。本書は、「ハーフライフ」に馴致されることのない、人間としての明晰さを保持していくことの重要さを私たちに語りかけています。

ここで、日本では歴史的災禍として三・一一と通称されるようになった複合災害が、海外においては「フクシマ」という地名により呼称されている現象についていくつか付言しておきます。

地震と津波は、地球上の地震地帯に住まない人にとってはあくまで「対岸の火事」であり、被害がいかに甚大であっても、局地災害の域を出るものではありません。ところが、そこから重大な原子力災害が派生したことで、「対岸の火事」はたちまちのうちに「わが身に降りかかるかもしれない」災禍に変わりました。局地的な自然災害が突然、「いつか起こる可能性のあった」重大な技術災害に変貌したのです。しかも、原発災害が時間的にも地理的にも境界を設けることができない災害であることを、チェルノブイリ後の欧州の人びとはじゅうぶん承知しています。

ところが、恐れていたその原子力災害が発生したという事実を認めざるをえなくなったとき、人はどう反応するのか。「フクシマ」という呼称を与えることで災害を改めて局地化し、再び、自分からは遠い災害、他者の災害であると見なそうとする選択がおこなわれているのではないか、というのが、一橋大学の森千香子准教授（社会学）の分析です。森氏は、二〇一二年三月にフランスのル・モンド紙に寄せた「フクシマという名の示すものは何か?」と題する優れた分析のなかで、これを「エキゾティザシオン」（エキゾティックな、つまり遠い外国のものと見なすこと）と呼びました。二〇〇一年九月一一日の米国の同時多発テロが、決して「マンハッタン」とは呼ばれず、人類史に残る災禍として九・一一という呼称を得たのに対し、ヒロシマ、チェルノブイリ、そしてフクシマと、原子力にまつわる災禍はなぜか、エキゾティックな地名による換喩が適用され、はるか遠くの地平線上に遠去けられてしまうかのようです。「フクシマ」と題されていたからこそ、フランス人は強い好奇心と、しかし秘かな安心感をもって、フェリエ氏の作品を読んだのでしょうか。

最後に、三・一一の災禍を一万キロ離れた異国で知り、ほかの多くの在外日本人と同じく、インターネットの映像を前に呆然と毎日を送った一人として、本書を日本語に翻訳し、日本で刊行するという機会を与えてくださった著者のフェリエ氏と新評論に心から感謝します。

今回の災禍を経て、私だけでなく多くの人びとが、社会に対する自分の責務とはいったい何であるのかを否応なしに自問させられました。自分の持ち場において何ができるのかを問い続けるなかで、自分のささやかなスキルを使ってフランス語と日本語のあいだの橋渡しすることを通じて、フェリエ氏が日本の読者へ向けた〝まえがき〟のなかで述べた「言葉、考え、そして言語が循環できる」ための作業に貢献できたことを、大変うれしく思います。

日本で生まれた私がフランスで生活した二十年間を、フランスで生を受けたフェリエ氏は日本で生活されました。日本で生活されているフェリエ氏がフランス語で書き、本国で出版された本書を、フランスに暮らす私が邦訳し、日本で刊行するという「循環」に貢献できたことは、まさに「巡り合わせ」であり、大きな幸運でした。

唐突ですが、フランスには諧謔に鋭い人間観察と風刺を盛りこんだスケッチを舞台で演ずる、ユーモリストという芸人のカテゴリーがあります。その一人、ガド・エルマレというモロッコ出身の秀逸な人気ユーモリストの演目のなかに、「玄関脇の皿」をテーマにした心に残る場面があります。「玄関脇の皿」とは、玄関脇でなくとも、タンスの上や本棚の隅でもよいのですが、どこの家庭にもひとつはあるに違いない、小さなガラクタを放りこんでおく器を指します。インクが切れたボールペン、壊れて捨ててしまった郵便受けのカギ、家具を組み立てたあとになぜか残った余りもののネジ、どこかで拾ったボタン、古切手など、使えるあてがないのになぜか捨てられない、いつの日か役に立つことをどこかで細ぼそと信じている小さなガラクタがそこには眠っています。実用上の用途以外にどのような意義を与えられるのかわからなかったフランス語と日本語をつなぐ自分のスキルは、どこか「玄関脇の皿」に入ったカギのようなものでもあったのですが、それを本書の邦訳刊行に役立てられたことで、そのカギを使って開けることができる新たな扉が、ようやく見つかったような気がしてなりません。

翻訳にあたっては、著者のフェリエ氏から貴重なご支援をいただきました。たくさんの質問に辛抱強く丁寧な回答をくださったフェリエ氏に心よりお礼を申しあげます。

本書にはまた多様な引用が含まれており、引用文の訳出にはかなり神経を使いましたが、とくにこうした問題に関し、十八世紀フランス思想の専門家である永見文雄氏、十九世紀フランス詩を専門とされる吉村和明氏、さらに、英文学に詳しい詩人の渡辺洋氏からも、大変貴重な助言と助力をいただきました。新評論をよくご存じの永見氏には、出版に絡むさまざまなことに関してもお世話になりました。かつての先輩・同窓生諸氏の支援に支えられたからこそ、心強い思いで作業を進めることができました。
翻訳作業に携わるのと時を同じくして、やはりかつての同窓生が倒れて入院、一時的にせよ、身体の一部の自由を失ったという報を受けました。ふたつの言語のあいだで迷いかけながら、それでもできる限り適切と判断される訳語をひとつずつ選んでいくという翻訳の作業は、もしかしたら、倒れた同窓生の機能回復の訓練への小さなかけ声になるのかもしれないと、さらには、比べようもないほどささやかな苦労であるにせよ、災禍から将来への新しい道筋を探すすべての人の努力にいくらかでも重なるものかもしれないと、励まし、祈り、希望、自戒の念など、ひときわ思いの詰まった作業となりました。

この邦訳は、新評論の山田洋氏の情熱と的確な判断、丹念な本作りの作業がなければ刊行は不可能でした。不慣れな訳者を威圧することなく、しかしじつに周到に目的地までみちびいてくださった山田氏に、また、直接にはお会いする機会のなかった新評論のスタッフのみなさまに深く感謝します。

二〇一三年八月一五日

義江真木子

著者紹介

ミカエル・フェリエ（Michaël FERRIER）

フランス、ストラスブール生まれ。パリ・ソルボンヌ大学博士課程修了（文学博士）。1992 年から日本在住。作家、中央大学教授。NHK 教育テレビ「フランス語会話」元講師。『キズ』（アルレア出版、2004 年）、『東京、夜明けの小さなポートレート』（ガリマール出版、2005 年、アジア文学賞）、『幽霊を憐れむ歌』（ガリマール出版、2011 年、ポルト・ドレ賞）などの著作をフランスで発表。本書『フクシマ・ノート——忘れない、災禍の物語』は 2012 年のエドゥアール・グリッサン賞を受賞。

訳者紹介

義江真木子（よしえ　まきこ）

東京大学人文科学研究科修士課程（仏語仏文科）修了。
フランス政府給費留学生としてパリ第 3 大学に留学。パリ在住。

フクシマ・ノート
忘れない、災禍の物語

（検印廃止）

2013年10月11日　初版第１刷発行

訳　者　義 江　真木子
発行者　武 市　一 幸

発行所　株式会社 新 評 論

〒169-0051 東京都新宿区西早稲田3-16-28
http://www.shinhyoron.co.jp

ＴＥＬ 03（3202）7391
ＦＡＸ 03（3202）5832
振　替 00160-1-113487

定価はカバーに表示してあります
落丁・乱丁本はお取り替えします

装　幀　山田英春
印　刷　フォレスト
製　本　中永製本所

ISBN978-4-7948-0950-6
Printed in Japan